Et ses collègues, Cecilia de la Campa, Rey Lalaoui, Kassie Evashevski, Jessica Berger et Alessandra Birch.

Lorsque le Covid-19 a interrompu les rencontres, j'ai appris à utiliser Zoom et j'ai été très touchée par l'implication d'innombrables enseignants, élèves, bibliothécaires et lecteurs de tous âges qui se sont connectés pour échanger et discuter de mes précédents romans – *L'année où j'ai appris à mentir*; *Longtemps, j'ai rêvé de mon île*; et, surtout, *La montagne qui m'a sauvée,* parue en anglais en avril 2020 au moment où la pandémie s'intensifiait. Les livres ont toujours été des ponts entre nous, mais ils se sont avérés essentiels ces dernières années. Je remercie infiniment les lecteurs du monde entier.

Enfin, j'ai la chance d'avoir une merveilleuse famille élargie et un large cercle d'amis extraordinaires, trop nombreux pour être remerciés ici, mais qui méritent tous ma gratitude… et qui l'ont.

Cet ouvrage a été achevé d'imprimer
sur Roto-Page
par l'Imprimerie Floch à Mayenne
en septembre 2023

N° d'impression : 103108
Imprimé en France

Lauren Wolk

En un éclair

Traduit de l'anglais (États-Unis)
par Marie-Anne de Béru

MÉDIUM
l'école des loisirs
11, rue de Sèvres, Paris 6e

De la même autrice à *l'école des loisirs*

Collection Médium

L'année où j'ai appris à mentir
Longtemps, j'ai rêvé de mon île
La montagne qui m'a sauvée

Titre de l'édition originale : My Own Lightning
(Dutton Children's Books, Penguin Random House LLC, New York)
Loi n° 49.956 du 16 juillet 1949 sur les publications
destinées à la jeunesse : octobre 2023
Dépôt légal : octobre 2023

ISBN 978-2-211-32669-8

À mes sœurs,
Suzanne Jane Wolk et Cally Robyn Wolk.
Et à nos grands-parents, Ann et Fred McConnell,
dont la ferme a été une part si importante de nos vies.

Précédemment dans
L'année où j'ai appris à mentir

Elle n'a pas le choix, Annabelle. Depuis la ferme où elle habite, pour se rendre à l'école avec ses deux petits frères, elle doit traverser la combe aux Loups. Tout le monde a oublié depuis longtemps pourquoi cet endroit de la forêt s'appelle ainsi. Mais il y rôde toujours des créatures un peu sauvages…

Aux États-Unis, en 1943, la guerre est une réalité lointaine. Mais un drame se prépare dans cette petite communauté rurale, car Betty, la nouvelle de l'école, qui passe pour un ange aux yeux de tous, est en réalité un monstre : elle étrangle des oiseaux à mains nues, menace les petits frères d'Annabelle et la harcèle, secondée par Andy, un garçon de ferme bagarreur.

Toby, un marginal taiseux, vétéran du premier conflit mondial, devient lui aussi la cible des attaques de Betty.

Tandis que les autres ne voient en Toby que son étrangeté, Annabelle connaît sa gentillesse. Elle se lie d'amitié avec lui et tente de le protéger.

Puis le drame arrive, Betty et Toby perdent la vie sans qu'Annabelle puisse les sauver. Envahie par la culpabilité, elle décide de tout faire pour laver l'honneur de Toby.

Ouest de la Pennsylvanie
1944

1

Je ne savais pas qu'un orage se préparait.

Si je l'avais su, j'aurais peut-être fait les choses autrement.

Mais j'avais promis d'aider mon institutrice, Mrs Taylor, à faire le ménage dans l'école avant qu'elle ne ferme ses portes pour l'été.

J'ai donc remonté le chemin de notre vallon jusqu'au sommet de la colline, je suis passée devant la tombe de Toby, m'arrêtant un instant pour poser ma main sur sa stèle, puis je suis redescendue à travers un champ de blé jeune avant de pénétrer dans les bois de la combe aux Loups.

Les arbres étaient accueillants, et la lumière du soleil filtrant à travers leur feuillage tentait de me remonter le moral, mais le sentier qui traversait la combe réveillait de sombres souvenirs que j'avais essayé de dissiper. Des souvenirs qui ne dormaient jamais profondément et tressaillaient comme des oiseaux au moindre frémissement, s'envolant à mesure qu'ils se réveillaient tandis que je sombrais dans une tristesse de plus en plus profonde.

Quelques mois auparavant, j'avais essayé de sauver mon ami Toby d'une fille appelée Betty. Une petite brute sans aucune pitié. Lui, un homme brisé qui faisait une cible parfaite pour une fille qui s'entraînait à la persécution. Tous deux avaient disparu désormais, ne restaient que les cicatrices qu'ils m'avaient laissées. Et celles que je m'étais infligées moi-même en cherchant à lui venir en aide.

Depuis la mort de Toby, j'avais été tourmentée par des « on aurait pu » et des « si seulement ». Rongée par ce que j'aurais pu faire différemment. J'avais perdu confiance en moi. Je me sentais abattue. Surtout quand je marchais dans les bois où Toby avait établi sa demeure.

Mais Mrs Taylor m'attendait avec son balai et sa brosse, son seau et sa serpillière prêts à s'activer, et j'étais heureuse de la rejoindre pour une tâche qui me ferait redresser la tête et regarder de l'avant, mes souvenirs repliant leurs ailes et se posant de nouveau dans leurs nids, là où était leur place.

– Comment se passe ton été, Annabelle ? m'a demandé Mrs Taylor, tout en nettoyant les vitres couvertes de poussière et de la suie du poêle.

Le mois de juin était une période étrange. L'école était terminée – ce qui signifiait une pause dans mon travail le plus important –, mais il y avait tant à faire à la ferme que j'étais plus occupée que jamais.

– Ça se passe bien, lui ai-je répondu en balayant les brins d'herbe sèche et la terre rapportés par nos bottes. Il y a beaucoup de choses à planter. Des fraises à cueillir. Mais j'aime être dehors. Alors…

Elle a hoché la tête. Elle n'avait pas besoin qu'on lui en dise plus. La plupart des habitants de ce comté étaient des fermiers. Tout le monde savait ce que cela signifiait.

Nous avons continué à travailler dans un agréable silence. La salle de classe avait un aspect inhabituel sans le grincement des pupitres derrière lesquels les enfants assis s'agitaient, sans la voix de Mrs Taylor assise devant le tableau noir où se succédaient les petits groupes, sans l'odeur des repas chauds apportés dans nos gamelles : sandwichs à la viande, fromage gras, effluves d'œuf dur.

Au lieu de cela, nous partagions un silence ponctué seulement par le crissement du papier journal imbibé de vinaigre que Mrs Taylor utilisait pour nettoyer les fenêtres et le *frrtt, frrtt* de mon balai.

Quand, soudain, quelqu'un a frappé à la porte. Nous nous sommes regardées.

– Qui diable… ?

Mrs Taylor est rapidement descendue de son escabeau pour aller voir qui était là et pour quelle raison.

Je l'ai suivie, un peu en retrait. Il y avait un homme sur le perron. Âgé d'une vingtaine d'années, mais sans dépasser la trentaine. Quelqu'un que je n'avais jamais vu auparavant.

J'aurais pu dire qu'il était distingué, mais ce n'était pas exact. Il était beau comme un dieu.

– Je peux vous aider ? a demandé Mrs Taylor en s'essuyant les mains sur son tablier.

– J'espère que oui.

Il a souri, ses dents blanches étaient régulières.

Il avait une moustache bien taillée mais pas de barbe – ce qui était inhabituel dans ces collines où les deux vont généralement de pair –, et des yeux verts, ma couleur préférée. Un homme de grande taille, large d'épaules, au torse puissant comme un bûcheron. Il était cependant plutôt habillé à la façon d'un citadin, avec des vêtements propres et soignés, des poignets boutonnés et le genre de chapeau que mon père porte pour aller à l'église.

Le mot « gentleman » m'est venu à l'esprit, mais son regard était curieusement inexpressif, et je soupçonnais confusément qu'il n'était sans doute pas exactement ce qu'il semblait être. Peut-être avait-il fait la guerre et n'avait-il pas encore tout à fait retrouvé le chemin pour en revenir. Ou alors…

– Je cherche mon chien, Zeus, a-t-il dit. (Je me suis détendue. J'aimais les gens qui aimaient les chiens.) Je m'appelle Graf. Je suis d'Aliquippa. Ce n'est pas tout près, donc je ne pense pas que vous le verrez par ici. Mais comme ça fait presque une semaine que je le cherche, j'imagine que je me raccroche à n'importe quoi.

D'une main, il a esquissé un petit geste d'impuissance.

– Quel genre de chien est-ce ? ai-je demandé.

– Un bull-terrier. Brun. Avec une tache blanche sur l'épaule.

– Je suis désolée, a dit Mrs Taylor, mais je n'ai pas vu de chien qui corresponde à cette description. Et toi, Annabelle ?

J'ai secoué la tête.

– Il y a beaucoup de chiens par ici, mais aucun comme ça. Je m'en souviendrais.

– Eh bien, prévenez-moi s'il réapparaît. (Mr Graf a sorti un bout de papier de sa poche et l'a tendu.) Voici mon numéro de téléphone.

– Bien sûr, a dit Mrs Taylor.

Elle a pris le papier et l'a glissé dans la poche de son tablier. La conversation semblant terminée, elle a levé les sourcils comme pour demander : « Vous vouliez autre chose ? »

Mais je ne voyais pas la nécessité de se dépêcher. Le regarder, c'était comme contempler un tableau ou un jardin en fleurs, et je n'étais pas encore rassasiée.

– Je demanderai à mes frères d'ouvrir l'œil, Mr Graf, ai-je lancé.

– Appelle-moi Drake.

Il m'a souri, et je me suis sentie plus grande. Plus mûre.

– Restons-en là, a conclu Mrs Taylor d'un ton vif. (Je me suis immédiatement sentie de nouveau petite. Naïve.) Nous vous appellerons si nous apercevons votre chien, Mr Graf.

– Bien. (Il a hésité.) Je vous recommanderai juste de ne pas essayer de lui mettre une laisse. Zeus n'est pas très… à l'aise avec les étrangers. Mieux vaut m'appeler s'il se montre.

Cette déclaration m'a intriguée. Surtout l'expression « à l'aise ». Qui pouvait signifier plusieurs choses.

Et ce nom. Zeus. Un dieu grec. Ce qui rendait le chien effrayant.

Mais les chiens reçoivent leur nom quand ils sont encore tout petits, faibles et aveugles, et j'en ai donc conclu que le nom en disait plus sur Mr Graf que sur Zeus.

– J'oubliais… J'offre une récompense. Dix dollars, a-t-il ajouté.

C'était beaucoup d'argent. Je me suis demandé pourquoi il avait gardé cet argument pour la fin, comme une part de dessert.

Si nous avions déjà retrouvé son chien et si nous le lui avions dit sans avoir entendu parler de récompense, nous l'aurait-il donnée ? Peut-être pas, me suis-je dit.

Mais ensuite je me suis sentie coupable de penser du mal d'un homme qui n'avait rien fait de mal. Je n'aimais pas que les gens tirent des conclusions hâtives et j'essayais d'éviter de le faire, même s'il n'est pas toujours facile de savoir ce qu'il faut croire et ce dont il faut douter.

– C'est beaucoup d'argent, a dit Mrs Taylor, les sourcils levés.

– Zeus n'est pas n'importe quel chien, a répondu Mr Graf avec son sourire parfait.

Je l'ai regardé incliner son chapeau et se tourner vers son camion garé au bord du chemin de terre qui traverse la combe aux Loups, puis mène à la route en dur, et, au-delà, jusqu'à des endroits tel Aliquippa, avec ses stations-service, ses cafés, ses salons de beauté et tous ces autres commerces que nous n'avions pas dans nos collines.

Comparé à ces lieux, le vallon où nous vivions était comme un berceau.

« On peut toujours aller faire un tour ailleurs, aime à dire mon père, mais on finit toujours par rentrer chez soi. »

Jusqu'à présent, j'avais été comblée par notre vallon.

Mais, tandis que nous regardions Mr Graf s'éloigner, une partie de moi-même voulait aller voir ce qu'il y avait d'autre à découvrir.

– Il doit vraiment beaucoup aimer son chien pour sillonner la campagne comme ça, a dit Mrs Taylor. Et pour offrir une si grosse récompense !

– Ça, c'est sûr, ai-je répondu.

C'est alors que, juste avant qu'elle ne ferme la porte, j'ai aperçu un garçon de l'autre côté de la route, un peu au-delà de l'école, qui, debout dans les hautes herbes, nous observait.

Malgré les arbres qui projetaient des ombres le long de la route, malgré la façon dont il avait rabattu son chapeau sur son front, je savais qui il était.

Andy Woodberry.

– Qu'est-ce qu'il fait ici ? a demandé Mrs Taylor.

À sa voix, j'ai su qu'elle fronçait les sourcils.

– Je ne sais pas. Il ne vient presque jamais en classe quand il est censé y être, mais, maintenant que c'est le mois de juin, il est là, m'a répondu Mrs Taylor en fermant la porte, ce qui a clos le sujet.

Mais je suis restée sur place un long moment, à me demander ce qui avait amené Andy jusqu'ici. Il n'y avait pas grand-chose le long de cette route, à part l'école, et, un peu plus loin vers le fond de la vallée, la vieille remise à pommes de terre où nous stockions la récolte en attendant de la vendre. Et un peu plus loin encore, la ferme des Woodberry, où Andy aurait dû se trouver.

Mais Andy n'était plus mon affaire. Et je n'étais pas responsable de lui.

J'ai donc verrouillé la porte et me suis remise au travail tandis que Mrs Taylor s'interrogeait à voix haute sur Mr Graf et son chien disparu. Nous étions toutes deux impatientes de finir notre tâche et de rentrer chez nous.

J'ai décidé de parler de Mr Graf et de Zeus à toute la famille au dîner, au cas où quelqu'un croiserait l'un ou l'autre.

Toucher la récompense, ce serait bien. Retrouver un chien perdu, ce serait encore mieux.

Tout en balayant et en époussetant, je m'imaginais sauvant Zeus. Le ramenant chez lui, à Mr Graf. Comme ce serait bon de faire quelque chose de bien. Sans commettre d'erreurs. Sans « si seulement ».

Puis j'ai entendu un premier grondement au loin.

– C'était le tonnerre ? a demandé Mrs Taylor en regardant par la fenêtre. Nous aurions bien besoin d'un peu de pluie.

Je l'ai rejointe. Le ciel était encore bleu.

– Peut-être que je ferais mieux de rentrer vite, avant que cela n'arrive ici, ai-je dit.

Le tonnerre retentissait de nouveau, guère plus violemment que du gravier que l'on agiterait dans un seau, mais peut-être un peu plus près.

Mrs Taylor m'a regardée d'un air dubitatif.

– Tu crois que ça va aller ?

– Je vais courir. Je suis sûre d'arriver à temps chez moi.

Je n'avais pas imaginé la vitesse de cet orage, ni la facilité avec laquelle il franchirait la distance qui nous séparait.

2

Le temps que je remonte de la combe aux Loups et que je ressorte du bois, l'orage était arrivé de l'ouest, marchant à pas lourds dans ses grosses bottes noires, grinçant des dents et hurlant à s'en casser la voix. J'ai compris alors que je n'aurais pas dû négliger les avertissements lancés par les feuilles d'érable aux reflets argentés, ni ceux du vent froid sur mes bras nus.

Mais je les avais bel et bien ignorés, et maintenant j'étais prise au dépourvu, sans même un chapeau sur la tête.

Je savais comment réagir en cas d'orage. Je savais qu'il ne fallait pas se tenir sous un arbre. Qu'il fallait s'éloigner de tout objet en métal, de tout ce qui se dresse vers le ciel. Je savais que, si j'entendais le tonnerre, j'étais à portée de la foudre.

Or j'étais presque arrivée à la maison, il n'y avait pas d'abri aux alentours, et l'idée de m'allonger par terre pour laisser passer le pire m'a semblé idiote. J'ai donc pressé le pas au moment même où l'orage, tirant de sa poche une poignée de billes froides et humides, me les lançait en pleine figure.

En un instant, je me suis retrouvée trempée, alourdie par la pluie, tiraillée entre le désir de m'abriter sous les arbres et la certitude que je devais m'en éloigner.

Ce sont les éclairs eux-mêmes qui m'ont fait détaler, même si, à chaque lueur aveuglante, je m'accroupissais, comme si l'orage me prenait en photo, puis je reprenais ma course aussi vite que possible.

Lorsque j'ai atteint la crête de la colline où m'attendait le chemin qui me ramènerait à la maison, je me suis arrêtée, frappée de voir, au bord du sentier, les pins tsuga se tordre et s'agiter comme pour essayer d'arracher leurs racines et s'enfuir. J'étais pétrifiée de peur quand soudain l'air s'est mis à pétiller autour de moi, comme si j'avais été plongée dans un essaim de guêpes.

L'instant d'après, ces guêpes m'ont piqué tout le corps d'un seul coup, sur chaque centimètre à l'intérieur et à l'extérieur, et je n'ai plus rien ressenti qu'un crépitement douloureux dans le crâne, une chaleur terrible, un vide aigu dans la poitrine et une sorte de fin.

Quelqu'un m'a « remise en marche ».

D'un endroit sombre et lointain, j'ai senti une personne m'appuyer plusieurs fois sur la poitrine et j'ai pensé à ma mère pétrissant une grosse boule blanche de pâte à pain.

J'ai ouvert les yeux, espérant la voir, mais je me suis retrouvée dans une étrange nuit incroyablement sombre, comme si les étoiles étaient toutes à l'intérieur de mon crâne. Le martèlement s'est arrêté.

J'ai senti une main rugueuse sur ma joue. Et soudain… la pluie froide, alors qu'elle n'avait certainement pas cessé de tomber depuis le début. Et le bruit profond et inquiétant du tonnerre dans chacun de mes os.

Puis j'ai glissé de nouveau dans les ténèbres.

Quand je me suis réveillée, quelqu'un me portait.

Sans douceur. Au pas de course. Je ne voyais toujours rien, et mes pensées, encombrées de boue et de vieille paille, auraient été plus à leur place dans un nid d'hirondelles que dans mon crâne.

Mais je humais la pluie comme jamais auparavant : une senteur à la fois propre et terne de métal chauffé, de terre labourée et de vase d'étang, le tout mêlé.

Ensuite, je me suis retrouvée à l'intérieur. Dans ma propre maison. Je le savais grâce à l'odeur d'eau de Javel et de pain, et d'autres senteurs que je remarquais pour la première fois : celle du dépôt minéral d'un blanc crayeux qui entourait le robinet de l'évier, la vague puanteur de pourri de la cuisinière à gaz, et surtout celle du seau pour les cochons, plein de feuilles de chou abîmées et de marc de café.

Je le savais aussi grâce à l'odeur des gens. Leur sueur de

fin de journée. Une douceur qui me rappelait mes petits frères crasseux. Une aigreur qui émanait peut-être de ma grand-mère malade.

Qu'est-ce qui m'arrive? ai-je pensé en entendant ma mère dire: «Allongez-la ici» d'une voix éraillée par la peur.

Je voulais lui dire que j'allais bien, mais ma voix n'avait toujours pas retrouvé son chemin.

– Qu'est-ce qu'elle a? a demandé ma grand-mère.

On aurait dit qu'elle pleurait, cela m'a coupé le souffle et m'a fait tousser, ce qui a arraché à ma tante Lily une pieuse exclamation.

Je savais que j'étais sur la grande table en chêne strié de veinures de notre cuisine, où j'avais déjà été allongée une fois après avoir accidentellement marché sur un nid de guêpes jaunes. Ma mère m'avait alors badigeonnée de bicarbonate de soude humide jusqu'à ce que ma peau soit tachetée comme le pelage d'un faon.

Malgré le grondement du tonnerre, j'entendais mon petit frère James crier: «Annabelle! Annabelle, réveille-toi!» sans pouvoir s'arrêter.

C'est alors que j'ai recommencé à voir.

Juste une petite lumière au début, puis, plus rapidement, les silhouettes, leurs couleurs, leurs visages autour de la table qui me regardaient, comme les pétales d'une fleur. À mesure que ma vision s'éclaircissait, tout est devenu de plus en plus net... jusqu'à aller au-delà de ce que j'avais toujours vu, au-delà de l'ordinaire, vers des couleurs plus vives et des contours bordés de lumière. Ma mère, penchée sur moi, a dû voir cette même lumière se refléter dans mes yeux.

– Oh, tu es là ! a-t-elle murmuré.

Elle essayait de sourire, sa main posée sur ma joue, ce qui m'a ramenée au sommet de cette colline. Au souvenir de cette autre main plus rugueuse.

Elle a fermé les yeux et a laissé échapper un grand soupir.

– Le coup a dû être superficiel, a dit mon père, la main sur mon pouls. Son cœur bat fort et régulièrement.

– Mais regardez ça ! Seigneur !

Ma mère a soulevé mon bras droit, et j'ai pu voir une constellation de brûlures rouges qui couraient sur ma peau comme un réseau de lianes. Elle a reposé doucement mon bras.

– J'ai appelé le Dr Peck, a repris mon père en repoussant les cheveux de mon front, mais sa femme m'a dit qu'il était à Coraopolis pour un accouchement. (Il s'est penché plus près.) Tu m'entends, Annabelle ?

J'ai hoché la tête. Je l'entendais trop bien, en fait, comme s'il hurlait, alors qu'il parlait d'une voix normale. Mon père a de nouveau repris mon pouls.

– Est-ce que tu peux t'asseoir ?

Avec un peu d'effort, j'y suis parvenue.

– Alors attendons qu'il arrive. (Mon père a essayé de sourire.) Il te remettra sur pied en un rien de temps.

– Ce qui n'aurait pas été nécessaire si tu n'étais pas

sortie sous l'orage, Annabelle, a dit tante Lily. (J'ai eu envie de la gifler.) Je pensais que tu étais plus avisée que cela.

Mais la sagesse vient souvent après l'erreur.

C'était une leçon que j'avais déjà apprise plus d'une fois.

J'aurais certainement à l'apprendre de nouveau, mais je n'avais pas prévu les erreurs qui allaient survenir, ni ce qu'elles m'enseigneraient.

3

Une fois, quand j'avais dix ans, j'avais reçu un choc électrique assez violent en aidant mon père à réparer des fils qui n'auraient pas dû être branchés. Et je me souviendrais toujours de la sensation du courant électrique remontant mon bras. Comme un bourdonnement chaud et métallique dans mes veines. Un goût de cuivre sur ma langue. Mon père m'avait alors repoussée d'un coup d'épaule.

– Ne saisis jamais avec les mains quelqu'un qui s'électrocute, m'avait-il dit plus tard. Sinon le choc va se propager, tes mains se contracteront encore plus, et tu ne pourras plus relâcher ta prise. Utilise toujours un objet en bois pour empêcher le courant de passer. Jamais de métal. Si tu n'as pas d'autres possibilités, débrouille-toi pour libérer la personne avec une partie de ton corps qui ne restera pas coincée.

– Comme toi avec ton épaule, avais-je dit en frottant l'endroit où il m'avait percutée.

– Ou avec le poing.

Je me souviens d'avoir pensé que c'était bizarre : donner un coup de poing à quelqu'un pour l'aider.

Allongée dans mon lit cette nuit-là, essayant de revenir de l'endroit si lointain où j'avais atterri, ma mère somnolant dans un fauteuil à bascule à mon chevet, j'ai compris que, cette fois-ci, quelqu'un m'avait sauvée en réveillant mon cœur à coups de poing.

Quand elle m'a aidée à m'habiller le lendemain matin, ma mère a vu les contusions sur ma poitrine : d'affreuses marques bleues et vertes, qui n'avaient rien à voir avec les brûlures rouges qui se déployaient comme des crosses de fougère le long de mon bras.

– Qu'est-ce que c'est que ces bleus ? m'a-t-elle demandé, les yeux écarquillés. Annabelle, qui t'a fait ça ?

Je n'ai pas pu répondre. Les mots attendaient, mais ils n'étaient pas pressés.

Je l'ai regardée fixement, essayant de donner du sens au fouillis que j'avais dans la tête. En essayant de me réveiller pour de bon.

Mais alors que le reste du monde avançait comme d'habitude d'un pas vif, je vivais au ralenti, comme si j'avais reçu une gifle et que j'étais encore sonnée.

Seuls mes sens étaient sur le qui-vive. Je sentais tout, le savon de la marque Fels-Naptha que ma mère utilisait contre les taches ou l'odeur de mon chemisier, déchiré et calciné, étendu au pied de mon lit. J'entendais le moindre pas, le fredonnement de ma grand-mère dans la cuisine, le gémissement d'un train de marchandises, même si les voies les plus proches étaient à des kilomètres de là. Et je ressentais le plus léger contact, notamment les coutures de mes vêtements appuyant sur ma peau comme de minuscules chaînes.

J'avais l'impression d'être à l'intérieur d'un kaléidoscope, plein d'énigmes chatoyantes et multicolores, et j'étais à la fois fascinée et alarmée par ce qui m'arrivait.

– Annabelle ? a répété ma mère, le visage pincé par l'inquiétude. Est-ce que tu m'as entendue ? Sais-tu d'où viennent ces bleus ?

Comme je ne répondais toujours pas, elle m'a prise dans ses bras. Elle a embrassé le sommet de ma tête.

– Tout va bien, a-t-elle murmuré. On s'occupera de cela plus tard. Pour le moment, vas-y doucement.

Elle m'a aidée à brosser les touffes étranges et toutes frisées que j'avais dans les cheveux, puis elle m'a tenue par la main pour descendre lentement l'escalier jusqu'à la cuisine.

– Eh bien, la voilà, notre grande fille, a dit mon grand-père, assis à table à sa place habituelle.

Il m'a souri, mais je voyais de l'inquiétude dans son regard.

Ma grand-mère a posé sa tasse de café et a tendu un bras.

– Viens ici, mon enfant, que je puisse bien te regarder.

Elle souffrait d'une maladie de cœur et elle ne pouvait vivre qu'assise, sinon elle se serait précipitée pour me serrer dans ses bras dodus, sa joue douce contre la mienne. Elle m'a attirée vers elle et a murmuré un « merci » contre mon cœur, un merci qui ne m'était pas adressé.

– Je parie qu'Annabelle a des superpouvoirs maintenant, a dit James. Peut-être qu'elle peut lancer des éclairs avec ses doigts.

Mon autre frère, Henry, qui avait deux ans de plus que lui, a répliqué d'un ton énervé :

– Pourquoi est-ce qu'elle voudrait lancer des éclairs avec ses doigts ?

– C'est bête, comme question, a dit James.

– C'est toi qui es bête, a répondu Henry. Ton superpouvoir à toi, c'est de lancer des bêtises avec ta bouche.

– Les garçons ! a coupé mon père d'une voix sévère.

Je pouvais voir néanmoins qu'il essayait de ne pas sourire.

Et j'aurais souri, moi aussi, mais j'étais bien trop loin, trop profondément enfouie dans mon corps, même si j'ai remarqué avec curiosité que Henry, assis devant son petit-déjeuner, semblait étrangement sinistre et presque en colère.

C'est mon grand-père qui m'a donné l'explication quand il a demandé :

– Toujours aucun signe de Buster ?

Henry a fait non de la tête.

Buster était le chien de Henry. Un chien errant à l'air pitoyable qui était arrivé deux mois plus tôt, le matin de

Pâques, alors que nos seuls projets pour la journée étaient d'aller à l'église, puis de revenir pour un repas de fête : jambon et pommes de terre sautées, sauce aux pommes et à la cannelle, biscuits chauds au babeurre et premières asperges au goût printanier.

Nous avions eu d'autres chiens à la ferme et nous les avions tous bien aimés, mais Buster était spécial, surtout pour Henry.

Dès le premier jour, ils étaient devenus inséparables, comme deux meilleurs amis, ne s'éloignant jamais l'un de l'autre, même les jours de classe où Buster s'asseyait devant l'école telle une sentinelle, les oreilles dressées, pour attendre que Henry réapparaisse. Et il dormait au pied de son lit malgré les protestations de tante Lily, qui ne parlait que de boue, de puces et de bave, alors que Buster était remarquablement propre pour un chien de ferme.

Et, maintenant, il semblait avoir disparu. Tout comme le Zeus de Mr Graf, même si je ne voyais pas ce que l'un et l'autre pouvaient avoir en commun.

Je voulais demander ce qui était arrivé à Buster, mais ma question restait bloquée dans ma tête.

En voyant mon expression, Henry a poussé un soupir.

– Il était dehors lui aussi, pendant l'orage. Je ne sais pas pourquoi, vu qu'il a la frousse quand il y a du tonnerre.

Comme la plupart des chiens. Le tonnerre et les coups de feu. Les feux d'artifice, également, bien que nous n'en ayons qu'un par an.

– Je suis allé à Ambridge avec papa chercher des paniers à fruits, a dit Henry avec amertume. Quand nous sommes revenus, Buster avait disparu. J'aurais dû l'emmener.

J'ai regardé Henry. La tête inclinée. Les épaules affaissées.

J'avais fait l'expérience du regret et je n'étais que trop consciente des «j'aurais dû» de ma propre vie. Et bien consciente qu'il y en aurait d'autres. Qu'il y en avait déjà eu. Dont ma décision d'essayer de courir plus vite qu'un orage.

– Il faut que tu manges, a déclaré ma mère en posant mon petit-déjeuner devant moi. Le Dr Peck va arriver d'une minute à l'autre.

J'espérais qu'il pourrait m'aider à libérer ce qui était coincé. Ma voix, surtout. Mais aussi des questions.

Dont la plus insistante : qui m'avait ramenée à la vie ? Et pourquoi cette personne n'était-elle pas restée pour qu'on le sache ?

4

– Elle va rester confuse et pas bien en forme pendant quelques jours, mais elle reparlera, a dit le Dr Peck.

Nous étions assis dans ma chambre, moi sur mon lit et lui sur une chaise à côté. Mes parents étaient debout tout près.

– J'en suis tout à fait persuadé, a-t-il poursuivi. Quand elle sera prête. Aucun problème de cordes vocales (j'avais émis un son quand le Dr Peck m'avait piqué le pied avec une aiguille), ni d'audition (j'avais répondu à ses questions en hochant ou en secouant la tête), ni de vue (j'avais suivi du regard le doigt qu'il avait bougé d'avant en arrière). Ses circuits sont juste un peu déréglés. (Il a froncé les sourcils.) La foudre peut entraîner ce genre d'effets. Mais on va voir comment cela évolue.

Je ne savais pas grand-chose des circuits d'une personne, mais quand même suffisamment pour poser la question qui me préoccupait le plus :

– Mon cerveau, est-ce qu'il n'est pas entièrement fait de circuits ?

Et voilà, j'étais là. De retour. Juste comme ça.

J'imagine que la curiosité, elle aussi, est une force puissante.

Ma mère a fondu en larmes. Mon père a souri.

– C'est un soulagement, a dit le médecin, bien qu'il se soit dit « tout à fait persuadé » que je reparlerais.

Je me suis raclé la gorge et j'ai reposé ma question.

– Mrs Taylor nous a dit que nous fonctionnions à l'électricité, comme les radios.

– Eh bien, oui, Annabelle, m'a-t-il répondu en fronçant les sourcils et en secouant la tête. Nous fonctionnons à l'électricité, de la tête aux pieds. Heureusement, le corps humain est une chose merveilleuse. Surtout celui d'un enfant. Il peut réparer de nombreux problèmes qui l'affectent. Comme tu viens de le prouver.

– Et les brûlures sur son bras ? a demandé ma mère en séchant ses larmes.

– On appelle ça des figures de Lichtenberg. Des traces kéraunographiques. Des fleurs de foudre. Beaucoup de noms pour quelque chose de très simple. Et de pourtant très inhabituel. (Il a soulevé mon bras et examiné les brûlures.) Elles disparaîtront avec le temps. (Il m'a regardée à nouveau dans les yeux, l'air pensif.) Une brûlure plus profonde au niveau des muscles ou des organes serait plus préoccupante. Mais tu me sembles aller bien,

Annabelle. À moins qu'il y ait quelque chose que tu ne me dises pas.

– Simplement que tout fait plus de bruit qu'avant, ai-je articulé lentement. Tout est plus lumineux. Et tout a une odeur et un goût plus forts.

– Hum ! Plus, ça vaut mieux que moins. Si c'est tout ce que tu as remarqué, je dirai que tu as eu beaucoup de chance. La foudre n'a fait que t'effleurer, sinon tu serais à l'hôpital en ce moment même et tu aurais devant toi des mois de récupération. Voire des années.

– Oh ! s'est soudain exclamée ma mère. Et ces bleus, Annabelle. J'ai failli les oublier.

J'ai baissé le col de ma chemise, et le Dr Peck a pu voir que ma peau était noire et bleue.

– Ce n'est pas la foudre qui a causé cela, a-t-il dit en observant mon visage.

J'ai jeté un regard à mes parents avant de lui répondre.

– La foudre m'a assommée. Et je me suis réveillée pendant que quelqu'un me frappait la poitrine. Il a arrêté quand j'ai ouvert les yeux.

Ils m'ont regardée fixement.

– *Il ?* a demandé mon père.

J'ai réfléchi.

– Je ne sais pas. Elle, peut-être. Mais j'ai senti une main contre ma joue, et elle était rugueuse. Comme la tienne. Alors j'ai pensé que c'était toi… mais ce n'était pas le cas.

Il a secoué la tête.

– Je suis parti à ta recherche quand nous sommes rentrés d'Ambridge, et je t'ai trouvée allongée au sommet de la colline. (Son visage a pâli à ce souvenir.) Je n'ai pas compris tout de suite que tu avais été frappée par la foudre.

– Et par quelque chose d'autre, a dit le docteur. Ou plutôt par quelqu'un. Mais pour ton bien. (Il a expiré par le nez.) Il a probablement fait repartir ton cœur. Il t'a sauvé la vie.

J'ai dégluti.

– Donc je n'étais pas juste assommée ?

Il a haussé les épaules.

– Même sans faire beaucoup d'autres dégâts, la foudre peut facilement arrêter les battements d'un cœur. Il faut quelque chose pour le faire repartir.

Au moment de nous quitter, le docteur a demandé à ma mère de m'amener en consultation dans un jour ou deux.

– Juste pour s'assurer que tout va bien.

Ce qui m'a partagée entre le désir de revenir à un « tout va bien » et une faim grandissante d'apprendre ce qu'il y avait de nouveau en moi.

Combattre Betty et perdre Toby m'avaient appris que rien ne reste jamais identique. Et, maintenant, l'orage l'avait prouvé une fois de plus. En un clin d'œil, mon monde avait basculé sur son axe, cette fois-ci, j'étais curieuse des changements qui s'étaient opérés en moi. Un peu effrayée, mais surexcitée aussi par la façon dont je pétillais et crépitais, comme si j'étais encore emplie d'électricité.

J'avais l'impression qu'on m'avait donné la chance de devenir plus forte. Plus intelligente.

Essayer de sauver Toby avait été ma meilleure action, mais les mensonges racontés en cours de route avaient constitué mes pires erreurs. Ils étaient à l'origine des « si seulement » qui me poursuivaient désormais, jour après jour.

Peut-être que, si j'avais été emplie d'électricité à l'époque, j'en aurais su davantage et compris davantage.

Peut-être aurais-je été capable de le sauver.

5

Étonnamment, tout le monde s'est détendu dès que j'ai pu parler à nouveau. Comme si le son de ma voix – la chose qui sortait de moi – constituait un lien plus important que les choses que j'absorbais : ce que je pouvais voir, sentir, goûter ou entendre.

Si j'avais été naufragée ou ermite, peut-être ma voix n'aurait-elle pas eu autant d'importance, même si ce qui mérite d'être dit aurait eu de la valeur, qu'il y ait eu quelqu'un pour m'entendre ou pas.

Voilà les pensées qui m'ont occupée tout au long de cette première matinée après avoir été fulgurée.

C'est mon frère Henry qui m'a tirée de mes rêveries et m'a fait me concentrer sur un autre sujet.

– J'ai déjà cherché dans les environs, je n'ai pas arrêté de l'appeler, m'a-t-il expliqué.

Il venait d'arriver dans le verger de pêches où je ramassais les rameaux coupés lors de la taille de printemps tandis que mon père et mon grand-père éclaircissaient les fruits.

– J'ai regardé dans chaque poulailler, chaque fumoir et chaque grange entre ici et l'église, a-t-il repris. Mais aucun signe de Buster.

– Buster n'est pas une poule, a dit James, assis dans un nid de mauvaises herbes comme un canard dans un chapeau. Ni un jambon. Ni une vache. Pourquoi serait-il dans l'un de ces endroits au lieu d'être ici ?

Ce à quoi nous n'avions pas de réponse. Si Buster avait pu être avec nous, il l'aurait été.

Ce qui voulait dire qu'il avait été blessé, enlevé ou pire.

Mon grand-père a secoué la tête.

– Il va revenir. Les chiens divaguent parfois très loin, puis reviennent à la maison quand ça leur chante. Je ne compte plus le nombre de chiens qui sont apparus dans cette ferme au fil des ans et qui venaient de nulle part. Ni ceux qui ont disparu. Rappelle-toi, Henry : Buster est un chien errant qui est arrivé ici à Pâques.

Henry a eu l'air désespéré.

– Tu crois qu'il est reparti en espérant trouver un meilleur endroit où vivre ?

– Il n'y a pas de meilleur endroit, ni de meilleur maître que toi, a déclaré mon grand-père.

– J'ai rencontré un homme hier, à l'école, ai-je dit, le souvenir me revenant soudain. Mr Graf, d'Aliquippa. Il cherchait son bull-terrier. Un chien brun avec une tache blanche sur l'épaule.

– Ce Mr Graf le cherchait par ici ? a demandé mon père. Aliquippa est à des kilomètres, même à vol d'oiseau.

Mon grand-père a haussé les épaules.

– Comme je l'ai dit, un chien peut divaguer très loin.

– Si quelqu'un le voit, Mrs Taylor a son numéro de téléphone.

– Jamais entendu parler d'un chien qui avait son propre téléphone, a lancé James.

– Le numéro de téléphone de Mr Graf. (Je lui ai jeté un petit bout de bois.) Et il offre une récompense de dix dollars.

– Dix dollars ! s'est-il exclamé, les yeux écarquillés. C'est assez pour…

– Des chaussures pour vous trois, l'a coupé mon père.

– Oh non, pas des chaussures ! (James a baissé la tête avec abattement.) Y en a toujours que pour les chaussures.

– Il faut que tu commences par le retrouver, ce chien, ce qui ne sera pas évident, même s'il semble un peu plus facile à repérer que d'autres, a dit mon grand-père. C'est pratique, une tache blanche sur l'épaule, pour que tout le monde sache qui tu es.

Il utilisait une longue perche dotée d'un manchon en caoutchouc noir pour faire tomber les petites pêches des branches, une par une. Quelques-unes seulement. Certains fermiers éclaircissaient la moitié de leurs fruits, de sorte que ceux qui restaient devenaient aussi gros que des balles de *softball**. Mais nous, nous ne pensions pas que des fruits plus gros seraient nécessairement meilleurs. Les années où le gel n'avait pas noirci les bourgeons, nous enlevions juste assez de pêches pour alléger les branches et leur éviter de casser sous le poids d'une pleine récolte. Nous en laissions la plupart mûrir au soleil, boire la pluie et devenir les pêches les plus belles et les plus délicieuses du comté, peut-être même de l'univers. Tellement juteuses que je devais me pencher en avant quand j'en mangeais une pour ne pas tacher mon chemisier. Il semblait normal de s'incliner ainsi devant des fruits aussi savoureux que les nôtres.

Au tout début de l'été, ceux-ci étaient encore durs comme de petites billes vertes, mais je sentais quand même tout autour de moi leur saveur acide et astringente qui aurait besoin d'une bonne dose de soleil, de pluie et de chance pour s'adoucir.

J'entendais le bourdonnement des abeilles virevoltant parmi les trèfles à l'autre bout du verger. Et je sentais la lumière du soleil brunir ma peau : elle paraissait plus lourde que d'habitude, telle une écharpe lumineuse posée sur mes épaules. Je me réjouissais de l'intensité de ces sensations, qui dispersaient l'obscurité des derniers mois, et j'étais tentée de me cacher dans ce cocon de sensations, de laisser

* Sport apparenté au baseball, qui se joue avec une balle plus grande et plus molle, et présentant un diamètre d'environ huit à neuf centimètres. (Toutes les notes sont de la traductrice.)

les choses suivre leur cours pour pouvoir rester dans cette nouvelle strate de mon identité. Une identité qui ne se réduisait pas à cela. J'ai rajouté une branche sur celles que j'avais déjà entassées.

– Je vais t'aider à chercher Buster, Henry.

– Peut-être pas encore, a dit mon père en levant sa perche vers l'arbre. En fait, c'est toi qui devrais te reposer, et James, tu devrais ramasser les branches.

Mais, avant d'avoir pu lui répondre qu'aider Henry à retrouver Buster serait le meilleur des remèdes, un autre chien s'est approché à pas lents dans l'allée herbeuse qui séparait les rangées d'arbres. Nous l'avions appelé Trappeur en raison de sa surprenante capacité à attraper les marmottes, en dépit de son naturel calme et paresseux. Il vivait principalement dans la nature, mais il nous tenait souvent compagnie pendant que nous travaillions.

Trappeur s'est laissé tomber dans le tas d'herbes à côté de James. Puis il m'a adressé un sourire, sa langue rose pendant entre les pointes blanches de ses crocs.

Subitement, je me suis sentie plus calme. Plus heureuse, tandis que je passais mes doigts dans son pelage en soulevant de petits tourbillons bruns de poussière. La sombre chape de soucis que je traînais partout avec moi avait disparu : la guerre qui faisait rage à travers le monde, le cœur de ma grand-mère qui égrenait les heures nous séparant de sa mort, la souffrance persistante que Betty et sa terrible méchanceté avaient laissée derrière elles.

Le monde semblait soudain différent. Comme si les arbres avaient décidé que le vert ne leur convenait plus. Comme si, telle Alice, j'étais entrée dans un pays des merveilles où j'étais plus grande que jamais. Une toute nouvelle fille.

Je suis restée immobile, les yeux grands ouverts, et j'ai attendu une explication. J'ai regardé les autres à tour de rôle, mais ils paraissaient toujours les mêmes, concentrés sur leur travail. Puis je me suis retournée vers Trappeur, qui me souriait toujours, son regard planté dans le mien.

C'était le chien.

C'était lui, la raison pour laquelle je me sentais ainsi. Paisible. Certaine. Comme une pierre au soleil: solide et sûre. Toutes mes pensées rondes et entières, sans bords déchiquetés. Un état que je n'avais pas ressenti depuis un certain temps.

Comment est-ce possible ? me suis-je demandé, aussi étonnée qu'un poussin sortant de sa coquille.

C'était comme de la magie. D'autant plus que cela m'arrivait à moi, une fille ordinaire vivant dans un endroit ordinaire.

– C'est comme cela que tu te sens tout le temps? ai-je chuchoté, mon regard plongé dans celui de Trappeur.

– Comme quoi? a demandé James, qui essayait de nouer un rameau de lierre à la queue du chien.

– Ce n'est pas à toi que je parlais, j'ai dit en regardant toujours Trappeur.

J'ai levé les yeux. Henry m'observait avec curiosité.

– Tu vas bien, Annabelle ?

– Mieux que bien. Je pense que je…

Il a soudain fixé un point au-dessus de mon épaule. Je me suis retournée et j'ai vu une voiture descendre l'allée en soulevant un sillage de poussière et aller se garer au bout du verger.

Nous avons tous regardé le constable* Oleska sortir de son véhicule et se diriger vers nous à travers les arbres.

Trappeur s'est levé pour aller se coucher à quelques arbres de là, me laissant de nouveau déstabilisée. Déchirée et confuse. Tourmentée de nouveau par le monde ordinaire. Dont une partie avait pris la forme du constable Oleska.

– Aïe ! a dit James, en allant se placer derrière mon père.

– Qu'est-ce que tu as fabriqué, James ? a demandé Henry.

– Rien.

James est quand même resté derrière mon père alors que le constable s'approchait.

Et j'ai rangé mon nouveau sens parmi les autres, comme une fleur dans un bouquet, pour voir s'il s'agissait d'un lys d'un jour, qui fleurirait brièvement avant de disparaître, ou de quelque chose qui s'enracinerait et resterait.

* Aux États-Unis, dans les zones rurales, le rôle du maintien de l'ordre est confié à un responsable, le plus souvent élu, que l'on appelle couramment le shérif, le *marshal* ou, dans certains comtés, le *constable* (de l'ancien français « conestable », connétable).

6

Le constable Oleska ne portait pas d'arme, mais c'était un homme grand et sévère, qui avait l'air de ne pas en avoir besoin.

– Bonjour, Daniel, a-t-il dit en faisant un signe de tête à mon grand-père. John (avec un signe de tête pour mon père). James. Annabelle. Henry.

– Bonjour, constable, a répondu mon père.

Une fois les salutations effectuées, James a lancé :

– Je ne sais pas ce que quelqu'un a fait, mais ce n'est pas moi.

Cela a fait sourire le policier, qui ne semblait pourtant pas d'humeur à cela. Il s'est tourné vers moi.

– J'ai entendu parler de la foudre qui t'a frappée. Heureux de voir que tu es en un seul morceau.

J'avais envie de dire : « Mais pas du tout. Absolument pas. Ou si je le suis, c'est un nouveau morceau. Un tout nouveau genre de morceau. »

Je voulais lui dire que l'odeur de son cirage me piquait le nez. Qu'il y avait une déchirure de la taille d'un cil dans le col de sa chemise. Qu'il avait oublié un poil en se rasant le menton ce matin. Que j'entendais son ventre gargouiller, car il avait bu trop de café, ce qui avait jauni son haleine et ses dents.

– Quelqu'un l'a frappée sur la poitrine, elle est couverte de bleus, a dit mon grand-père. Ç'a fait repartir son cœur. Du moins, c'est ce que pense le Dr Peck.

– Quelqu'un ?

Le constable m'a regardée pensivement.

– Je ne sais pas qui. Mais quelqu'un était là. Il a martelé ma poitrine jusqu'à ce que j'ouvre les yeux. J'étais incapable de voir quand je me suis réveillée pour la première fois. Mais je savais que quelqu'un était là. Et ce dont je me souviens après, c'est de papa me ramenant à la maison.

– Un mystérieux héros. (Le constable a poussé un petit rire.) Ça nous change d'un mystérieux voyou.

– Il n'y a aucune raison d'agir en secret, a dit mon père.

Le constable a haussé les épaules.

– Les gens ont leurs raisons.

– Annabelle a des superpouvoirs maintenant, a indiqué James.

J'ai failli éclater de rire, tant cela était vrai.

– Vraiment ? Eh bien, c'est une bénédiction.

Et je savais que le constable avait raison.

Il m'a regardée encore un peu avant de se tourner vers

mon père. Il a enlevé son chapeau, s'est gratté le sommet du crâne, puis a remis son chapeau.

– Je suis venu vous parler d'Andy Woodberry.

Encore Andy. Deux fois en deux jours, après des semaines sans avoir vu son visage ou entendu son nom.

– Quoi, Andy ?

Mon grand-père avait l'air en colère, et je ne pouvais pas vraiment lui en vouloir.

Andy avait toujours été une sorte de brute à l'école : il se moquait des plus petits, nous jetait des boules de neige en hiver, nous mettait des gratterons dans les cheveux, ce genre de choses. Mais, jusqu'à récemment, il n'avait pas été pire que d'autres garçons plus âgés. En plus, il n'était pas souvent là, car il travaillait beaucoup avec son père et ne venait en classe que pour s'assoupir près du poêle à bois, lorsque la pluie avait changé le monde en boue ou que le vent était si froid qu'il avait le nez gelé.

Puis, à l'automne dernier, Betty Glengarry était arrivée et elle avait décidé qu'il serait son… Je ne savais pas comment l'appeler. Son « compère », c'était trop guilleret. Son « sous-fifre » ? Ça donnait l'impression qu'il n'avait pas su ce qu'il faisait quand il l'avait aidée à manigancer toutes ces cruautés contre moi, contre Toby et contre d'autres. Contre nous tous, en réalité.

Son *ami*, je suppose. Andy avait été son ami. Et les pires aspects de sa personnalité étaient remontés à la surface, où ils avaient clapoté, nauséabonds, à la vue de tous.

Une fois Betty disparue, nous avions pensé qu'Andy deviendrait peut-être moins détestable. À l'inverse, il était pire que jamais. Méchant. Maussade. En colère.

Chaque fois qu'il m'avait regardée, j'avais vu une immense amertume dans ses yeux, même si je ne savais pas en quoi il pouvait me rendre responsable de ce qui était arrivé (tout en étant vraiment désolée pour le rôle que j'avais joué).

J'avais été soulagée qu'il manque les dernières semaines d'école.

Mrs Taylor, qui avait essayé une ou deux fois de le faire revenir en classe, avait vite renoncé. Je savais qu'elle était plus à l'aise sans lui. Nous l'étions tous.

Être coincée avec Andy à l'école était horrible, et rien que passer à côté de sa ferme m'était pénible. S'il était dans le coin, il interrompait ses travaux et me regardait fixement. Je sentais son regard me brûler comme un coup de soleil.

Cela faisait un moment que je ne m'étais pas rendue à pied près de chez lui.

– Je l'ai surpris à vivre dans votre remise à pommes de terre, a dit le constable. Et j'ai eu du mal à croire que vous lui en ayez donné la permission.

– Bien sûr que non ! a répliqué mon grand-père, agacé.

– En fait, si, c'est vrai, a soupiré mon père. Je l'ai trouvé moi-même là-bas il y a quelques jours, avec le nez cassé et rien d'autre que les vêtements qu'il avait sur le dos.

J'ai essayé d'imaginer la scène : mon père debout sur le

seuil de notre vieille remise, Andy recroquevillé dans un coin, dans ses vêtements élimés, le visage abîmé.

J'ai été surprise par ce que j'ai ressenti en imaginant la scène. Une tristesse noire qu'Andy n'avait pas méritée.

Après ce qu'il avait fait l'année précédente, il méritait la colère. Il méritait le dégoût.

Et j'en avais à revendre chaque fois que je pensais à lui.

Debout dans le verger, l'imaginant aux côtés de Betty, j'ai décidé de ne pas ressentir de tristesse à cause de son nez cassé. Ou de l'endroit où il dormait, peu importe lequel.

De la tristesse, j'en avais déjà assez.

Et Andy méritait ce qui lui arrivait.

– Et tu lui as permis de rester ? a dit Henry.

– Jusqu'à ce que les choses s'arrangent avec ses parents, a acquiescé mon père.

– Ce sont ses parents qui lui ont fait ça ? ai-je demandé.

Je savais qu'ils étaient durs, mais pas à ce point-là, même si je n'étais pas certaine que cela compte. Andy lui aussi était dur, après tout.

Mon père a haussé les épaules.

– Il a prétendu qu'il avait marché sur la lame d'une houe et que le manche s'était brusquement relevé, le frappant au visage. Mais pourquoi partir de chez soi, si le problème ne vient pas de là ? (Il a regardé le constable.) Peut-être que c'est cela qui mériterait votre attention.

Le constable a poussé un soupir.

– J'ai déjà eu des mots avec eux, John. Personne n'a jamais reconnu qu'il y avait un problème. Pas même Andy, comme vous venez juste de le dire vous-même, à l'instant.

Nous sommes tous restés sans réagir pendant un long moment avant que le constable ne reprenne la conversation :

– C'est très louable à vous de lui donner un toit où s'abriter un moment.

– C'est une remise à pommes de terre. Pas un palace.

– C'est mieux que rien. (Il a jeté un coup d'œil par-dessus son épaule, à travers les arbres.) Je l'ai embarqué avec moi dans la voiture de patrouille, juste au cas où.

Mon père a levé les sourcils.

– Pour s'être installé dans une vieille cabane ?

Le constable Oleska m'a d'abord regardée, puis il a de nouveau fixé mon père.

– Votre Annabelle ici présente en connaît un rayon sur les petites choses qui mènent à de plus grandes.

Ce qui était vrai. Toby avait eu l'air d'un méchant, tandis que Betty avait semblé mignonne comme une rose – quelque chose que j'étais capable de gérer toute seule –, mais il s'était avéré qu'elle avait des épines. Et essayer de la gérer avait été une erreur.

Mon père s'est frotté le front.

– Eh bien, ramenez-le à la remise. Laissez-le partir.

J'ai regardé à travers les arbres, mais je n'ai pas pu voir Andy qui attendait dans la voiture du constable.

Je me demandais ce qu'il voyait quand il me regardait.

En avril, quelques jours après que Buster s'était présenté sur le seuil de notre porte, nous avions appris qu'Andy avait perdu son propre chien et nous avions pensé que peut-être Buster lui avait appartenu.

Il était facile de comprendre pourquoi son chien aurait décidé de s'enfuir.

Nous avions donc décidé que c'était à Buster de savoir s'il voulait rester avec nous ou repartir, s'il était effectivement le chien d'Andy.

Il était resté.

Mais debout dans le verger en cette matinée de juin, tout en regardant le constable se diriger vers sa voiture, j'ai dit à Henry :

– Tu crois que Buster se trouve là-bas ? Avec Andy ?

Henry a secoué la tête.

– Pas par choix, non, je ne pense pas.

J'ai réfléchi à ce qu'il venait de dire avant de reprendre :

– Je ne sais pas ce que nous ferions si Buster avait appartenu à Andy avant d'être à toi, et qu'il l'avait récupéré.

Henry a secoué la tête avec fermeté.

– Buster n'est pas à Andy. Et il n'est pas à moi. Buster n'appartient qu'à lui-même.

– On dirait qu'on joue aux chiens musicaux par ici, a dit mon père, les yeux rivés sur son travail. Le corniaud d'Andy disparaît en avril. Puis c'est au tour de Buster. Je vois pourquoi tu penses qu'il pourrait y avoir un lien,

Annabelle. Et maintenant un bull-terrier. Bien que ce dernier vienne d'Aliquippa.

– Et qu'il n'ait rien à voir avec Andy, ai-je ajouté. Mais on devrait peut-être lui demander s'il sait où se trouve Buster. Et voir ce qu'il dit.

Mon père a secoué la tête.

– Pas toi, Annabelle. Tu as été au centre de toute cette affaire l'automne dernier. Andy n'a pas oublié comment tu as défendu Toby quand il essayait de l'abattre. Et c'est toi qui nous as forcés à nous intéresser à Betty de plus près. Et même à Andy, qu'il l'admette ou non. Il ne l'a certainement pas encore digéré, si tant est qu'il y arrive un jour. (Il a poussé un profond soupir.) Je suis sûr que tu lui rappelles un mauvais moment et le pire de ce qu'il a été.

– De ce qu'il est, a corrigé mon grand-père.

Une part de moi-même voulait vraiment rappeler à Andy des événements qu'il ne soit jamais autorisé à oublier.

Comme le fait d'aider Betty à installer un fil de fer aiguisé en travers du chemin que nous prenions pour aller à l'école, en le fixant entre deux arbres, bien tendu et à la bonne hauteur pour attraper quelqu'un au visage. Ou à la gorge. Le fil avait entaillé le front de James, notre petit James, lui laissant une fine cicatrice.

De toutes les mauvaises actions commises par Andy et Betty, c'était l'une des pires.

Mais une autre part de moi-même soupçonnait qu'Andy n'aurait pas manigancé une telle chose tout seul.

Que Betty avait fait de lui un suiveur. Bien qu'il ait pris tout seul cette décision d'agir comme il avait agi.

C'était déroutant : comment Andy avait-il pu décider de devenir un suiveur ? Ce qui voulait dire qu'il n'en avait pas été un. Même s'il l'avait été.

– Et maintenant, il vit dans notre remise à pommes de terre ? a dit mon grand-père.

Mon père a soupiré.

– Il n'y a pas de mal à témoigner un peu de bonté à ce garçon. Il n'en a pas eu beaucoup.

– On récolte ce que l'on a semé, a répondu mon grand-père.

Voilà. C'était exactement ce que je ressentais. J'en étais encore plus certaine maintenant que mon grand-père l'avait exprimé.

Mais mon père avait dit quelque chose de tout à fait différent à propos de la bonté, et je me suis une nouvelle fois demandé ce qu'Andy voyait, assis dans la voiture de patrouille, à attendre. À regarder trois générations d'une même famille dans ce verger, entourées par le monde qu'elles s'étaient bâti.

J'ai regardé droit vers lui, mais, de là où je me tenais, je ne pouvais absolument pas le voir.

7

Après le départ du constable, mon père est resté dans le verger avec mon grand-père pour éclaircir les pêches pendant que James leur expliquait comment faire et que Henry ramassait des branches dans les hautes herbes. Quant à Trappeur, il m'a suivie le long du chemin jusqu'à la maison où j'allais retrouver ma mère et poursuivre une journée que je n'oublierais pas de sitôt.

Quand je suis arrivée à la porte située sous le porche, Trappeur s'est installé à l'abri du soleil, la tête sur les pattes.

Je savais, sans aucun doute, qu'il serait toujours là à m'attendre quand je sortirais de nouveau.

– Brave chien, ai-je dit, même si les mots étaient superflus.

J'ai trouvé ma mère dans la cuisine, devant l'évier, un tablier autour de la taille, un foulard sur la tête, occupée à préparer un poulet qui, quelques heures auparavant, pourchassait encore les souris dans la cour.

Je pouvais sentir le poulet depuis l'extrémité de la pièce :

une riche odeur de volaille et de sucs gras si savoureux que je me faisais un peu l'effet d'être un renard.

– Te voilà, a-t-elle dit. Tu te sens bien, Annabelle ?

J'ai hoché la tête.

– Juste fatiguée. Les jambes un peu molles. Et mon cerveau est encore dans le brouillard.

– C'est comme cela que je me sens à peu près tous les matins. (Elle a souri.) Mais dis-moi s'il y a quelque chose qui t'inquiète.

J'ai eu envie de lui parler de Trappeur, mais la liste de ce qui m'appartenait n'était pas bien longue, et je voulais que ce mystérieux changement reste rien qu'à moi encore un peu, le temps que j'essaie d'en comprendre le sens.

À la place, je lui ai parlé d'Andy.

– Il vit où ça ? a dit ma mère.

– Dans la remise à pommes de terre. Il s'est disputé avec ses parents.

Elle s'est retournée pour finir de préparer le poulet.

– Je pense que la foudre a dû t'embrouiller le cerveau plus que tu ne le dis. Soit ça, soit c'est ton père qui te taquine, Annabelle. Il ne laisserait jamais ce garçon occuper notre remise après ce que lui et Betty ont fait l'automne dernier.

– Le constable Oleska est venu nous dire qu'il avait surpris Andy dans la remise, mais papa a déclaré qu'il n'y avait pas de problème, du moins pour le moment.

Ma mère a pris le poulet troussé et l'a posé délicatement dans un plat allant au four. Puis elle s'est soigneusement lavé les mains, les a séchées sur son tablier, s'est assise à la table de la cuisine et a tiré la chaise à côté de la sienne.

– Assieds-toi ici, a-t-elle articulé.

Ses « s » étaient aussi tranchants qu'un couteau à découper, et l'image du Petit Poucet et de ses frères m'a rapidement traversé l'esprit.

Elle a croisé les mains sur ses genoux, fermé les yeux, les a rouverts et a esquissé un petit sourire.

– Ton père est un homme intéressant. (J'ai attendu qu'elle poursuive.) Il peut presque tout faire, presque tout réparer, sans tapage. Même quand personne ne lui a appris comment faire. (Nouvelle pause.) Il est fort, habile, coriace, honnête et intelligent. Il a tout ce qu'on peut souhaiter chez quelqu'un. (Elle s'est arrêtée pour choisir ses mots.) Y compris un cœur tendre, Annabelle. Ce qui est une bonne chose. Ça équilibre le reste et le rend plus… intéressant. À mes yeux, il est parfait, vraiment. (Elle a souri de nouveau.) Je n'aurais pas été heureuse avec un homme au cœur dur.

Quand elle s'est interrompue, j'ai ajouté :

– C'est un bon père, aussi. Mais qu'est-ce que ç'a à voir avec Andy ?

Elle a incliné la tête.

– Eh bien, je me demande parfois si les gens ne profitent pas de ce cœur tendre.

– Tu veux dire : que papa laisse tante Lily vivre avec nous alors qu'elle pourrait très bien avoir sa propre maison ?

Ma mère s'est figée.

Nous savions toutes les deux qu'elle aurait eu la vie plus facile si tante Lily n'avait pas habité sous le même toit que nous.

– Peu importe, a-t-elle repris. C'est Andy qui m'inquiète pour l'instant.

J'imaginais Andy avec Betty, rôdant par monts et par vaux, semant la zizanie sans aucune raison. Ou, s'ils en avaient eu une, je ne la comprenais toujours pas. Je ne voulais pas la comprendre. Je n'étais pas comme Betty et Andy. Je ne le serais jamais.

– Tu veux dire que, si papa n'avait pas le cœur si tendre, Andy n'aurait pas osé se réfugier dans notre remise à pommes de terre ?

Elle a hoché la tête.

– C'est exactement ce que je veux dire.

Selon moi, Andy ne méritait pas de bénéficier de la bonté de quelqu'un, mais je ne voulais pas non plus que mon père ait le cœur plus dur que nécessaire.

– Tu penses que ça vaut le coup de prendre le risque ? ai-je demandé lentement. D'être une bonne personne, même si les gens peuvent profiter de vous ?

– C'est là toute la question, Annabelle. (Elle s'est levée et a lissé son tablier.) Je pense que la réponse dépend de l'importance du risque. Et de qui tu entends par « les gens ».

J'ai réfléchi à cette réponse, tout en l'aidant à disposer le déjeuner sur la table : un reste de rôti froid en gelée, un soupçon de sauce au raifort faite maison suffisamment forte pour assommer un bœuf, le tout fourré dans des petits pains tout juste sortis du four et servis avec une cuillerée de crème aigre et de la compote de pommes fraîche. Et puis j'ai sonné la grande cloche du porche pour appeler tout le monde à table, à l'exception de tante Lily, qui était au bureau de poste où elle travaillait, un peu trop loin pour rentrer déjeuner la plupart du temps, ce qui était une bénédiction. Tante Lily avait tendance à être comme le raifort : meilleure à petites doses.

La cloche résonnait tellement plus fort que d'habitude que j'ai lâché la corde et pressé mes mains sur mes oreilles, en regardant ses oscillations se réduire à un murmure.

Debout sous le porche, hypnotisée par le son qui franchissait la barrière de mes mains, j'ai imaginé Andy s'enfuyant de chez lui, le visage ensanglanté et tuméfié. Je l'ai imaginé descendant la route toute droite qui traversait le fond de vallée où nous cultivions du maïs et des pommes de terre. Puis se dirigeant vers l'endroit où elle remonte entre les arbres, et, un peu plus loin, vers la remise, nichée dans l'ombre fraîche, attendant d'être remplie par la nouvelle récolte.

Je l'ai imaginé s'arrêtant là. Trouvant un endroit où s'abriter.

Cela faisait un certain temps que je n'y étais pas entrée, mais je pouvais encore sentir l'odeur de la remise : terre sèche, bois chaud, toile de jute poussiéreuse, pommes de terre flétries, crottes de souris, toit en tôle.

Cette fois-ci, quand je me suis imaginé Andy dormant là, j'ai fait demi-tour et suis rentrée dans notre maison. Je suis passée devant la fenêtre aux vitres violettes de l'entrée, j'ai traversé le salon avec sa grande cheminée et nos portraits en photo accrochés aux murs ; la brise faisait gonfler les rideaux comme des voiles silencieuses. Je suis arrivée à la cuisine où la table en chêne était dressée pour nous tous. Les garçons s'y sont engouffrés, se sont débarrassés de leurs bottes poussiéreuses dans un coin avant de courir vers leurs chaises ; mon père et mon grand-père sont entrés plus calmement, ont accroché leurs chapeaux tandis que ma mère disait : « Asseyez-vous ! Tout est prêt ! » à ma grand-mère, et lançait : « James, Henry, vos mains ! » pour les déloger de leurs chaises et les envoyer se les laver. L'odeur du café gardé au chaud et d'une tarte aux fraises posée sur la desserte. Abondance de sucré. Abondance d'amertume. Assez des deux pour un équilibre.

Un équilibre parfait.

Depuis le seuil de la cuisine, je regardais tout cela. Je n'en avais jamais vu autant. Et je me suis demandé, de nouveau, si être une bonne personne valait la peine de prendre un risque.

C'est alors que j'ai revu Andy et Betty sur le chemin de la combe aux Loups, riant d'un air moqueur, tout en attachant un fil de fer aiguisé entre deux arbres impuissants.

Je n'étais plus certaine de rien.

8

Mon père attelait les chevaux cet après-midi-là quand il s'est interrompu pour regarder Trappeur sauter maladroitement sur le plateau de la charrette.

– Qu'est-ce qui lui prend ? Ce chien ne va jamais nulle part, à moins qu'il y ait de la pitance à obtenir.

Trappeur s'est roulé en boule sur un tas de vieux sacs. Comme je le regardais, il a cligné paresseusement les paupières avant de fermer les yeux.

– Il nous aime bien, c'est tout, ai-je dit lentement, consciente qu'il y avait autre chose que cela. Où vas-tu ?

– Je vais trouver Andy. Pour discuter.

Son visage était sombre. Sa voix était empreinte de réticence.

– Je viens avec toi.

– Je ne pense pas que ce soit une bonne idée. (Il est monté sur la banquette et a pris les rênes.) Comme je l'ai déjà dit, ce garçon ne peut pas te considérer sans a priori,

Annabelle. Quand il te regarde, il voit ce qui s'est passé l'automne dernier.

– Et quand je le vois, je vois la même chose, moi aussi. Donc nous sommes quittes.

Mon père a haussé les épaules.

– Oui, je suppose. Mais…

– Et pourquoi faudrait-il que je m'inquiète de ce qu'il pense de moi ?

– Je n'ai pas dit qu'il le faudrait. À mon avis, il sera plus susceptible d'être lui-même et de me parler si tu n'es pas là.

– D'être lui-même ? Qui d'autre pourrait-il être ?

Mon père a froncé les sourcils.

– Annabelle, tu ne réagis pas comme d'habitude. (Il m'a dévisagée.) Est-ce que tu vas bien ?

– Oui, papa. Si Andy est mal à l'aise avec moi, c'est son problème. Je ne suis pas à l'aise avec lui non plus. Mais si tu dois aller là-bas pour lui parler, je viens avec toi.

Mon père a fait une pause, les rênes pendant de ses mains.

– J'espère que tu n'imagines pas que tu peux le changer.

– Qui a parlé de le changer ?

Peut-être avais-je eu cette idée pendant un moment, déclenchée par son amertume après la mort de Betty, mais cela faisait longtemps qu'elle ne m'avait pas traversé l'esprit.

– Andy n'est pas mon ami, ai-je repris. Il ne le sera jamais. Je ne veux pas changer quoi que ce soit.

– Alors pourquoi venir ?

– Pour veiller sur toi !

C'était tellement vrai que cela nous a surpris tous les deux.

– Pour veiller sur *moi* ? a-t-il demandé, les yeux écarquillés, avec un léger sourire.

J'ai regardé mes bottes.

– Maman dit que tu as le cœur tendre.

– C'est l'hôpital qui se moque de la charité, a-t-il déclaré avec un petit rire.

– Ce n'est pas une insulte. C'est une bonne chose. Mais je n'aime pas l'idée qu'Andy en profite.

Il a soupiré, son rire avait disparu.

– Je crains parfois que tous ces problèmes avec Betty, Toby et Andy n'aient endurci ton cœur, Annabelle.

C'était comme s'il m'avait frappée. Cette idée que j'avais le cœur dur.

– Non, pas du tout, ai-je glissé d'une petite voix, la gorge serrée. Je te promets que non, papa.

– J'espère bien que non, a-t-il dit en continuant à me regarder.

Dire la vérité sur Andy ne faisait pas de moi quelqu'un de dur. J'en étais sûre. Il avait fait des choses terribles. Pourquoi ne devrais-je pas le dire ?

– Et en quoi tout cela est-il ma faute ? ai-je demandé.

– Qui a parlé de faute ? a-t-il repris, l'air surpris.

– Tu as dit que j'avais le cœur dur.

Mon père s'est redressé.

– Je n'ai pas dit ça. J'ai dit que je le craignais. Et je n'ai jamais dit que tu étais responsable de ce qui était arrivé. Bien que tu aies fait des erreurs, Annabelle, et tu le sais.

– J'essayais d'aider.

Il avait raison.

J'avais fait des erreurs et je le savais. Au plus profond de moi, je le savais.

– Certes, mais des erreurs quand même, a-t-il ajouté, les yeux toujours fixés sur moi.

J'ai grimpé sur la banquette à côté de lui.

– Je n'interviendrai pas. Et je ne ferai rien pour aggraver la situation.

– Deux bonnes résolutions, a-t-il déclaré en se poussant pour me faire de la place. Ne les oublie pas.

Trappeur m'a donné des petits coups de tête sur le bras jusqu'à ce que je me retourne et lui lance :

– Couché, mon chien !

Il m'a obéi, après avoir tourné deux fois sur lui-même, et s'est affalé sur les sacs.

Mon père nous a regardés tour à tour.

– Je n'ai jamais vu ce chien s'attacher à quelqu'un comme il s'est attaché à toi, Annabelle. Et en un clin d'œil, en plus, alors que cela fait bien deux ans qu'il traîne par ici.

J'ai tendu le bras et gratté le chien sur le sommet du crâne. C'était agréable de voir combien il était facile de lui faire plaisir.

– Vous allez où ? a demandé James en sortant de la maison, Henry sur les talons.

– On va juste faire une course, a répondu mon père. Les garçons, allez aider grand-père dans le verger.

– Et pourquoi Annabelle a le droit de venir avec toi ? a demandé James d'un ton renfrogné, les poings sur les hanches.

– Laisse-la tranquille, a dit Henry.

Cela me faisait plaisir que Henry ait toujours un pied dans le monde de James, mais se rapproche du mien.

Certains soirs, une fois James endormi, il venait me trouver pour parler de tout et de rien, ou juste me dire bonne nuit, comme si ce qui comptait, c'était juste de se parler ou de ponctuer ainsi la fin de la journée.

– Je vais regarder si je vois Buster pendant le trajet, lui ai-je dit. (Je sentais que, quels que soient les événements, Henry ne faisait que guetter, tendre l'oreille et se demander où était parti son chien.) Et demain, nous irons chercher plus loin. (Je me suis tournée vers mon père.) Tu nous déposeras près du pont après la consultation chez le Dr Peck ? Pour qu'on puisse couvrir plus de terrain ?

Il a hoché la tête.

– S'il dit que tu es suffisamment en forme pour une longue promenade en pleine chaleur.

Henry a reculé en entraînant James avec lui, pour laisser passer les chevaux qui se dirigeaient vers le chemin.

– Je parie que Trappeur sait où est Buster, a dit James au moment où nous passions devant lui.

C'était quelque chose que je n'avais pas essayé. Demander à un chien où pouvait bien se trouver un autre.

Mais je ne savais pas parler chien.

Je pouvais sentir Trappeur, tout comme je pouvais sentir d'autres choses plus facilement depuis l'orage. Mais ce que je ressentais était vague : un flot de notions sans forme, à la fois de celles qui viennent du cœur et de celles qui viennent du corps.

Comme le contentement et l'odeur du bacon qui frit.

Le langage humain était d'une autre nature. Il était découpé en petits morceaux ayant chacun un rôle à jouer. Comme dans « Où est Buster ? ».

Une question à laquelle Trappeur n'avait pas de réponse.

J'imaginais le meilleur : Buster attaché dans une cour de ferme, sans pouvoir dire à qui il appartenait. Et j'imaginais le pire.

Et puis j'ai essayé d'être davantage comme Trappeur : dans cette charrette, à ce moment-là, mon père à mes côtés, les brûlures de mon bras déjà en voie de guérison.

9

Mon père et moi sommes restés dans une douce bulle de silence tandis que la charrette progressait vers l'endroit où la route descendait pour traverser la combe aux Loups et mener à une longue bande de terre fertile que nous appelions, tout naturellement, la vallée. Elle était bordée d'un côté par une rivière peu profonde qui babillait comme un enfant insouciant. Presque invisibles sur le fond caillouteux, les écrevisses, tels des jouets fragiles, se déplaçaient sur la pointe des pattes dans l'eau claire à la recherche de vers ou de larves.

Comme Trappeur, la rivière se contentait d'être ce qu'elle était.

Mes frères et moi aimions sa fraîcheur en été et l'étendue dégagée qu'offrait la vallée après tant de temps passé dans les collines, mais nous appréhendions la proximité de la ferme des Woodberry. Nous n'avions pas envie de nous approcher d'Andy, en particulier, ni de ses parents.

Nous restions donc sur notre propriété sans nous aventurer de l'autre côté de la vallée, ce qui nous convenait d'autant plus qu'il n'y avait pas grand-chose d'autre là-bas qu'une succession de fermes dont aucune n'était aussi belle que la nôtre.

Et il n'y avait pas de route plus belle que celle que mon père et moi parcourions en ce jour de juin, à la recherche d'Andy, pour tâcher de comprendre comment sa vie s'était de nouveau mêlée à la nôtre.

Au-dessus de nous, les branches découpaient le soleil de sorte qu'il se déposait en motifs sur la route, ruban fauve de douce poussière estivale et de pierre usée. Cette journée était si parfaite que les oiseaux inventaient de nouveaux chants pour la célébrer sur notre passage.

Je me suis alors rendu compte, tandis que nous roulions, que Trappeur n'était pas la seule créature que je connaissais mieux qu'avant.

Je connaissais aussi les oiseaux. Leur prudence infinie, qui était, selon moi, la seconde nature de tout petit animal : guetter le danger sous tous les angles, à chaque instant de la journée. Même quand ils chantaient.

Et je connaissais les chevaux. Leur patience. Leur robustesse et leur simplicité, résignés face à leur travail, mais impatients de retrouver le pré qui les attendait à la fin du labeur.

Cette prise de conscience m'a donné envie de plonger

dans les bois, à la recherche de tamias*, de couleuvres et de renards roux. Pour les connaître autrement, eux aussi.

Tout autour de moi, le monde chuchotait ses secrets, et je me sentais tendre l'oreille plus attentivement que jamais.

C'est alors que, devant moi, j'ai vu la remise à pommes de terre, muette comme une pierre. Et je me suis rappelé pourquoi j'étais venue.

Jusqu'à présent, la remise s'était contentée d'être une cabane en bois, vide à cette époque de l'année, où les dernières pommes de terre étaient conservées dans notre cave. Elle ne contenait alors que de vieux sacs de jute éparpillés comme les pétales d'une fleur fanée. Un grand nombre de mulots. Des rideaux de toiles d'araignée pâlies aux fenêtres poussiéreuses. En d'autres saisons, c'est là que nous stockions des boisseaux de pommes de terre, des rouges et des blanches, parfois des patates douces, mais surtout de bonnes grosses pommes de terre de couleur brun-roux, à cuire au four ou à l'eau, à manger en frites ou en purée. Ordinaires, mais utiles dans presque toutes les situations.

Maintenant, la remise était un endroit où nous nous attendions à trouver un garçon que je méprisais.

* Les tamias sont de petits mammifères rongeurs apparentés aux écureuils.

Mon père a fait obliquer les chevaux vers le bord de la route et serré le frein de la charrette

Je suis descendue, les jambes un peu flageolantes, et j'ai attendu de recouvrer mon équilibre pendant qu'il me rejoignait.

– Reste ici, ai-je dit à Trappeur.

Il m'a jeté un long regard, puis s'est recouché, aux aguets, tandis que nous nous dirigions vers le seuil de granit et frappions à la porte.

Personne n'a répondu.

Il n'y avait pas de verrou, et nous avions tout à fait le droit d'entrer, mais mon père a refrappé.

– Je suppose qu'Andy a dû rentrer chez lui, a-t-il dit. Après ce qui s'est passé ce matin avec le constable.

– Peut-être, ai-je rétorqué en saisissant la poignée. Mais qu'il soit encore là ou non, j'aimerais voir ce qu'il y a à voir à l'intérieur.

J'ai ouvert lentement la porte, et nous l'avons franchie tous les deux, mon père s'interposant pour entrer le premier.

La remise était vide.

Il n'y avait qu'une paillasse sous une fenêtre, des sacs de jute vides que quelqu'un avait empilés les uns sur les autres pour en faire un mince matelas rugueux et poussiéreux.

J'ai imaginé Andy étendu là, à attendre que la chaleur de la journée se dissipe pour pouvoir s'endormir.

J'ai marché jusqu'à cette couche. Je l'ai poussée du pied. J'ai senti quelque chose.

Coincée sous un bord du tas de sacs, une balle en caoutchouc. Rouge et abîmée. Le genre de balle qu'un garçon pourrait jeter à un chien pour qu'il joue à l'attraper.

Et j'ai une nouvelle fois pensé à Buster.

Si Andy avait perdu son propre chien en avril, pourquoi gardait-il une balle comme celle-ci ?

Je l'ai ramassée. J'ai de nouveau balayé l'endroit du regard. Je l'ai remise là où je l'avais trouvée.

La fenêtre toute proche était ouverte.

Je me suis allongée sur les sacs de jute.

– Qu'est-ce que tu fabriques, Annabelle ? a dit mon père depuis la porte. Lève-toi de là.

Mais, avant de lui obéir, je suis restée sur le dos à regarder par cette fenêtre et j'ai imaginé les arbres au clair de lune. Les branches remuant dans la brise. Le cri troublant d'un engoulevent « bois-pourri » répétant inlassablement le chant qui lui valait son surnom…

Quand mon père s'est retourné pour sortir, j'ai attendu un moment, perdue dans mes pensées. Essayant de comprendre ce qui m'avait poussée à me coucher sur un lit aussi minable. Regrettant de l'avoir fait.

Je me suis remise debout et j'ai épousseté mes vêtements.

– Il est probablement rentré chez lui maintenant.

– C'est mieux que de mourir de faim, je suppose, a dit mon père en refermant la porte derrière nous.

Était-ce si vrai que cela ? me suis-je demandé.

10

– Est-ce que tu te sens suffisamment en forme pour aider ta mère à cueillir les derniers petits fruits rouges ? m'a demandé mon père alors que nous reprenions le chemin de la maison cet après-midi-là.

– Oui. Je vais bien maintenant. Bien sûr que je vais aller l'aider.

Et je le pensais vraiment. Je ne me sentais plus malade ou faible. Juste un peu bizarre. Et tous mes sens étaient grands ouverts, y compris celui qui me reliait aux animaux. Même si rien de tout cela n'avait à voir avec le travail.

Nous avions déjà cueilli, lavé, équeuté et mis en conserve suffisamment de baies pour nos tartes de l'hiver. Nous avions préparé une centaine de bocaux, vendu deux mille barquettes au marché de Sewickley, partagé plusieurs cageots avec nos voisins et en avions perdu quelques autres à cause des oiseaux, des serpents et des limaces. Il n'en restait donc plus beaucoup.

Mais un fermier cueille toujours ses fruits jusqu'au

dernier pour les vendre, les donner ou les manger, alors c'était ce que nous faisions. Et puisque j'allais manger ces baies, ces tartes et cette confiture, et que les chaussures que j'avais aux pieds et le charbon pour notre chaudière allaient être payés avec l'argent de la vente de nos récoltes, il était logique que j'aide à les ramasser.

– Alors je te dépose au champ, a dit mon père, les chevaux accélérant légèrement à mesure que nous approchions de la maison.

– Qu'est-ce qui se passe, Trappeur? ai-je demandé machinalement alors que nous arrivions près de notre allée.

Mon père m'a regardée fixement.

– Que veux-tu dire?

Il avait raison. Trappeur n'avait pas fait un bruit. Mais je l'avais senti se concentrer dans notre dos, affûter ses sens et se dresser, en alerte, au détour d'un virage.

– J'ai cru… j'ai cru l'entendre grogner, ai-je balbutié.

J'ai jeté un coup d'œil par-dessus mon épaule et j'ai découvert qu'il était effectivement dressé sur ses pattes, le visage concentré, les yeux fixés sur quelque chose devant lui.

Je me suis retournée: un camion venait vers nous.

Je connaissais la plupart des vieux véhicules brûlés par le soleil qui parcouraient notre route. Mais pas celui-là. Comme il roulait lentement vers nous, j'ai vu que l'homme qui le conduisait était lui aussi un inconnu.

Rien à voir avec Mr Graf. Je connaissais maintenant et son camion et son visage, ce qui signifiait qu'il n'était plus un étranger, mais plutôt l'esquisse d'un personnage. Une silhouette, à laquelle je pourrais ajouter d'autres traits si jamais je le revoyais.

Le conducteur du camion qui avançait lentement vers nous était tout nouveau pour moi. Trop âgé pour combattre à la guerre, mais pas encore vieux. Tout en angles aigus, de ses sourcils à son nez étroit et à son menton pointu, avec un chapeau défraîchi sur la tête. Et antipathique. Je le savais rien qu'en le regardant. Peut-être même méchant. Ça se lisait sur son visage alors qu'il nous fixait, les yeux plissés, comme si nous étions trop lumineux. Ou lui, trop sombre.

Je m'attendais à ce que Trappeur se hérisse devant autant d'hostilité. Mais j'ai été surprise. Au moment où le camion nous a croisés, j'ai senti combien il était calme. Plein de confiance.

De même, l'homme a paru s'adoucir en regardant Trappeur debout derrière moi.

Cependant, quand le camion nous a dépassés, j'ai vu qu'il y avait une grande cage sur le plateau, et senti aussi son odeur. Une puanteur épaisse et chaude d'excréments, d'urine et de peur.

– Oh, c'est horrible !

J'ai plaqué mes mains sur mon nez, Trappeur a éternué derrière nous.

– Qu'est-ce qui est horrible ? a demandé mon père, en me regardant avec insistance.

– Tu ne sens pas ?

– Quoi, la poussière ?

J'ai secoué la tête.

– Je ne sais pas.

J'ai toussé un peu, le cœur soulevé par l'odeur, la vue de cette cage et la façon dont Trappeur tressaillait et s'agitait, bien que le camion ait maintenant disparu.

– Je me demande qui c'était, a dit mon père en jetant un coup d'œil derrière son épaule.

– Je ne sais pas, ai-je répété.

J'essayais d'imaginer une raison expliquant cette terrible cage.

– Je ne l'avais jamais vu avant, a déclaré mon père le soir au dîner.

– Moi non plus, ai-je renchéri en donnant un morceau de poulet à James avant de me servir.

Ma mère m'a passé le beurre.

– Je me demande si c'est l'homme qui a emménagé dans la vieille ferme des Steuben.

C'était une petite exploitation avec une habitation délabrée, une vaste grange, des champs et un potager abandonné aux oiseaux depuis que Mrs Steuben était partie vivre chez sa fille à Elmira.

– Mr… Edelman, je crois, a-t-elle poursuivi. Annie Gribble fait courir des potins à son sujet. Apparemment, il est très impoli. Chaque fois qu'il passe un appel, il lui demande de raccrocher et de s'occuper de ses affaires.

Mrs Gribble, qui gérait le standard de toutes les lignes téléphoniques du canton, était une commère indiscrète. Elle écoutait souvent les appels, même si elle le niait. « Un mot ou deux, disait-elle toujours lorsqu'on le lui reprochait, son double menton frémissant d'indignation. J'entends parfois un mot ou deux avant de quitter la ligne. Rien de plus, vraiment. »

– Apparemment, il n'a pas de famille, a dit ma mère. Pas d'intérêt à se montrer aimable, pas l'intention de venir à l'église, rien de tout cela.

– De quoi en faire le voisin idéal des Woodberry, a conclu mon grand-père.

Les Woodberry vivaient à côté des Steuben, dans une ferme encore plus délabrée. Encore plus triste.

– Un homme tout maigre ? Le visage en lame de couteau ? a demandé tante Lily.

Elle a calé deux morceaux de poulet contre la montagne de purée qu'elle avait empilée dans son assiette. Mon père acquiesçant, elle a ajouté :

– Ça ressemble à Mr Edelman. Il est venu au bureau de poste avec la vieille boîte aux lettres des Steuben. Il l'a plantée sur le comptoir et a dit qu'il viendrait chercher lui-même son courrier. Il ne voulait pas qu'on le lui distribue. Mais qu'on le mette de côté pour lui. (Elle a secoué la tête.) Suis-je censée m'occuper de tout, je vous le demande ?

– Depuis combien de temps est-il là ? a enchaîné mon père.

Tante Lily a réfléchi.

– Depuis avril.

– Ça correspond au moment où le chien d'Andy a disparu, ai-je dit lentement.

Henry a froncé les sourcils.

– Tu crois que Mr Edelman est un voleur de chiens ?

– Je ne sais pas. Mais le chien d'Andy a disparu. Et Buster également. Et il y a un autre chien qui a disparu, aussi.

J'ai alors parlé à ma mère, à ma grand-mère et à tante Lily de ce Mr Graf d'Aliquippa et de son bull-terrier à l'épaule blanche.

– Je le connais aussi, cet homme ! s'est exclamée tante Lily. Il est venu au bureau coller une affiche au sujet de ce chien, qu'il a appelé Zeus. Comme s'il n'y avait pas suffisamment de beaux noms bien américains pour aller choisir un dieu païen ! En plus, il offre une récompense. Dix dollars… pour un chien !

– Je serais prêt à donner dix dollars pour récupérer Buster, a déclaré Henry d'une voix triste.

– Ce qui ne sera pas nécessaire si c'est Mr Edelman qui l'a, ai-je dit. Il avait une cage à l'arrière de son camion.

– Quel genre de cage ? a demandé tante Lily.

Elle s'est servi au passage un deuxième petit pain alors qu'elle n'avait pas encore mangé le premier.

– Une grande cage. Et je suis sûre que c'était pour des chiens.

Mon père m'a dévisagée.

– Comment le sais-tu ?

– J'ai senti leur odeur.

Ce qui m'a valu quelques regards curieux et un froncement de sourcils de la part de tante Lily.

– Qui est-ce qui voudrait mettre un chien dans une cage ? a demandé James.

– Ça ne me dérangerait pas d'en voir une ou deux par ici, a lancé tante Lily d'un ton sec. Qu'y a-t-il de mal à utiliser une cage pour qu'un chien reste à sa place ?

Ma grand-mère a secoué la tête.

– Lily, la façon dont une personne traite un animal en dit plus sur elle que n'importe quoi d'autre.

– Quel message envoie-t-on quand cette bande de mioches traite un bâtard galeux comme un roi ? a-t-elle répliqué, la bouche pleine, en pointant sa fourchette vers moi et mes frères.

– Un bon animal vaut plus qu'une mauvaise personne, ai-je rétorqué.

Tante Lily m'a fusillée du regard.

– Comme si tu pouvais faire une telle comparaison.

Je me suis adressée à ma mère.

– Trappeur a eu l'air de bien aimer Mr Edelman.

À cela, tous les yeux se sont braqués sur moi.

– Depuis quand tu sais ce que pense Trappeur ? a dit James en brandissant un pilon de poulet.

– Si quelqu'un doit le savoir, ce sera Annabelle, a répondu mon grand-père. Je n'ai jamais vu ce chien s'attacher à quelqu'un. Sauf à toi, Annabelle, et seulement depuis, eh bien… depuis que tu as été fulgurée.

J'ai surpris mon père en train de froncer les sourcils d'un air pensif.

– En parlant de mauvaises personnes, qu'est-ce que j'entends dire au sujet de ce garçon Woodberry qui vit dans notre remise à pommes de terre ? a demandé tante Lily.

J'étais soulagée qu'elle change de sujet.

– Il a dormi là une nuit ou deux, le temps de régler un problème avec ses parents, a dit mon père, mais je suis sûr qu'il est rentré chez lui maintenant.

– Je l'espère bien. (Tante Lily a ajouté du beurre à ses pommes de terre, même si, à cause de la guerre, nous en avions moins qu'avant.) Donner une maison à un tel voyou. Cela n'a aucun sens.

Étrangement, entendre tante Lily l'insulter ainsi m'a rendue plus indulgente envers Andy.

– La remise à pommes de terre n'est pas exactement une maison, Lily, a soupiré mon père.

– Sauf si tu es une pomme de terre, a précisé James. Je ne parlais pas de toi, tante Lily, a-t-il vite ajouté, en étudiant son visage. Tu ressembles plus à un haricot vert. Sauf que je ne pense pas qu'une remise à haricots, ça existe, mais si ça existait…

– James !

Ma mère l'a fait taire d'un signe de tête.

Je regardais la scène, je l'entendais, mais j'étais ailleurs, distraite par l'homme dans le camion et le garçon dans la remise à pommes de terre et le chien qui m'attendait sous le porche. Par l'idée que tante Lily les mettrait tous les trois en cage si elle le pouvait.

– As-tu au moins déjà parlé à Andy ? lui ai-je demandé.

J'ai remarqué que mon père levait à nouveau les yeux de son assiette pour écouter.

– Pas besoin. Je connais le genre. Rien de ce qu'il pourrait dire ne me ferait changer d'avis.

Cette nuit-là, j'ai rêvé de la foudre.

Mais, cette fois, ce n'était pas un éclair chauffé à blanc qui s'abattait pour m'assommer. C'était un éclat plus lent, plus doux, qui me soulevait et me faisait tourner sur moi-même jusqu'à ce que je sois étourdie et désorientée, ne sachant plus où était le monde que j'habitais.

Je me suis réveillée, confuse et désorientée, une bonne part de moi-même toujours au sommet de cette colline, tandis que l'orage s'éloignait.

Et je me suis rendu compte que je n'avais pas consacré une seule minute à chercher qui m'avait sauvée.

Je n'avais pas oublié la sensation de cette main rugueuse sur ma joue, mais je n'étais pas plus près de comprendre de qui il s'agissait. Ni pourquoi quelqu'un m'avait sauvé la vie pour ensuite me laisser seule au sommet de la colline.

11

Après une matinée de plantations et de désherbage sous un soleil brûlant, suivie d'un rapide déjeuner froid, nous sommes allés chez le Dr Peck pour qu'il puisse m'examiner à nouveau, maintenant qu'un certain temps s'était écoulé.

D'habitude, conscients qu'il ne fallait pas gaspiller l'essence en temps de guerre, nous préférions atteler la charrette, mais nous avons pris le camion, ce qui était beaucoup plus rapide bien qu'aussi poussiéreux pour Henry et moi, assis à l'arrière sur le plateau, qui regardions la route se dérouler derrière nous.

James avait fait un énorme caprice quand nous l'avions laissé, mais mon père avait dit: « Quelqu'un doit s'occuper de grand-père et de grand-mère », et ma mère avait ajouté: « Quoique, si tu viens avec nous, le Dr Peck proposera peut-être de t'examiner », deux arguments qui avaient suffi à le convaincre de rester.

Trappeur avait également voulu venir, mais je l'avais embrassé sur le front en lui disant que je reviendrais vite.

– Il t'aime vraiment, ce chien, a dit James.

– Il t'aimerait aussi si tu arrêtais d'essayer de faire un nœud avec ses oreilles, ai-je rétorqué en montant dans le camion avec Henry.

Celui-ci n'avait qu'un seul but : chercher Buster dans des coins qu'il n'avait pas encore explorés.

Nous sommes tous deux restés à l'affût pendant que nous roulions, Henry surveillant d'un côté du camion, moi de l'autre, espérant apercevoir Buster attaché dans une cour devant une maison.

J'ai tout particulièrement scruté les lieux quand nous sommes passés devant chez les Steuben où vivait désormais Mr Edelman, leur vieille grange située à l'écart de la route, leur maison plus décrépite encore et qui aurait bien eu besoin d'une nouvelle couche de peinture et d'un nouveau toit. Et là, ce camion dans l'allée, la cage tapie comme une araignée sur le plateau à l'arrière. Aucun signe de Buster.

J'ai cru entendre des aboiements au loin, mais voyager à l'arrière du camion était assourdissant, et nous avons dépassé l'endroit avant que j'aie eu le temps de tendre de nouveau l'oreille.

– Tu as entendu ça ? ai-je demandé à Henry.

– Entendu quoi ?

– Rien.

À quoi bon planter une graine que je ne pourrais pas

arroser ? J'ai donc remisé cette pensée dans ma poche, en me demandant si mon père nous emmènerait voir Mr Edelman au cas où Buster ne reviendrait pas bientôt.

Le Dr Peck a examiné les bleus sur ma poitrine, qui avaient foncé et s'étaient étendus. Il a demandé si nous avions trouvé qui en était le responsable, ce à quoi nous avons tous répondu non. Il a écouté mon cœur. Il a effectué tous les gestes que font les médecins : tapoter, regarder et palper aux endroits habituels.

– Elles commenceront à s'estomper dans quelques jours, a-t-il dit en examinant les brûlures causées par la foudre sur mon bras. Il ne restera qu'une faible marque qui disparaîtra avec le temps. (Il s'est redressé.) Pas d'infection, pas de cicatrice. Tu as de la chance, Annabelle, d'être la même fille qu'avant.

Derrière lui se trouvaient des étagères chargées de sachets, de bocaux, de fioles et de flacons contenant les médicaments et les toniques que le Dr Peck concoctait dans son apothicairerie, mais il n'y avait sans doute pas de potion pour ce que la foudre m'avait donné. Et, de toute façon, je n'en voulais pas.

J'ai donc réfléchi à deux fois avant de lui dire, et de leur dire à tous, ce que j'avais jusque-là gardé pour moi.

– En fait, je ne suis pas la même fille qu'avant.

Ma mère a froncé les sourcils.

– Qu'est-ce que tu veux dire ?

Je les ai regardés tour à tour, elle, mon père, Henry et le Dr Peck. Ils attendaient tous patiemment ma réponse. Ils devaient penser que je parlais d'un vertige. Peut-être d'un bourdonnement dans les oreilles.

– Ç'a un rapport avec les animaux, ai-je dit. Surtout les chiens.

Dans le silence qui a suivi, j'ai ajouté :

– Ou au moins un chien. Trappeur. Mais il me semble que je sais aussi des choses sur les oiseaux et les chevaux.

– *Des choses ?* s'est impatientée ma mère. Je ne sais pas ce que cela signifie.

Mon père, qui m'avait vue avec Trappeur, est resté silencieux.

– J'ai essayé de trouver comment l'expliquer. (J'ai poussé un soupir de frustration.) Mais ça donne l'impression que j'imagine des choses.

Le Dr Peck a levé une main.

– Ne t'inquiète pas pour cela. Dis-nous simplement ce que tu veux dire.

Henry a fait un pas de plus et s'est retrouvé tout près de la table d'examen.

– J'ai une idée de ce que les animaux ressentent. Comme quand Trappeur n'a pas aimé que James lui attache un rameau de lierre à la queue. Ça venait de son cœur.

– Une émotion, a suggéré le docteur.

– Oui, mais d'autres sortes de sensations, aussi. J'ai déjà décrit ça, la façon dont tout est plus sonore et plus lumineux.

Dont tout sent beaucoup plus fort que d'habitude, c'est ce que Trappeur éprouve.

Ma mère s'est énervée.

– Annabelle, tu es la fille la plus sensée que j'aie jamais connue, mais tout cela me paraît complètement idiot.

– Non, attendez. (Le Dr Peck m'a regardée droit dans les yeux.) J'ai lu pas mal de choses au sujet des effets de la foudre sur les personnes qui ont survécu à une fulguration. Comme l'histoire d'un homme qui s'est réveillé en sachant résoudre des problèmes mathématiques complexes. Et un autre, qui savait soudain parler italien. Un troisième, qui pouvait jouer du piano sans avoir pris une seule leçon. Et une femme qui pouvait dire ce que les gens pensaient. Alors pourquoi pas cela ? (Il a relevé mon menton, a palpé mon cou, m'a dévisagée comme si j'étais une licorne.) Y a-t-il quelque chose de différent ?

– Rien d'autre, ai-je dit en haussant les épaules. Juste les animaux, les odeurs et tout ça. (Je me suis tournée vers ma mère.) Ce raifort m'a presque fait tomber dans les pommes.

– Le raifort ? Ce n'est pas vraiment…

– Le toucher, aussi ? l'a interrompue le Dr Peck, les yeux toujours fixés sur moi.

Je me suis souvenue de la sensation de cette paillasse de sacs de jute sur mes bras nus. Semblables à des aiguilles.

– Le toucher, un peu, mais c'est surtout l'odorat. (J'ai fermé les yeux et inspiré profondément.) Vous avez mangé un sandwich au jambon et au pain de seigle, avec de la moutarde, pour le déjeuner. (Je me suis penchée un peu plus près.) Et vous avez bu de la tisane de sassafras.

Il a eu l'air surpris.

– J'aime en prendre contre la goutte. (Il s'est tourné vers mes parents.) Seriez-vous d'accord pour que j'emmène Annabelle à Pittsburgh afin qu'elle y passe un examen à l'hôpital général d'Allegheny ? Rien d'invasif, a-t-il vite ajouté en voyant la réaction de ma mère. Il ne s'agit pas de l'opérer, ni quoi que ce soit d'autre.

Ce qui l'a fait sursauter de plus belle, ainsi que Henry.

– L'opérer ?

– Non, Henry, je parle juste d'un examen. (Il y a réfléchi.) Et peut-être d'une analyse ou deux.

Mon père m'a aidée à descendre de la table.

– Docteur, Annabelle a vécu des choses difficiles ces derniers temps. Et… (Il a détourné le regard.) Ce que vous suggérez semble… coûteux.

– Oh, cela ne vous coûtera rien ! En fait, c'est vous, ou Annabelle, plus exactement, qui nous feriez une faveur. (Il a souri.) Presque tous ceux qui sont frappés par la foudre sont gravement blessés ou meurent. Une telle situation – être changé, mais pas abîmé – est très rare. Il ne nous arrive pas souvent d'avoir l'occasion de passer du temps avec un miracle.

Si tante Lily avait été dans la pièce, elle nous aurait sûrement infligé un sermon sur ce qui constitue, ou pas, un miracle.

– Eh bien, nous en discuterons, docteur, a dit mon père. Et nous vous tiendrons au courant.

Le médecin a soupiré.

– Comme vous voulez, mais ces choses ne durent pas toujours, John. (Il m'a regardée avec mélancolie.) Parfois, elles s'effacent au bout d'un certain temps. Comme ces motifs sur le bras d'Annabelle. Tout ce qu'elle décrit au sujet de ses sens et des animaux pourrait disparaître aussi. J'aimerais avoir la possibilité d'en apprendre davantage avant qu'il ne soit trop tard. Demain, si possible.

L'éventualité qu'il évoquait m'a donné le sentiment d'être dépouillée.

– Ça pourrait disparaître ?

Le Dr Peck a hoché la tête.

– Aussi vite que c'est arrivé.

– Nous vous tiendrons au courant pour Pittsburgh, a dit ma mère.

Quelque chose dans sa voix m'a fait penser qu'elle ne serait pas contre une expédition à la grande ville.

– Je compte sur vous. Et préviens-moi si quelque chose d'autre survient, Annabelle.

En tout cas, ce qui est arrivé ensuite n'avait rien à voir avec la foudre.

12

– Ne traînez pas trop, a dit mon père en nous déposant au pont de la rivière.

– Et ne vous approchez pas des Woodberry, a ajouté ma mère. Ni de la maison de Mr Edelman, non plus.

– Promis, ai-je répondu.

Et je le disais sincèrement, même si, au cas où nous verrions Andy, j'avais l'intention de lui poser des questions sur Buster, ce que je pouvais faire depuis la route, sans m'approcher trop près.

Henry et moi sommes restés sur le pont et avons regardé le camion s'éloigner, une queue de poussière s'agitant derrière lui.

Le pont était l'un de mes endroits préférés. Un lieu ombragé d'où je pouvais fixer l'eau qui ondulait comme une vitre ancienne, les oiseaux qui se baignaient, la lumière du soleil qui se peignait sur la surface de la rivière.

Ce jour-là, j'ai aimé le pont plus que jamais. L'eau en contrebas jouait une vieille mélodie et transportait une odeur archaïque et souterraine de pierre froide, même si la journée était chaude. Et chaque nouvelle feuille sortant de son bourgeon exhalait un souffle frais et propre. J'étais immergée dans le mélange du très ancien et du tout nouveau.

Henry et moi avons passé un bon moment, penchés par-dessus la balustrade, à regarder l'eau glisser sans fin sous le pont, et je l'ai imaginée trouvant un fleuve, le fleuve une mer, la mer un ciel, le ciel une tempête, la tempête une rivière comme celle-ci. Ou même une fille comme moi.

J'ai imaginé les gens qui avaient vécu ici bien avant nous, en ce même endroit, au-dessus de cette même rivière, essayant de donner un sens à leur vie. Et j'ai imaginé ceux qui viendraient longtemps après nous pour se tenir là où nous nous tenions et faire la même chose.

De telles pensées me faisaient me sentir comme une feuille de novembre. Comme si, à tout moment, la brise pouvait me soulever et m'emporter.

Alors j'ai repensé à l'instant et au lieu présent, et à ce que nous étions censés faire.

– Viens. (Je me suis éloignée du pont.) Allons chercher Buster.

Nous marchions côte à côte sur la longue route droite du fond de la vallée, les branches des arbres formant une arche au-dessus de nos têtes, les feuilles encadrant des instants de soleil qui tachetaient notre peau d'une lumière capricieuse, Henry allongeant le pas pour s'accorder au mien.

J'imaginais que nos cœurs aussi étaient accordés tandis que nous marchions. Mais je me trompais.

– Je ne veux pas parler à Andy, a dit Henry alors que nous approchions de la ferme des Woodberry.

– Moi non plus. Mais je pense qu'on devrait le faire si on le voit.

Henry s'est arrêté dans une flaque d'ombre.

– Il me fait peur, Annabelle. Et je ne veux pas avoir à me battre contre lui.

Ce qui était une notion étrange.

– Se battre ? Qui a parlé de se battre ?

Mon frère était presque aussi grand que moi, mais il devait encore lever la tête pour me regarder dans les yeux. Le rouge a envahi lentement son visage.

– C'est ce que font les garçons. Dans la cour de l'école. Quand il y a un problème à régler. (Il a fait une grimace.) Ils se battent.

– Et tu ne veux pas te battre.

– Non. Pas pour quelque chose sans importance ou stupide, en tout cas. Et pas parce que je n'en suis pas capable – même si je ne me suis jamais bagarré –, mais parce que je ne veux pas. Surtout si c'est son idée.

Je comprenais cela aussi. Le fait qu'il ne veuille pas suivre l'exemple d'Andy.

– Mais pourquoi y aurait-il une bagarre à propos de tout ça ? On va juste lui parler d'un chien.

Henry a secoué la tête.

– C'est ce qu'il y a de pire. La plupart du temps, quand une bagarre est terminée, personne ne se souvient de la raison pour laquelle elle a eu lieu. Ou bien celle-ci est si petite que ça n'a aucun sens.

J'avais entendu des soldats dire la même chose à propos de la guerre. Comment les combats semblaient avoir une vie propre, comme un virus qui ne veut pas être soigné.

J'ai regardé mon frère avec intensité.

– S'il est là, tu pourras attendre sur la route pendant que je lui parlerai. Cela ne me prendra qu'une minute, et ensuite on continuera notre chemin.

Henry a hésité. Il a failli dire quelque chose, mais il s'est tu. Je sentais combien il était déchiré. Mais je savais que ce serait à lui de réparer la déchirure, s'il en était besoin.

Les Woodberry avaient une petite exploitation laitière autour de laquelle flottait, tout naturellement, une forte odeur de vache. Cette ferme n'avait par ailleurs rien de particulier – du moins, vue de la route –, et je ne m'en étais jamais approchée plus que cela.

Nous avons trouvé Andy travaillant sur une clôture près de l'endroit où nous passions. Il a levé les yeux, nous a vus, nous a fixés un moment, puis s'est remis à travailler.

J'ai vu ses lèvres bouger et je me suis demandé ce qu'il avait articulé.

– Je reviens tout de suite, ai-je dit à Henry.

J'ai franchi le fossé qui longeait la route et me suis approchée de la clôture qui empêchait le troupeau de divaguer.

Quand j'ai atteint l'endroit où Andy travaillait, j'ai attendu qu'il relève les yeux.

Ce qu'il a fini par faire.

– Qu'est-ce que tu veux ?

De près, je voyais que son nez était encore gonflé et meurtri. En dépit de l'espace qui nous séparait, je pouvais sentir combien il avait travaillé dur – une odeur de saine transpiration.

– Je veux te parler de ton chien. Et de Buster, celui de Henry. Ils ont tous les deux disparu.

J'ai été surprise de m'entendre parler avec autant de calme.

Andy s'est redressé. Il a posé sa pince sur le sommet d'un poteau de la clôture et enlevé ses gants de travail.

– Ça fait longtemps que mon chien a disparu. Deux mois maintenant.

– À quoi ressemble-t-il ?

Andy m'a lancé un regard noir.

– C'est un bâtard très laid. Avec un œil blanc. Je ne sais pas pourquoi je veux le récupérer.

Donc son chien n'était pas Buster, et Buster n'était pas son chien.

J'ai poussé un soupir de soulagement.

Mais je me suis souvenue de la balle en caoutchouc rouge que j'avais trouvée dans la remise à pommes de terre. Cela faisait donc des semaines qu'Andy la gardait sur lui, malgré la disparition de son chiot.

Je ne m'attendais pas à ce que de la compassion s'immisce dans ce que je ressentais envers Andy, mais j'ai soudainement découvert qu'il était plus facile de détester l'idée que j'avais de lui que de le détester lui-même, maintenant qu'il se tenait juste en face de moi.

J'ai changé d'avis lorsque, sa bouche tordue par un rictus, il a grogné :

– Mais mon chien, c'est mon affaire, ça ne te regarde pas.

– Peut-être pas. (J'ai jeté un coup d'œil par-dessus mon épaule : immobile sur la route, Henry nous regardait fixement.) Mais Buster, le chien de mon frère, voudrait qu'on le retrouve, qu'il ait disparu depuis deux mois, ou vingt mois, peu importe. Il garderait cet espoir. Donc on le retrouvera si c'est possible. (J'observais son visage.) Et c'est la même chose pour ton chien, tu le sais. Je le vois bien.

Il a détourné le regard.

– Je l'ai déjà cherché partout.

– Partout ?

– Sauf juste là. (Il a désigné une direction d'un coup de menton.) La première ferme de ce côté-là.

Mon regard a suivi la route.

– La ferme des Steuben ?

– C'est un certain Edelman qui l'occupe maintenant. Mauvais comme un serpent.

Ce qui, venant d'Andy Woodberry, signifiait beaucoup.

J'ai pensé à l'homme aperçu dans le camion.

– Maigre ? Le menton pointu ?

– Ça lui ressemble, a-t-il dit en hochant la tête. (Il a jeté un coup d'œil dans cette direction.) Mon père est allé lui poser la question, mais Edelman a dit qu'il ne savait rien à propos d'un chien qui aurait disparu, même s'il en a quelques-uns, enfermés dans sa grange, on ne sait pourquoi. Ils n'arrêtent pas d'aboyer.

À ce moment précis, un chien a commencé à japper au loin, ce qui m'a fait tressaillir.

Andy m'a observée de plus près.

– Tu as peur des chiens ? a-t-il dit avec une curiosité teintée de beaucoup de mépris.

– Absolument pas, ai-je répondu d'une voix ferme.

Intérieurement pourtant, je me suis sentie déstabilisée, sans savoir pourquoi. Il m'a jeté un long regard, comme s'il essayait de prendre une décision. Puis il a repris :

– Mon père ne veut pas que j'aille déranger cet homme, alors je n'y vais pas.

Il a passé la main avec précaution sur les bleus de son visage, et j'ai compris pourquoi Andy n'était pas allé chercher son chien chez Mr Edelman.

Mes parents n'étaient pas du tout comme les siens, mais j'étais toujours nerveuse à l'idée de leur désobéir, même si le chien d'Andy, Buster et Zeus d'Aliquippa avaient tous trois disparu, et même si un homme étrange qui venait de s'installer au bout de la route cachait des chiens dans une grange et trimballait une grande cage à l'arrière de son camion.

– Et si on trouvait le moyen de chercher ton chien et Buster sans déranger Mr Edelman ? ai-je proposé.

Andy a réfléchi un moment.

– Un chien, ça aboie. Qu'il soit content ou en colère, ça aboie. Tu t'approches de ses chiens, ils aboieront. Et il se demandera pourquoi.

– Et s'il n'est pas chez lui pour les entendre ?

Andy a eu l'air un peu moins en colère.

– Alors viens me chercher. J'aimerais bien voir ce qu'il y a dans cette grange. Et j'aimerais bien récupérer mon chien.

J'ai été surprise qu'Andy soit d'accord pour venir. Lui et Betty avaient peut-être eu des conversations similaires lorsqu'ils préparaient leurs mauvais coups. Rien que d'y penser, je ne me suis pas sentie très bien.

– Mais hors de question que quelqu'un soit blessé, ai-je dit. Ou que quelque chose soit cassé. Ou volé.

Andy a fait une grimace.

– Je ne peux pas voler un chien qui est déjà à moi.

Lorsqu'il a ramassé sa pince et s'est remis au travail, j'ai remarqué que ses gants étaient usés par endroits, les coutures déchirées par les travaux de force.

Lui aussi, il avait l'air usé. Trop fatigué pour quelqu'un d'aussi jeune.

– J'ai entendu dire que tu avais été frappée par la foudre pendant cet orage, a-t-il déclaré sans me regarder, avec une sorte d'indifférence, presque de l'ennui.

– C’est vrai. Juste un petit peu.

Ma réponse lui a fait relever la tête.

– Comment est-ce qu’on peut être frappé par la foudre «juste un petit peu»?

– Je suppose que j’étais assez loin de l’endroit où elle est tombée. Mais le Dr Peck pense que ç’a arrêté mon cœur.

Andy est resté immobile à me fixer.

– Alors ça t’a tuée? «Juste un petit peu»?

Je ne pouvais pas dire s’il se moquait de moi ou non.

– C’est ce que pense le docteur. Mais quelqu’un m’a ramenée à la vie.

Andy a de nouveau baissé les yeux et s’est mis à tordre le fil de fer le long de la clôture avec sa pince jusqu’à ce qu’il soit bien tendu. J’ai repensé au fil qu’il avait placé en travers du chemin de la combe aux Loups. Celui qui avait lacéré mon frère au visage.

Comment pouvais-je me sentir désolée pour un garçon qui avait fait une telle chose?

J’ai alors décidé de n’éprouver aucune compassion pour lui.

– Ça, c’est un truc futé, a-t-il dit. Ramener quelqu’un à la vie.

– C’était une bonne action, ai-je répondu d’une voix dure. Voilà ce que c’était.

Et je l’ai laissé à son travail.

Henry m’a emboîté le pas lorsque j’ai retraversé le

fossé pour poursuivre notre chemin vers la ferme de Mr Edelman.

– Qu'est-ce qu'il a dit ?

– Pas grand-chose. Mais Buster n'est pas son chien, donc c'est déjà un bon point.

– Oui, a-t-il confirmé avec un faible sourire.

Je lui ai répété ce qu'il m'avait indiqué, que Mr Edelman gardait des chiens enfermés dans sa grange.

– Andy pense que c'est bizarre. Moi aussi. Il m'a dit que si on trouvait un moyen d'explorer sa ferme sans se faire prendre, il voulait venir avec nous.

Le sourire de Henry s'est effacé.

– Je ne veux pas de lui dans les parages.

– Moi non plus, ai-je répondu. Alors on va faire les choses de notre côté et on regardera si on voit son chien pendant qu'on y est.

Pour le bien du chien, ai-je pensé, tout en me demandant si ce n'était pas une erreur de rendre un chien à un garçon tel qu'Andy.

13

Quand Henry et moi avons atteint la limite entre la propriété des Woodberry et celle de Mr Edelman, nous nous sommes arrêtés et avons jeté un coup d'œil derrière une rangée de grands platanes au pied desquels la balsamine poussait en abondance.

– Je ne vois pas son camion, ai-je dit.

Henry a fait une grande enjambée pour sortir de derrière les arbres qui nous cachaient.

– Moi non plus.

Je l'ai suivi lentement le long du fossé qui s'étirait vers le devant de la ferme de Mr Edelman.

Mais avant que nous soyons allés très loin, je me suis arrêtée net.

– Henry.

Je ne sais pas si c'est son prénom ou la façon dont je l'ai prononcé qui l'a fait sursauter.

Il s'est retourné. M'a dévisagée. J'ai désigné du doigt le fossé où des détritus emportés par le vent s'étaient accrochés aux mauvaises herbes. Un lambeau de papier goudronné. Un emballage de barre chocolatée Baby Ruth. Et le collier de Buster, pris dans une tige de trompette du diable.

C'est James qui le lui avait fabriqué avec un bandana bleu, roulé et noué autour du cou, quand ils jouaient aux cow-boys ensemble, et, comme Buster avait semblé l'aimer, les garçons le lui avaient laissé.

Henry est descendu dans le fossé pour le décrocher.

– Il a été coupé.

Je l'ai regardé approcher le bandana de son visage.

– Henry, il y a du sang dessus.

Il l'a retourné, a vu le sang. Et m'a regardée d'une manière qui disait clairement ce que je savais déjà.

– On va y aller alors, ai-je dit. On va y aller et on va le trouver.

Il a mis le bandana dans sa poche, et nous avons marché jusqu'à l'allée qui menait à la maison de Mr Edelman.

De la route, on la voyait à peine, cachée qu'elle était dans un bosquet d'arbres et de vigne vierge. Elle était vieille et délabrée. Il manquait quelques ardoises sur le toit. Les fenêtres avaient besoin d'être nettoyées. Le porche était un peu affaissé. Mais il y avait deux fauteuils à bascule sur la galerie, un pot de géraniums rouges sur chacune des marches qui y menait, et un nid qu'un oiseau avait installé dans un recoin au-dessus des marches éclaboussées de fientes.

Quelqu'un aurait pu facilement faire tomber ce nid pour s'épargner le désagrément de ces saletés.

Ce quelqu'un ne l'avait pas fait.

Cela m'a intriguée. Ainsi que les deux fauteuils à bascule. Et ces fleurs, si rouges et fraîches contre le vieux bois. Et Mr Edelman lui-même. Peut-être ne fallait-il pas s'en tenir à la première impression ?

Depuis la grange, un des chiens a commencé à aboyer. Puis un autre.

Henry a jeté un coup d'œil par-dessus son épaule.

– Peut-être qu'on devrait aller chercher Andy, finalement ?

Mais je l'ai à peine entendu.

Chaque particule de mon être était concentrée sur cette grange. Sur ces aboiements.

– Non, j'ai dit lentement. On n'a pas besoin de lui.

Quand je me suis dirigée vers la grange, Henry m'a suivie, et d'autres chiens se sont mis à aboyer de plus en plus fort. Soudain, l'air est devenu plus chaud, mon cœur battait comme un maillet enfonçant une cheville dans ma poitrine.

On aurait dit la chorale de notre église à Noël : les chiens mettaient tout leur cœur à japper fort et un peu faux.

Mais ce que j'ai surtout perçu, c'est la profonde douleur que contenait cette grange, même si elle était bien abritée dans l'ombre fraîche d'une douzaine de chênes centenaires, les portes ouvertes pour laisser entrer la lumière et l'air.

Peut-être n'était-elle pas la fournaise envahie de guêpes et de poussière de foin que j'avais imaginée, lieu de châtiment pour les chiens qui y étaient enfermés. Peut-être était-ce un endroit plus clément que cela, malgré la tristesse que j'ai ressentie lorsque nous nous sommes arrêtés juste à l'extérieur.

– Tu penses vraiment que Buster est là-dedans ?

– Je sais qu'il est là. Je peux l'entendre, ai-je répondu en hochant la tête.

Henry s'est retourné pour me fixer, et ce qu'il a vu sur mon visage a emporté sa décision.

– Attends ici et fais le guet, m'a-t-il lancé en se dirigeant vers la porte.

La perspective de retrouver Buster était cependant plus forte que la crainte de me faire prendre. Alors je l'ai suivi.

Malgré l'ombre dans laquelle la grange était plongée, j'ai distingué des chenils le long des murs de part et d'autre de l'aire de battage, avec un chien dans chacun d'eux.

L'odeur était forte – un mélange d'excréments et de peur, qui m'a stoppée net dans mon élan.

– Qu'est-ce qui ne va pas ? a demandé Henry.

Il n'y avait pas de bonne réponse à cette question.

Dans le chenil le plus proche se trouvait un chien de chasse, une patte prise dans un plâtre blanc, une longue balafre sur un côté du visage, recousue avec du fil noir comme une manche déchirée. Lorsqu'il a clopiné vers nous avec un jappement un peu grincheux, il m'a fait penser à un vieil homme marchant avec une canne.

J'ai tendu la main au-dessus du portillon, paume ouverte. Il est venu y poser le museau et a poussé un soupir.

– Quelqu'un lui a cassé la patte, ai-je dit.

– Ça se voit, m'a répondu Henry.

– Je n'ai pas dit qu'il s'était cassé la patte. J'ai dit que quelqu'un lui avait cassé la patte.

La différence était considérable.

La chienne beagle de l'enclos d'à côté avait trois pattes en bon état, mais la quatrième se terminait dans un cocon de bandages. Elle poussait des hurlements désespérés, comme si personne ne l'avait jamais correctement écoutée.

Nous avons regardé les efforts qu'elle faisait pour se tenir sur trois pattes, un espace vide à l'aplomb de l'endroit où aurait dû se trouver la quatrième.

Un autre chenil contenait un gros chien à l'évidence croisé colley, au jappement fort et rapide. Il avait le ventre entièrement rasé et entouré d'un bandage blanc attaché par un nœud, comme un cadeau bien emballé.

– Qu'est-ce qui lui est arrivé ? a demandé Henry.

– Je ne sais pas. Mais je peux dire qu'il a mal quand il aboie.

Ce qu'il faisait pourtant bruyamment, comme si sa vie en dépendait.

– Tout va bien, mon grand, ai-je dit. Tout va s'arranger.

Dans chaque chenil, il y avait une gamelle pour la pâtée,

une autre pour l'eau et une litière de paille fraîche. Et les trois chiens semblaient être en convalescence.

Le dernier chenil était différent. Il était séparé des autres, et les barreaux montaient plus haut.

À l'intérieur se tenait un gros bull-terrier de couleur brun avec une tache blanche sur l'épaule gauche, comme si quelqu'un lui avait jeté de la peinture, et des blessures recouvertes de croûtes noires sur toute la tête et tout le cou. Il n'était que muscles et os. Même de là où je me tenais, je pouvais l'entendre gronder.

– Il ressemble exactement à celui que Mr Graf a perdu. (Je me suis approchée.) Même couleur. Même race. Même tache blanche. Mais Mr Graf n'a absolument rien dit sur le fait qu'il se soit fait rouer de coups comme ça. (Je l'ai observé à travers les barreaux.) Je me demande ce qui lui est arrivé.

– Et ce qu'il fait ici.

– Eh, ai-je dit doucement, en passant la main, poing fermé, à travers les barreaux. Tout va bien, mon grand. Tout va bien. On ne va pas te faire de mal.

Au début, le chien est resté sur place, le poil hérissé, la tête baissée, mais, quand il s'est approché lentement de moi, sans remuer la queue, j'ai senti mes propres poils se dresser.

J'ai vite retiré ma main.

– Il n'a pas l'air très amical. Ça aussi, ça fait vraiment penser au chien de Mr Graf.

Je me suis éloignée.

C'est alors que nous avons entendu un autre chien aboyer, quelque part au-delà de l'aire de battage, derrière une porte que je n'avais pas remarquée.

14

De l'autre côté de la porte, nous avons trouvé un fenil vide, à l'exception de quelques bottes de foin empilées en pyramide, d'une longue table couverte d'outils rutilants posés sur un drap blanc, et d'une autre table recouverte d'une couverture d'écurie sur laquelle attendait le chien de mon frère, allongé de tout son long.

– Buster ! a crié Henry.

Nous nous sommes précipités à ses côtés, Henry lui murmurant le flot de mots tendres qu'un garçon peut dire à un chien qu'il aime, Buster lui répondant en geignant.

Non seulement je voyais combien Buster était heureux, mais je pouvais aussi le ressentir, enveloppé qu'il était dans l'odeur de son jeune maître : mélange de savon et de saleté, d'herbe écrasée, du lait et de la viande qu'il avait mangé au petit-déjeuner, du sel de ses larmes, de la tiédeur de son souffle.

Cependant, il était également blessé, chose que je

percevais aussi clairement que je le voyais. Quelqu'un avait bandé sa patte arrière gauche et une de ses pattes avant.

– Qu'est-ce qui ne va pas, mon vieux ? a demandé Henry.

La réponse de Buster a été une tentative douloureuse pour se remettre sur ses pattes.

Au moment où Henry cherchait à le soulever, une jeune femme a soudain jailli de derrière les bottes de foin en s'écriant :

– Arrête ! Tu vas lui faire mal !

Nous sommes restés pétrifiés.

Pendant un long moment, nous l'avons regardée sans bouger. Elle nous a regardés. Personne n'a dit un mot.

Elle devait avoir une vingtaine d'années. Mince comme un fil, elle portait un pantalon et une chemise d'homme trop grande pour elle. Ses longs cheveux blonds attachés en arrière lui dégageaient le visage. Et elle avait les yeux les plus pâles que j'aie jamais vus.

À la regarder, j'aurais voulu être peintre, même s'il m'aurait fallu être très douée pour capter son regard : une dureté mêlée de douceur et de colère, aussi. Et de frayeur, bien que je ne puisse imaginer ce qu'il y avait d'effrayant chez moi ou chez Henry.

– Bonjour, ai-je dit.

Aucune réponse.

– Je m'appelle Annabelle. Et voici mon frère Henry. Et voici Buster, le chien de Henry.

Silence total.

– Nous l'avons cherché partout.

Elle a finalement cligné des yeux et a dit :

– Qui vous a donné la permission d'entrer ici ?

– Lui, a répondu Henry tandis que Buster essayait de se relever.

– Reste tranquille ! s'est-elle écriée en se précipitant pour retenir Buster, une main sur son flanc, l'autre sur son épaule.

– Qu'est-ce qu'il a ? a demandé Henry, sa voix se brisant.

– Il a traversé la route en courant. Pendant ce gros orage qu'on a eu. Et mon père l'a renversé avec son camion.

J'imaginais Buster attendant en haut de l'allée que Henry rentre d'Ambridge, essayant d'échapper au fracas et au chaos, lorsque la tempête avait fait irruption, et se précipitant sur la route.

– Il va bien ? a dit Henry. Il va s'en sortir ?

La femme a remué la tête.

– Je crois que oui. Il semble aller un petit peu mieux.

Buster s'est calmé quand elle a mis la couverture sur lui.

– Il a mal au dos, ai-je alors déclaré. Il ne peut pas bouger les pattes arrière. Et il a peur, même s'il vous aime bien.

Elle m'a fixée avec circonspection.

– Comment sais-tu cela ?

J'ai regardé Buster, puis je l'ai regardée, elle.

– Je le sais, c'est tout.

Elle a levé un sourcil.

– Tu peux comprendre les chiens ?

– Un peu.

– J'ai vécu entourée de chiens toute ma vie, a-t-elle dit, les sourcils froncés, pourtant, je ne peux pas les comprendre.

– Annabelle a été frappée par la foudre pendant cet orage, a précisé Henry. Et elle est différente maintenant.

Ça l'a fait sursauter. Elle s'est penchée plus près et m'a dévisagée. Alors elle a semblé prendre une décision à notre sujet, et son visage s'est défroissé comme un linge sous un fer chaud.

Elle m'a tendu la main.

– Je suis Nora Edelman.

J'ai été étonnée et plutôt satisfaite qu'elle n'ait posé aucune question sur la foudre ou ses effets sur moi.

Je lui ai serré la main.

Sa peau était beaucoup plus dure que je ne l'imaginais. Je me suis souvenue de la main sur ma joue après l'éclair. La main rugueuse qui m'avait frappée sur la poitrine et m'avait ramenée à la vie.

Je ne pouvais dire si c'était la même sensation.

Elle a aussi serré la main de Henry, et j'ai eu l'impression que nous avions fait un pas pour entrer dans une relation. Mais quand elle s'est essuyé la paume sur son pantalon, nous avons fait un pas en arrière et sommes redevenus des inconnus.

– C'est gentil à vous de vous être occupée de lui, ai-je dit, mais nous nous sommes fait du souci.

Miss Edelman s'est insurgée.

– Contrairement à vous, je ne parle pas le chien. Comment aurais-je pu savoir où il vivait ?

Henry lui a jeté un regard dur.

– Où se trouvait Buster quand il a été blessé ?

Elle s'est frotté le nez.

– Sur la route près de la ferme avec tous ces vergers.

– La ferme des McBride. Et je suis Henry McBride. Vous auriez pu venir vous renseigner.

Miss Edelman a soupiré.

– Mon père et moi, nous ne nous mêlons pas aux autres. Pourtant, il a voulu le faire. Hier, quand Buster semblait aller mieux. Mais je voulais attendre qu'il soit suffisamment rétabli pour être transporté et voir ce que ses maîtres penseraient à l'idée de s'occuper d'un chien blessé.

Henry a fait un geste en direction de l'autre partie de la grange.

– Et les autres chiens ?

– Eh bien, quoi, les autres chiens ?

– Ils viennent d'où ?

Elle a fait la grimace.

– Je ne vois pas en quoi cela te regarde.

– Si vous m'aviez ramené Buster à la maison, on ne serait pas ici, a dit Henry d'un ton poli mais ferme. Mais on est là maintenant et on a parfaitement le droit de poser des questions sur une bande de chiens éclopés que vous cachez dans votre grange.

Miss Edelman s'est mordillé la lèvre.

– J'aime les gens qui ont du cran, mais je n'aime pas trop recevoir de leçons, surtout de la part d'un gamin. (Elle a soufflé par le nez comme un cheval qui renâcle.) Nous aidons les chiens s'ils ont besoin d'aide. C'est aussi simple que ça.

– Mais vous ne les avez pas tous renversés avec votre camion, ai-je dit.

– Non, mais il y a d'autres façons pour qu'un chien se blesse. Les gens posent des pièges à renards, qui attrapent tout ce qui passe, y compris des chiens, comme ce beagle là-bas. Alors nous faisons des rondes, surtout la nuit, surtout près de l'eau. Et si nous trouvons un animal pris dans un piège, nous le libérons. Ou nous ramenons ceux qui sont gravement blessés.

– Même les animaux sauvages ?

Je n'avais pas vu de renard ou de raton laveur dans ces chenils. Elle a secoué la tête.

– Nous les relâchons s'ils vont assez bien. Sinon, nous les tuons rapidement et nous les enterrons comme il faut.

J'ai essayé de ne pas imaginer la scène.

– Les autres chiens ne venaient pas de pièges.

– De fait, non. (Elle nous a regardés d'un air dubitatif.) Nous recueillons surtout des chiens errants. Des chiens dont personne ne veut. Et parfois, je l'admets, nous en sauvons un qui a besoin d'être sauvé. (Elle a incliné la tête vers l'aire de battage.) Ce colley là-bas ? Nous l'avons vu enchaîné dans une cour, dans la boue, jour après jour, sans ombre sous le soleil, sans abri sous la pluie. Alors nous l'avons récupéré. (Il y avait une bonne dose de fierté dans sa voix, certainement pas d'excuses.) Il avait une côte cassée. Comme si quelqu'un lui avait donné un coup de pied.

– Et ce bull-terrier ? Que lui est-il arrivé ?

J'ai lancé à Henry un regard pour lui intimer de se taire. Pour voir si son histoire à elle allait correspondre à celle de Mr Graf.

– Mon père l'a trouvé sur le bord de la route d'Aliquippa. Sa laisse s'était emmêlée dans des buissons d'épines. Il n'avait pas de médaille. Juste toutes ces coupures sur son visage. Et un caractère épouvantable. (Elle a jeté un coup d'œil vers l'aire de battage.) Il n'a pas du tout aimé être enfermé dans un chenil, mais il s'est beaucoup calmé depuis qu'il est ici.

– J'ai rencontré son propriétaire, ai-je dit. Du moins, je pense que c'était lui. Un certain Mr Graf, d'Aliquippa, donc cette partie de l'histoire concorde. Il a décrit son chien – Zeus, comme il l'appelle – comme étant un bull-terrier marron avec une tache blanche sur l'épaule. Et pas très amical. Tout cela correspond aussi. Mr Graf a donné son numéro de téléphone à Mrs Taylor, mon institutrice. Au cas où nous apercevrions Zeus.

Miss Edelman m'a écoutée jusqu'au bout, le visage sérieux.

– Ç'a l'air d'être son chien. Sauf que, eh bien, je ne pense pas que Zeus soit un animal de compagnie. J'ai déjà vu des blessures de ce genre. Et je crois qu'il les a reçues en se battant. Donc je n'ai pas envie de le lui rendre.

– Vous voulez dire que Mr Graf a d'autres chiens et qu'ils ne s'entendent pas ?

Henry ne lui a pas laissé le temps de répondre.

– Peut-être que Zeus s'est battu après s'être échappé, et que ça n'a rien à voir avec l'endroit d'où il vient.

– Alors première question : pourquoi s'est-il enfui ? a-t-elle demandé, un sourcil plus haut que l'autre.

– Un chien, ça divague, a répondu Henry, comme en écho à mon grand-père, sans cesser de caresser le dos de Buster. Et parfois, ça se perd.

– Un chien, ça connaît le chemin de sa maison, a-t-elle riposté en secouant la tête.

– Mais il s'est pris dans ces buissons, sinon il aurait pu rentrer chez lui tout seul, ai-je dit. De plus, Mr Graf avait l'air d'un homme bien. Il était inquiet pour son chien. Et...

– Ce qu'une personne semble être et ce qu'elle est vraiment, ce sont souvent deux choses différentes, a déclaré Miss Edelman.

– Pas toujours, ai-je rétorqué, même si je savais qu'elle avait raison.

– Non, pas toujours, a-t-elle dit sèchement. Mais ce bull-terrier en a vu de toutes les couleurs, et je ne le laisserai pas partir avant de savoir pourquoi. Et pas avant d'en savoir plus sur ton Mr Graf. (Elle a fait une pause.) Mais si tu as raison à son sujet, je renverrai Zeus chez lui. C'est d'accord ?

J'ai hoché la tête.

– C'est d'accord. Nous ne dirons rien. Et c'est vous qui méritez la récompense de toute façon.

– La récompense ? Quelle récompense ?

– Dix dollars, a dit Henry. Vous pourriez acheter plein de nourriture pour chiens et de bandages avec dix dollars.

– Ou je pourrais garder Zeus ici, dans un endroit où il serait en sécurité et n'aurait rien d'autre à faire que de se rétablir. (Miss Edelman a poussé un soupir.) Une récompense ? Les gens vont se mettre à sa recherche. (Elle nous a jeté un regard inquiet.)

– On a dit qu'on ne dirait rien et on respectera notre promesse, ai-je répété.

– Même pas pour dix dollars ?

J'ai décidé de ne pas prendre la mouche. Miss Edelman ne nous connaissait pas encore.

– Même pas pour dix dollars. (J'ai pensé au colley, qui souffrait des côtes. Au vieux chien de chasse avec sa démarche tordue. À la pauvre chienne beagle, estropiée.) Que faites-vous des chiens quand ils vont mieux ?

– Nous leur trouvons un bon foyer. Des fermes, surtout. Suffisamment loin pour que leur dernier propriétaire ne les recroise jamais.

– Mais vous ne donnerez pas Zeus ?

– Non, je ne le donnerai pas. (Elle a pris une des pattes

de Buster dans sa main et l'a tenue doucement.) Si ça ne tenait qu'à moi, nous les garderions tous, mais mon père n'aime pas particulièrement les chiens.

– Alors pourquoi fait-il tout ça ? ai-je demandé, l'air étonnée.

Elle a souri pour la première fois, et je me suis rendu compte qu'elle était belle.

– Parce qu'il m'aime beaucoup, moi.

15

J'ai demandé à Miss Edelman si elle avait trouvé un chien avec un œil blanc.

– Eh bien, non, mais je le connais, ce chien. Il est venu nous voir, mon père et moi, juste après notre emménagement ici. Il était en bonne santé, sans aucune blessure. Ce n'était pas un chien errant, seulement capricieux, et après une petite visite… il est reparti. Je ne l'ai pas revu depuis.

– Il a disparu depuis deux mois maintenant, à peu près au moment où vous êtes arrivés ici. Il venait de la ferme qui est juste à côté de la vôtre, de l'autre côté de ces platanes. Il appartient à un garçon prénommé Andy, qui voudrait qu'il revienne.

Ma voix, je l'entendais, manquait un peu de conviction.

– Je sais. Le père du garçon est venu le chercher par ici. (Elle m'a fusillée du regard.) Tu penses que nous l'avons kidnappé, ce chien ? Que nous l'avons donné à quelqu'un, dans l'Ohio, peut-être ?

J'ai haussé les épaules.

– Est-ce que vous me le diriez si c'était le cas ?

Elle a hoché la tête vigoureusement.

– Bien sûr que je te le dirais. Il n'y a pas de honte à faire ce qui est juste, et c'est ce que nous faisons, mon père et moi.

Je lui ai jeté un long regard.

– Et qu'auriez-vous fait de Buster si nous n'étions pas venus ici aujourd'hui ?

La question l'a fait reculer d'un pas.

Si elle avait été une menteuse, elle se serait méfiée à l'idée de raconter n'importe quoi à une fille qui pouvait comprendre les chiens. Une telle fille serait certainement capable de flairer un mensonge à un kilomètre. Combien j'aurais aimé pouvoir faire cela : repérer les mensonges !

Quoi qu'il en soit, elle a dit la vérité.

– Je ne peux pas le dire. Je ne sais pas. (Elle a regardé Buster lécher la main de Henry.) Quand mon père l'a ramené à la maison, j'ai d'abord pensé qu'il fallait mettre fin à ses souffrances. C'était atroce, et il semblait peu probable qu'il remarche un jour. Et maintenant ? (Elle a haussé les épaules.) Comme je l'ai dit, si vous n'étiez pas venus, nous aurions cherché à savoir qui l'avait perdu. Et si nous n'avions pas trouvé son propriétaire, nous l'aurions gardé. Ou nous l'aurions donné. Mais qui voudrait d'un chien estropié, à part celui qui l'aurait déjà aimé ?

Henry a hoché la tête.

– Eh bien, maintenant vous n'avez plus besoin de décider. Je vais le ramener à la maison.

– Pas encore, a-t-elle dit. Pas tant qu'il est en train de se remettre. Et pas tant que les cahots d'un trajet sur une mauvaise route risqueraient d'aggraver ses blessures. (Elle a pincé les lèvres.) J'ai vu deux chiens comme ton Buster avec ce genre de blessures. L'un a dépéri. L'autre a remarché, mais cela a pris du temps, et il n'a plus jamais été aussi agile qu'avant. Donc nous allons garder Buster ici, prendre soin de lui et voir s'il décline ou s'il remonte la pente.

Je voyais bien que Henry n'aimait pas trop ce plan – ou le fait qu'on le lui dicte au lieu de le consulter –, mais la raison a été plus forte que les sentiments, et il a accepté.

– Mais je vais vous aider. Tous les jours, je viendrai vous aider à soigner Buster. Et les autres chiens, aussi.

Miss Edelman s'est forcée à sourire, puis elle est redevenue sérieuse.

– Je n'aime pas trop que d'autres personnes viennent ici. Toi à la rigueur, Henry. On verra. Mais tu ne dois parler de moi à personne. Absolument personne. Et certainement pas à ce Mr Graf. (Elle nous a regardés chacun à tour de rôle.) Vous me le promettez ?

Après un moment, Henry a demandé :

– Est-ce que vous êtes une fugitive qui cherche à échapper à la justice ?

Cela semblait un peu idiot, comme s'il répétait une

phrase qu'il aurait pu entendre à la radio dans un épisode de *Dick Tracy**, mais cela correspondait à la situation qui était étrange et grave.

– Non, a-t-elle répondu, sans l'ombre d'un sourire. Je vous l'ai déjà dit : mon père et moi, et moi surtout, nous n'aimons pas particulièrement les gens, bien que vous deux, vous ayez l'air relativement acceptables.

J'ai pris cela pour une sorte de compliment même si ça n'en avait pas vraiment l'air.

– Et je me méfie tout particulièrement des gens méchants, a-t-elle ajouté. Comme celui qui a blessé ce colley là-bas. Je ne veux pas avoir affaire à eux. Vous comprenez ?

– Bien sûr, mais il y a aussi beaucoup de gens bien par ici, ai-je dit. Vous aimeriez ma mère. Et mon père, qui…

– Évidemment, tu penses que ta propre famille est gentille, m'a-t-elle coupée.

– Non, a rétorqué Henry. Ma tante Lily peut être aussi méchante qu'un rat. Mais notre frère, James, est un bon garçon. Et notre grand-père est aussi lent et calme qu'une taupe, et notre grand-mère, qui ne va pas très bien, est pourtant la personne la plus affectueuse que je connaisse. N'est-ce pas, Annabelle ?

– C'est vrai. Mais Miss Edelman ne s'intéresse pas aux gens en général.

* Feuilleton policier américain très populaire, diffusé à la radio entre 1934 et 1948.

Cette dernière a acquiescé.

– C'est ce que j'ai dit. Dans les grandes lignes. Je m'intéresse aux animaux. Surtout aux chiens. Et mon père, lui, s'intéresse aux plantes.

J'ai pensé aux champs qui s'étendaient au-delà de la grange, qui redevenaient rapidement des prairies.

– Il est fermier ?

Elle a secoué la tête.

– Pas exactement. Il est généticien. C'est un scientifique, a-t-elle précisé en voyant mon expression. Il crée de meilleures plantes.

Je me suis rappelé que mon grand-père coupait parfois un jeune arbre vigoureux et bien formé pour qu'il n'en reste que le tronc, qu'il fendait rapidement pour glisser dans l'incision une pousse écorcée, prélevée sur son meilleur pommier. Il scellait l'incision avec de la cire d'abeille pour que ce pommier, adopté par ses nouvelles racines, grandisse vite. « Une greffe, ça ne prend pas toujours, m'avait-il dit, mais, quand c'est le cas, c'est plus rapide et plus efficace que de planter des graines et beaucoup moins cher que d'acheter un jeune plant. »

J'ai regardé Miss Edelman.

– Est-ce que votre père greffe des arbres les uns sur les autres ?

Elle a haussé les sourcils.

– Parfois. Mais ce qu'il fait est généralement plus compliqué que cela. Ça consiste à utiliser le pollen de différentes plantes pour créer des graines qui produiront de meilleures variétés.

– De fleurs ?

Elle a secoué la tête.

– De maïs. De blé. De haricot.

Il était intéressant que les Edelman aient construit leur vie autour d'autres espèces. Les haricots. Les chiens. Tout compte fait, on pouvait en dire autant des fermiers comme nous.

– Alors vous me le promettez ? a-t-elle demandé.

J'ai froncé les sourcils.

– Promettre quoi ?

Elle m'a lancé un regard impatient.

– Ce que j'ai dit avant.

J'ai trouvé bizarre de nous faire promettre de garder un secret après nous l'avoir révélé, mais j'ai apprécié qu'elle nous le demande et que ce soit notre décision.

– On ne mentira pas sur tout. Il faudra qu'on donne des explications au sujet de Buster : l'endroit où on l'a trouvé et pourquoi on l'a laissé ici au lieu de le ramener chez nous.

Cela ne lui a pas plu, mais c'était elle qui avait insisté pour garder Buster jusqu'à ce qu'il soit capable de voyager. Elle a donc fini par accepter.

– Le fait que mon père vive ici n'est pas un secret, mais laissez-moi, ainsi que les autres chiens, en dehors de tout ça.

Nous avons accepté.

– Je parle sérieusement, Annabelle. Certains de ces

chiens viennent d'endroits horribles, et ce serait affreux si quelqu'un essayait de les reprendre.

Henry a hoché la tête solennellement.

– On ne dira pas un mot, Miss Edelman.

Elle nous a regardés un bon moment.

– Et ne m'appelez pas Miss Edelman. Appelez-moi Nora, ou rien du tout.

Henry n'a pas aimé s'en aller sans Buster, et Buster n'a manifestement pas aimé qu'on le laisse, mais nous sommes quand même repartis vers notre ferme, en silence, différents de ce que nous étions une heure plus tôt, quand nous nous tenions sur le pont pour contempler le monde tel que nous l'avions connu jusque-là.

Je réfléchissais à la façon dont ce monde avait changé parce que Nora en faisait à présent partie, même si c'était déjà le cas avant que je ne la rencontre. Mais maintenant elle était désormais dans mon monde à moi. Et une fois de plus, tout était devenu différent.

16

– Tu pouvais vraiment comprendre ce que Buster ressentait ? m'a demandé Henry.

Nous marchions le long des champs de maïs, là où la vallée était aussi plate qu'une main ouverte… et où j'ai soudain entendu le maïs grincer et crépiter en poussant, un bruit que je n'avais perçu qu'une ou deux fois la nuit, mais jamais le jour.

À l'automne, au-dessus des champs où il ne restait que du chaume, de grandes volées de merles plongeaient et tourbillonnaient comme l'ombre du vent. Mais, pour l'instant, le monde était vert, bleu et or, les jeunes plants de maïs claquaient et bruissaient en s'élevant vers le ciel, et il m'était presque impossible de croire au gris qui allait venir.

– Annabelle ?

Le fait que Henry m'interpelle m'a ramenée à l'instant présent.

– Comme je l'ai dit au Dr Peck, il n'y avait pas de mots. Juste des… impressions. Comme Trappeur. Comme les autres chiens. Même si j'aimerais savoir si Buster peut me comprendre, lui aussi.

Henry m'a regardée avec surprise.

– Il l'a toujours pu, Annabelle. Tous les chiens le peuvent.

Je savais ce qu'il voulait dire. Que les chiens n'avaient pas besoin de mots.

Nous avons poursuivi notre chemin, plongés dans nos pensées, jusqu'à ce que les miennes soient interrompues par un meuglement venu d'un coin de la combe aux Loups, où les vaches ne sont pas censées paître. Cette vache semblait désespérée et solitaire. Pour quelle raison ? Que faisait-elle là ?

Puis le meuglement s'est arrêté, et seule l'idée de cette vache m'est restée. La tristesse qu'elle exprimait.

– Tu te souviens de la manière dont cette chienne beagle aboyait quand on est entrés dans la grange des Edelman ? ai-je dit lentement.

– Bien sûr que je m'en souviens. (Il a réfléchi un moment.) Comme si elle était effrayée. Et triste.

J'ai hoché la tête.

– Et tu le sais sans avoir été frappé par la foudre.

– Toi aussi, Annabelle, tu l'aurais su. Tu l'aurais su, de toute façon.

– Peut-être.

Mais il était de plus en plus difficile de savoir ce qui définissait mon véritable moi et ce qui était devenu « moi » à cause de la foudre.

– Tu crois que Nora a eu peur de nous quand on est arrivés ? a demandé Henry.

– Je ne sais pas, ai-je répondu distraitement. Peut-être bien que oui.

Nous l'avions tous les deux senti, sans que personne ne le dise.

– J'imagine que c'était le fait d'avoir des étrangers dans sa grange, a-t-il suggéré.

– Mais elle s'est essuyé la main sur son pantalon après avoir serré la nôtre. Comme si nous étions sales.

Il a hoché la tête.

– Je l'ai remarqué, ça aussi. Même si je ne pense pas que ç'ait quelque chose à voir avec nous en particulier. C'est dû au fait qu'on est des humains.

La plupart des gens s'essuient les mains après avoir caressé un chien. Nora l'avait fait après nous avoir serré la main. Un sujet de réflexion de plus pour notre trajet.

Après un moment, il a repris :

– C'est logique, tu sais.

Je me suis tournée vers lui.

– Qu'est-ce qui est logique ?

– Que tu puisses comprendre les animaux.

– Pourquoi c'est logique ?

Il m'a jeté un curieux regard.

– Tu ne te souviens pas des cochons ?

C'était une drôle de question.

– Je me souviens de beaucoup de cochons, Henry.

Cela faisait pourtant longtemps que nous n'en élevions plus.

– Tu avais neuf ans, je crois, et moi, six ou sept. Une nuit, ils se sont échappés, et toi, papa et moi, on est partis à leur recherche avant qu'ils ne s'éloignent trop. Tu ne te rappelles pas cette nuit-là ?

Bien sûr que je me souvenais de notre course dans le noir avec Henry et mon père, pour retrouver ces cochons et les ramener dans leur enclos, même si cela semblait une tâche impossible. Les cochons sont des animaux rapides, têtus et contrariants. Ils vous filent entre les doigts ; bref, il est difficile de les faire obéir.

– Je me souviens que nous étions fatigués, ai-je dit, et qu'il faisait nuit, et qu'ils s'éparpillaient de plus en plus loin dans les bois.

– Tu t'es arrêtée et tu as commencé à les appeler comme s'ils étaient de gentils petits cochons dans un livre de contes.

De ça, aussi, je me souvenais. De les avoir appelés : « Par ici, les cochonnets, par ici ! » d'une voix aiguë, un peu ridicule et chuchotante, sans doute la voix de quelqu'un que je m'imaginais être.

– Et ils sont revenus. Tu t'en souviens ?

En effet, ils étaient sortis de l'obscurité, un par un,

pour suivre le son de ma voix, jusqu'à ce qu'on les ait tous rassemblés en sécurité dans leur enclos, jusqu'au dernier d'entre eux.

J'ai dévisagé Henry.

– Tu penses que la foudre a réveillé quelque chose que j'avais déjà en moi ?

– Il fallait bien que ça vienne de quelque part, a-t-il répondu avec un haussement d'épaules.

J'ai pensé aux papillons et aux oiseaux, qui connaissent des choses qu'ils n'ont jamais apprises – à quel moment voler vers le nord, ou vers le sud – grâce à un savoir transmis à travers les siècles et déclenché par l'inclinaison du soleil ou la froidure du soir.

Comme eux, peut-être avions-nous tous des connaissances que nous ne soupçonnions pas.

Peut-être que ce dont nous avions besoin, c'était de quelque chose pour les réveiller.

Même s'il valait sans doute mieux laisser dormir certaines choses.

J'ai repensé à Andy. À ce qui s'était réveillé en lui quand Betty était arrivée dans la combe aux Loups.

Quand nous sommes rentrés à la maison, nous avons trouvé mon père et mon grand-père avec James dans la grange. Ils décortiquaient du maïs sec. James jetait les épis de la saison dernière dans l'égreneuse pendant que mon grand-père tournait la manivelle. Quant à mon père, il apportait à James les épis à égrener et repartait avec les seaux pleins de grains, prêts à être concassés et donnés aux poulets.

La poussière doucereuse du maïs séché était si forte que je me suis arrêtée pour me pencher et éternuer dans mes mains.

J'avais dans les narines l'odeur musquée des souris, de la vieille paille, de la bouse de vache et du crottin de cheval qui s'accumulait dans la grange depuis un siècle, ainsi que celle de la graisse qui protégeait les machines agricoles de la rouille.

– On a retrouvé Buster, a dit Henry.

Mon grand-père a arrêté de faire tourner l'égreneuse.

Tout était silencieux, à part le roucoulement des colombes perchées sur les poutres et le sifflement ténu du vent entre les planches, comme si la grange avait perdu une dent.

– Où est-il, alors ?

James a regardé autour de lui.

– Il est blessé, a dit Henry. Et il ne pourra pas rentrer à la maison avant d'être guéri.

Ce qui a déclenché une avalanche de questions, y compris de mon grand-père, qui d'habitude écoutait plus qu'il ne parlait.

– Cet homme qu'on a vu sur la route, ai-je expliqué à mon père, Mr Edelman… il a renversé Buster avec son camion pendant l'orage. Il ne savait pas qu'il était à nous, alors il l'a ramené chez lui. Et il s'en occupe depuis.

Il était clair que mon père avait plusieurs choses à dire, mais il a commencé par: «Je pensais qu'on t'avait demandé de ne pas t'approcher de Mr Edelman.»

– Je sais. Mais on a entendu des chiens aboyer, et Mr Edelman n'était pas chez lui. Alors on a décidé d'aller jeter un coup d'œil.

Mon père m'a regardée en plissant les yeux.

– Si Mr Edelman n'était pas chez lui, comment vous a-t-il dit qu'il avait renversé Buster avec son camion?

Cela m'a stoppée net dans mon élan.

– Il est rentré pendant que nous étions dans la grange avec Buster, ai-je précisé.

J'étais désolée du mensonge que j'inventais, regrettant de m'être engagée sur cette voie.

Les mensonges avaient été à l'origine de toutes mes graves erreurs, et là je mentais à nouveau. Mais je ne savais pas comment m'en sortir autrement pour tenir la promesse que j'avais faite à Nora.

– Papa, il fallait que nous entrions dans cette grange, a dit Henry. Annabelle savait que Buster était à l'intérieur, n'est-ce pas, Annabelle?

Mon grand-père a froncé les sourcils.

– Tu l'as reconnu à son aboiement?

Je me suis tournée vers mon père.

– Tu ne leur as pas parlé de ce que j'avais dit chez le Dr Peck?

Il a secoué la tête.

– J'ai pensé que c'était à toi de raconter cette histoire.

James et mon grand-père me regardaient avec intensité, attendant une explication.

– D'accord. (J'ai évalué l'avancée de l'après-midi en regardant les ombres qui se glissaient par les hautes fenêtres de la grange.) Mais on va attendre que grand-mère et tante Lily puissent être au courant, elles aussi. Comme ça, je ne raconterai cette histoire qu'une seule fois. (James, curieux comme un chat, a grommelé quelque chose, mais je ne voulais pas me laisser bousculer.) Je vais aller aider maman à préparer le dîner. Ce ne sera pas long.

– Donne-moi d'abord un coup de main avec ces seaux.

Mon père m'a tendu un seau plein de maïs, il en a pris deux lui-même et s'est dirigé vers le fenil. Je l'ai suivi jusqu'à l'endroit où nous stockions le grain, à l'abri de toute sorte de bestioles, sauf des souris, qui n'en prenaient qu'une petite quantité pour elles.

– J'ai parlé à Andy, ai-je dit en vidant mon seau dans un grand bac. Il était près de la route quand nous sommes passés. (Mon père s'est immobilisé, l'air d'avoir quelque chose à dire, mais il a attendu.) Je lui ai demandé s'il avait vu Buster.

J'ai vidé le fond de mon seau et je me suis reculée pour éviter la poussière qui s'élevait du bac.

Mon père a vidé l'un des siens à son tour. Nous avons tous deux attendu que l'air s'éclaircisse. On entendait les petits craquements de la grange, comme un vieil homme qui se lève d'une chaise. J'ai tendu mon seau vide à mon père.

– Ce que tu m'as raconté sur le fait que je rappelais à Andy de mauvaises choses. Ça m'a perturbée. Alors je me suis dit que j'allais voir si c'était vrai.

– Et alors ? m'a-t-il demandé en empilant les seaux.

J'ai haussé les épaules.

– Je pense qu'il est en colère contre tout, pas seulement contre moi.

– Comme ses parents ?

– Tu veux dire en colère comme ses parents ? Ou en colère contre ses parents ?

– Les deux, je suppose. Et contre le fait que son chien se soit enfui. Contre le fait d'avoir à travailler aussi dur tout le temps. (Il a fait une pause.) Cela fait beaucoup de raisons d'être en colère.

Mais je connaissais Andy depuis longtemps. Depuis suffisamment longtemps pour me souvenir de lui, petit garçon.

Il avait été diabolique, oui. Mais pas aussi agressif, pas aussi méchant.

Ni aussi fatigué qu'il semblait l'être maintenant.

– Ce que tu nous as dit chez le Dr Peck, a poursuivi mon père en choisissant ses mots. La manière dont tu peux comprendre les animaux.

J'ai attendu qu'il poursuive, puis j'ai demandé :

– Tu ne me crois pas ?

– Oh, si, Annabelle. Je ne le comprends pas, mais j'y crois. (Il a enlevé un peu de poussière de maïs qui jaunissait sa manche.) Je me pose juste une question : peut-être que tu arrives à comprendre les animaux parce que tu avais déjà un don pour comprendre les gens.

– Tu penses que je suis douée pour comprendre les gens ?

Il a haussé les épaules.

– Tu as compris Toby bien mieux que quiconque, même s'il ne rendait pas la chose facile.

– Je pense que oui, en effet.

Mon père n'avait pas tort sur ce point.

– Et pareil pour Betty.

Ça, ce n'était pas vrai.

– Elle, je ne l'ai pas comprise, papa. Pas du tout.

– Non, ce n'est pas ce que je voulais dire, s'est-il repris en me lançant un regard contrit. C'est juste que tu as vu très clairement qui elle était.

– Mais seulement parce qu'elle me l'a montré.

– Et elle a montré un visage très différent au reste d'entre nous, a-t-il complété en hochant la tête.

– Quel est le rapport avec Andy ? ai-je demandé.

Il a soupiré.

– Je ne suis pas sûr qu'il y ait un rapport. Mais quelqu'un qui comprend bien les gens et les animaux aurait la réponse à cette question.

Là, dans le fenil avec mon père, je me suis rappelé un souvenir qui s'était perdu dans le tumulte et le flou de tout ce qui s'était passé depuis. C'était un jour de printemps à l'école, j'avais sept ans environ, et Andy, neuf. À la récréation, nous avions trouvé un nid de moineaux qui avait dégringolé de sa cachette. Quatre oisillons se traînaient dans l'herbe, et leur mère voletait au-dessus d'eux, paniquée. Impuissante. Terrorisée par nous, les enfants, qui devions lui paraître des géants irresponsables menant des courses folles entre ses petits en détresse.

Jusqu'à ce qu'Andy récupère le nid pour le remettre dans son recoin, puis ramasse les bébés tout maigres à l'aide de deux feuilles de chêne pour ne pas leur communiquer son odeur, et les dépose dans leur abri.

L'un d'eux avait été blessé dans la chute. Je me rappelais son aile tordue. La difficulté avec laquelle il avait essayé de retrouver sa place parmi les autres. L'impatience de ces derniers. J'avais pensé à ces oisillons tout au long des heures suivantes. J'avais rêvé d'eux cette nuit-là et, le lendemain, j'y songeais toujours en descendant le sentier de la combe aux Loups.

Mais, arrivée à l'école, j'avais trouvé Andy en train de creuser un trou, l'oisillon blessé, mort sur le sol, les yeux déjà dévorés par les fourmis qui grouillaient dans leurs orbites.

« C'est la loi de la nature, avait dit Mrs Taylor en regardant Andy remplir le trou. Seuls les plus aptes survivent. »

À l'époque, j'étais certaine que je me souviendrais pour toujours du regard d'Andy.

Et, pourtant, je l'avais oublié.

17

Quand mon père est retourné vers l'aire de battage, je suis partie aider ma mère à préparer le dîner ; mes pieds avançaient tout seuls tandis que je réfléchissais à ce qu'avait dit mon père. Au sujet d'Andy. À mon sujet.

Je me suis attardée en pensée sur ces oisillons. Ceux qui avaient survécu. Celui qui n'avait pas survécu. La seule différence avait été l'angle de leur chute : l'un était tombé plus durement que les autres, il avait mal atterri, sans que ce soit sa faute.

Il était effrayant de voir que tant de choses dépendaient de détails. Du hasard. D'éléments qui échappaient à mon contrôle. Mais je me suis dit qu'il y avait beaucoup de choses que je pouvais contrôler, aussi. Beaucoup dont je pouvais décider par moi-même.

Andy le pouvait aussi. Tout le monde le pouvait.

– Te voilà, a lancé ma mère quand je me suis arrêtée dans le débarras pour enlever mes bottes.

C'était un soulagement de trouver ma mère devant l'évier de la cuisine, là où je m'y attendais.

Cela ne me dérangeait pas de rentrer l'aider à préparer le souper chaque jour pendant que mes frères restaient dehors à accomplir leurs tâches jusqu'à ce que je sonne la cloche du porche d'entrée qui les appelait pour le repas, aussi loin qu'ils puissent être.

En ces après-midi d'été, ma mère et moi avions la maison pour nous toutes seules. La brise faisait gonfler les fins rideaux blancs tandis que le chant des oiseaux du jardin se mêlait aux bruits que nous faisions en hachant les légumes, en remuant ce qui mijotait dans les casseroles sur la grande cuisinière en fonte, au claquement des portes de placards et des pas, à nos voix tandis que nous évoquions la journée.

Ce jour-là, nous avons parlé de choses qui attendaient peut-être d'être réveillées.

– Est-ce que tu peux me parler de tes grands-parents ? lui ai-je demandé.

J'étais en train d'éplucher des pommes de terre et de les couper en quatre pour les mettre dans une casserole. Elles provenaient de la récolte de l'année dernière et avaient une odeur caractéristique de terre imprégnée par celle des betteraves et des carottes, des navets et des radis qui, depuis des décennies, avaient flétri dans la cave pendant les longs mois d'hiver.

– Mes grands-parents ?

Ma mère était en train de râper du chou pour la salade,

et le va-et-vient du légume contre le métal résumait l'été en un seul son.

– Est-ce qu'ils faisaient des choses… inhabituelles ?

Elle s'est interrompue, le morceau de chou en équilibre dans sa main.

– Tu veux dire comme parler aux chiens ?

– Est-ce que tu te moques de moi ? ai-je dit en baissant la tête.

Ma mère s'est figée.

– Je suis désolée, Annabelle. Ce n'est pas ce que je voulais dire. Je ne sais pas quoi penser de tout ça.

– Moi non plus. Mais j'essaie de comprendre. Et je me demande si ça ne vient pas de quelque chose qui a toujours été là, profondément.

– Quelque chose d'hérité, tu veux dire ? Comme les yeux marron ?

J'ai hoché la tête.

– Je suppose. Papa pense que ça vient du fait que je comprends bien les gens, mais n'importe qui peut y arriver, il suffit de faire des efforts. Alors je me dis qu'il doit y avoir quelque chose en plus.

Elle m'a jeté un regard dubitatif. Elle a posé le chou sur la planche à découper, puis la râpe, elle s'est essuyé les mains sur son tablier et est allée dans le salon. Je l'ai entendue ouvrir le placard.

Elle est revenue d'un pas déterminé, mais, lorsqu'elle a posé notre grand album de photos sur la table de la cuisine et a commencé à tourner les pages de carton épais, ses yeux brillaient d'une lumière tout autre. Chaque page était ornée d'une photo d'un brun poussiéreux, encadrée dans une fenêtre ovale au-dessus d'un nom écrit à l'encre bleu pâle.

De temps en temps, ma mère nous réunissait autour de la table de la cuisine et nous racontait des histoires sur les personnages de cet album, comme si nous étions à l'école pour apprendre des souvenirs qui n'étaient pas les nôtres, bien que j'aie l'impression de me rappeler, moi aussi, ces gens d'autrefois. On aurait dit qu'une lignée commune était aussi une histoire commune, que nous étions comme ces papillons et ces oiseaux qui naissent avec le savoir de ceux qui les ont précédés : s'orienter grâce aux étoiles, migrer quand le vent devient froid.

Ici, à notre table de cuisine, ma mère a éveillé ce qui était déjà en moi.

– Là, a-t-elle dit en tapotant la photo d'un homme et d'une femme en habits de noces.

La femme tenait un bouquet de fleurs ensommeillées. Sur sa tête, une couronne de lierre. L'homme portait une veste noire si longue qu'elle lui couvrait les genoux. Ni l'un ni l'autre ne souriait.

La femme ressemblait beaucoup à ma mère. Peut-être même un peu à moi. Je savais déjà qui elle était.

– Ton arrière-grand-mère. Ma grand-mère. (J'ai entendu ma mère déglutir.) Blanche. (Elle s'est tue un moment, le doigt légèrement posé sur la page.) Elle était pour moi ce que Grandma est pour toi.

Elle a dégluti de nouveau.

J'ai attendu. Il n'arrivait pas souvent que ma mère s'interrompe dans son travail pour se plonger longuement et tranquillement dans ses souvenirs.

– Je t'ai déjà parlé d'elle quand elle était ma grand-mère. Mais lorsqu'elle était petite, elle vivait à Pittsburgh. Dans une maison éclairée au gaz, avec des fenêtres de trois mètres de haut. Et un piano. (Elle a caressé le portrait du bout du doigt.) Elle a quitté cette maison bien avant ma naissance, mais en emportant son piano. Elle en a joué chaque jour, jusqu'à la fin de sa vie. Même le jour de la naissance de ses enfants. (Elle m'a souri.) Surtout ces jours-là.

J'imaginais la scène. J'imaginais des doigts, comme ceux de ma mère, d'une très grande force.

– Qu'est devenu le piano ?

Ma mère s'est redressée. Elle a fermé soigneusement l'album avec précaution et s'est essuyé le visage avec les mains.

– Quand elle est morte, mon grand-père l'a transporté dans le cimetière où elle avait été enterrée. Et il l'a brûlé.

Ses paroles m'ont rendue muette, mais je savais que je m'en souviendrais toute ma vie.

– Pendant des années, a poursuivi ma mère, quand nous allions sur sa tombe, je trouvais des touches noircies, encore éparpillées dans l'herbe, et même les cordes en métal, entortillées dans le lierre le long du bord du cimetière.

– Qu'est-ce qu'elle aimait jouer ?

Ma mère a souri.

– De tout. Des chansons et des morceaux classiques, des berceuses, de la musique qu'elle inventait.

J'ai pensé aux oies sauvages volant vers le sud telle la pointe d'une immense flèche. Ou aux loriots qui revenaient au printemps et se répondaient au petit matin par beau temps, leurs chants clairs et purs comme la pluie.

– Est-ce que ta mère jouait aussi du piano ? ai-je demandé.

– Quand elle était petite. Puis elle s'est mariée, elle a eu des enfants, et elle n'a plus eu de piano… Voilà.

Ma mère s'est remise à son travail.

– Et toi, tu n'en as jamais joué non plus ?

Elle ne s'est pas retournée.

– Non, jamais. Mais parfois, je me disais que j'aimerais bien essayer. (Elle râpait le chou avec des gestes sûrs et rythmés.) Autrefois, je rêvais que je jouais. Et je me réveillais avec le sentiment de savoir jouer.

18

– Mr Edelman a reconnu avoir renversé Buster avec son camion ? a demandé tante Lily, le sourcil interrogateur. Et s'être occupé de lui depuis ?

Nous étions à table. Nous nous passions des côtelettes de porc à la croûte brune croustillante, des pommes de terre à l'étouffée aux oignons et au poivre, de la salade de chou et les derniers haricots de Lima mis en bocaux l'année précédente, ravigotés par du beurre fondu.

J'ai échangé un regard avec Henry. Nous avions promis de ne rien dire à propos de Nora ou des autres chiens blessés. C'étaient ses affaires à elle et un peu les nôtres aussi, mais cela ne regardait personne d'autre. Pas encore.

– Il n'avait pas l'intention de renverser Buster, ai-je dit. (C'était sûrement la vérité.) Mr Edelman n'est pas aussi méchant qu'il en a l'air.

Tante Lily m'a regardée bien en face.

– Ça ne l'a pas dérangé que tu viennes rôder chez lui ?

C'était une question à laquelle je ne pouvais répondre sans inventer un nouveau mensonge.

– Il n'a pas dit un mot à ce sujet, a déclaré Henry.

Ce qui, de fait, était la vérité puisqu'il n'était même pas chez lui.

Ma mère a posé sa fourchette.

– Ton père et moi, nous vous avions demandé de ne pas vous approcher de cet homme.

– J'ai vu le collier de Buster dans le fossé le long de la route, ai-je expliqué. Il y avait du sang dessus. Et le camion de Mr Edelman n'était pas dans son allée. Alors on a décidé d'aller jeter un coup d'œil rapide dans la grange, juste pour voir si Buster était là.

Le regard de mon père est passé de moi à Henry, avant de revenir sur moi.

– Tu as vu du sang sur son collier et tu n'as pas pensé à venir me chercher ?

Henry a piqué du nez dans son assiette, puis a fini par dire :

– On était sur place.

– On voulait seulement regarder vite fait, ai-je ajouté. Et, sous le porche, il y avait des géraniums rouges, des fauteuils à bascule et un nid d'oiseau.

– Ce qui n'a strictement aucun rapport avec le reste ! s'est interposée tante Lily d'une voix cinglante.

Mais j'ai vu une pensée différente se refléter sur le visage de ma mère et je me suis dit que l'évocation des fleurs et des fauteuils lui avait fait voir Mr Edelman sous un jour plus favorable. Comme moi.

– Et Annabelle pouvait entendre Buster appeler, a ajouté Henry.

Tante Lily a levé les yeux au ciel.

– Encore des sottises au sujet des chiens. Ils se ressemblent tous, ces corniauds, Henry.

– Pour toi, peut-être, mais pas pour Annabelle.

Mon grand-père s'est tourné vers moi.

– C'est l'histoire que tu voulais nous raconter au dîner ?

– Quelle histoire ? a demandé ma grand-mère, sa tasse de café suspendue à mi-chemin de ses lèvres.

Tous me fixaient et attendaient.

– Celle que j'ai racontée au Dr Peck ce matin. Il a dit que ce n'était pas impossible.

– Qu'est-ce qui n'était pas impossible ? a demandé tante Lily. Pas de nouvelles sornettes au sujet des chiens, j'espère ?

– Je suppose que ç'aura l'air de sornettes pour toi, ai-je répondu. Mais la vérité, c'est que, eh bien, je peux comprendre les chiens maintenant. Et les autres animaux, aussi. Juste un peu.

Il y a eu un moment de silence, jusqu'à ce que James s'écrie :

– Enfin ! Un vrai superpouvoir ! Est-ce que tu as demandé à Buster pourquoi les chiens se reniflent toujours le derrière ? Même si…

– James ! s'est étranglée tante Lily. Ça suffit comme ça !

J'ai vu mon grand-père dissimuler un sourire derrière sa main.

– Comment ça, tu peux comprendre les chiens maintenant ? a demandé ma grand-mère.

J'ai secoué la tête.

– C'est difficile à expliquer.

– Et c'est difficile à croire, a renchéri tante Lily. Même s'il est clair que toi, tu y crois. Ce qui prouve que tu as vraiment été perturbée par la foudre. (Elle a jeté un regard à la ronde.) Vous savez bien que j'ai raison. Les petites filles ne parlent pas le chien à moins d'avoir le cerveau tout embrouillé. J'ai raison, n'est-ce pas, papa ?

Mon grand-père a haussé les épaules.

– Si c'est le cas, alors je suis tout prêt à me laisser embrouiller le cerveau. (Il m'a souri.) J'ai rencontré de nombreux chiens qui avaient des idées plus intéressantes à raconter que la plupart des gens que je connais.

– Donc tu me crois ?

– Bien sûr que je te crois. (Il a hoché la tête.) J'ai été un peu secoué par toute cette histoire de foudre, je ne le cache pas. Mais, cela dit, je me sens assez serein à l'idée d'avoir une petite-fille qui peut parler aux chiens.

– Eh bien, tout le monde peut parler aux chiens, ai-je dit. C'est l'inverse qui est plus difficile.

– Oh, pour l'amour du ciel ! Vous êtes tous devenus fous ! a lancé tante Lily en reprenant une côtelette. Et vous n'avez même pas l'excuse d'avoir été fulgurés.

– Annabelle n'est pas folle, a dit Henry. C'est la fille la plus intelligente à des kilomètres à la ronde.

Tante Lily a attrapé le plat de pommes de terre.

– Une personne peut être folle et intelligente en même temps.

James lui a jeté un regard pensif.

– Comme un savant fou.

– Absurde ! s'est-elle exclamée. Tout cela est absurde.

– Mais pas du tout, a rétorqué Henry. Et tu penserais différemment si tu avais été là pour la voir avec Buster.

Tante Lily a fait la moue.

– Même si c'était vrai, ce qui n'est pas le cas, quel rapport y a-t-il entre la foudre et les chiens ?

C'est à ce moment-là que j'ai dit ce à quoi j'avais pensé toute la journée :

– Peut-être que la foudre a libéré quelque chose que je possédais déjà. Transmis par quelqu'un d'autre.

– Est-ce que ça veut dire que quelqu'un, dans notre famille, a été un chien ? a demandé James avec un sérieux absolu qui rendait sa question encore plus drôle.

Mais personne n'a ri, même si j'ai vu les épaules de mon grand-père tressauter légèrement, et que tante Lily a fait « pfff » avant de retourner à son assiette.

– Pas un chien, ai-je dit. Mais peut-être quelqu'un qui s'entendait bien avec les animaux.

Mon père a soupiré.

– Je doute que le Dr Peck trouve une meilleure

explication. Mais je pense qu'il avait raison. À propos d'une expédition à Pittsburgh.

Ce qui a provoqué une avalanche de questions de la part de James et de tante Lily – qui irait à Pittsburgh ? Et quand ? Et est-ce que James pourrait aller au zoo ? Et tante Lily au musée ? – jusqu'à ce que mon père lève la main pour réclamer le silence et se mette debout en repoussant sa chaise.

– Je vais lui téléphoner tout de suite pour voir s'il peut organiser cette consultation à l'hôpital.

– Et le zoo ? a demandé James.

Mon père a haussé les épaules.

– Je ne sais pas ce qu'il y a là-bas de plus intéressant que ce que nous avons ici.

– Nous, on n'a pas de babouins, a marmonné James. Et j'aimerais bien voir si Annabelle sait aussi parler le lion.

– Est-ce que je peux lui parler ? ai-je demandé à mon père qui organisait les choses au téléphone avec le Dr Peck.

Mon père m'a jeté un regard interrogatif avant de me passer le combiné. Je l'ai tenu un peu éloigné de mon oreille pour que Henry, à mes côtés, puisse aussi entendre la conversation.

– Bonjour, docteur… Oui, je vais bien, merci. Je voulais juste que vous sachiez que je laisserai ces autres médecins m'examiner, mais seulement s'ils examinent aussi Buster, le chien de mon frère.

– Annabelle !

Mon père a voulu reprendre le combiné, mais je n'ai pas cédé. J'écoutais le Dr Peck m'expliquer que les chiens n'étaient pas admis dans les hôpitaux.

– Alors je ne viendrai pas, ai-je déclaré en prenant soin de le dire poliment. Il faut que quelqu'un soigne le dos de ce chien. Ou, du moins, nous dise ce qu'il a.

J'ai continué à écouter le médecin. Je l'ai remercié, lui ai dit au revoir et me suis tournée vers mon père.

– Le Dr Peck connaît un vétérinaire en ville qui a une machine à rayons X. Il va prendre un rendez-vous pour Buster pendant que les médecins de l'hôpital m'examineront, moi. À la première heure, demain matin.

Mon père s'est frotté la mâchoire.

– Il semblerait que j'ai des enfants plutôt têtus.

Il n'en avait pas l'air désolé.

– Et moi, alors ? a demandé James, depuis le seuil.

– C'est toi le plus têtu, a répondu mon père.

Ce qui l'a fait sautiller sur place, le visage rayonnant.

19

Après le dîner, nous avons rangé la cuisine, les garçons sont sortis avec mon père pour rentrer les vaches et les chevaux dans l'étable, ma grand-mère et mon grand-père se sont installés pour écouter la radio, et ma mère et moi avons passé les dernières lueurs du jour dans un carré de poivrons où les mauvaises herbes avaient pris leurs aises depuis bien trop longtemps.

– Il n'y a pas assez d'heures dans une journée, a dit ma mère en pleine besogne. Même en juin.

La soirée se rafraîchissait, la brise franchissait la crête des collines, et j'étais heureuse d'accomplir cette tâche : biner le mouron et la berce qui n'arrêtaient pas de pousser et refusaient d'être bannis, malgré tous nos efforts.

J'ai réfléchi à cela pendant que je travaillais. À ce qui faisait d'une plante une mauvaise herbe (quelque chose à tuer) et d'une autre une fleur ou une culture (quelque chose à soigner).

– Qu'est-ce qui fait qu'une plante est une mauvaise herbe ? ai-je demandé à ma mère.

Elle s'est interrompue dans son travail.

– J'imagine que cela dépend de l'endroit où elle pousse. Dans un potager, c'est la plante que tu ne peux pas manger, celle qui essaie d'envahir le terrain destiné à ce que tu peux manger.

– Donc si le mouron avait bon goût ?

– Je suppose qu'on arracherait les poivrons à la place.

Nous avons travaillé pendant un moment au son agréable de nos houes fouillant et retournant la terre rocailleuse.

– Qui est-ce qui vient là ? a soudain demandé ma mère en se redressant.

Je me suis retournée : un camion descendait l'allée vers nous.

Un camion que je connaissais. Et le conducteur aussi.

– C'est Mr Graf. L'homme dont je vous ai parlé, celui qui a perdu son chien, Zeus.

Nous avons attendu qu'il s'arrête à côté du carré de poivrons et qu'il descende de son camion.

– Bonjour, a-t-il dit en s'avançant vers nous et en me regardant avec curiosité. Je te connais. Je t'ai vue à l'école.

– C'est vrai.

La première fois que j'avais vu Mr Graf, je n'avais pas encore rencontré Nora ou Zeus, et j'avais pu le regarder sans être influencée par quoi que ce soit.

Cette fois, je savais où était Zeus.

Je connaissais un secret que je n'étais pas censée lui dire.

Je savais que Nora avait des doutes à son sujet. Et que quelqu'un avait fait du mal à son chien.

Mais j'ai été rassurée par son sourire éclatant. C'était un si beau sourire. Et quand il a enlevé son chapeau, j'ai vu que ses cheveux étaient propres, épais et d'un brun profond.

Comme la première fois où je l'avais vu, il était habillé comme un citadin. Avec des bottes cirées.

– Voici ma mère, ai-je dit. Maman, je te présente Mr Graf.

– Appelez-moi Drake, a-t-il dit en nous regardant tour à tour.

Elle lui a souri.

– J'ai appris que vous cherchiez un chien perdu.

– C'est exact. Votre fille vous a-t-elle parlé de la récompense ?

Ma mère a hoché la tête, mais son sourire s'est un peu estompé.

– Oui, mais ça ne change rien. Nous n'avons pas vu votre chien, Mr Graf.

Ce qui n'était pas un mensonge puisqu'elle pensait que c'était la vérité.

– Je l'ai cherché partout. (Il a soupiré.) Et j'ai entendu parler d'autres chiens qui avaient disparu, eux aussi. Mais vous ne savez rien à ce sujet non plus ?

– Rien du tout, a dit ma mère.

J'ai été soulagée que Henry et moi ayons gardé le silence sur les chiens qui se trouvaient dans la grange de Nora.

– Vous devez vraiment l'aimer beaucoup, Zeus, ai-je dit. Pour le chercher avec autant d'énergie.

Mr Graf a hoché la tête.

– C'est un sacré chien.

Je me suis souvenue du moment où j'avais tendu la main dans le chenil du bull-terrier. La façon dont il m'avait regardée. Comme s'il me jaugeait.

– On vous préviendra si on le voit, a ajouté ma mère en retournant à son travail.

Mais Mr Graf est resté un long moment à la fixer jusqu'à ce qu'elle lève les yeux et surprenne son regard.

– J'y compte bien, a-t-il alors dit en inclinant son chapeau.

Nous l'avons regardé remonter dans son camion et rouler dans notre allée jusqu'à un endroit assez large pour faire demi-tour. Quand il est repassé devant nous, il a souri et fait un signe de la main.

– Quel homme bizarre ! s'est exclamée ma mère une fois qu'il a été parti.

– Qu'est-ce que tu veux dire ?

Elle s'est appuyée sur sa houe.

– Je ne sais pas. Il a quelque chose de particulier.

– Il a l'air plutôt sympathique.

Puis je me suis souvenue de la gentillesse de ma mère

envers Toby avec son long manteau noir crasseux et son chapeau, les fusils qui lui pendaient dans le dos, son sourire aussi rare qu'un fruit d'été en novembre.

Elle lui avait fait confiance, même s'il n'avait pas été quelqu'un de facile à connaître. Au contraire, cela avait été un rude labeur. Et parfois déroutant.

En comparaison, ce Mr Graf, propre et bien mis, avec son sourire parfait et ses bonnes manières, n'était pas compliqué.

– J'espère que tu as raison, a répondu ma mère.

Quelque chose dans sa voix m'a incitée à réfléchir. Qu'est-ce qui avait pu m'échapper ? Ne voyais-je que ce que les gens me montraient, ce qui n'était jamais tout ce qu'il y avait à voir ?

C'était la leçon que Toby m'avait apprise. Ainsi que Betty.

Lorsque le crépuscule a mis fin à notre besogne, nous sommes redescendues vers la maison d'un pas fatigué et avons retrouvé la famille réunie autour de la radio. Ils écoutaient les nouvelles de la guerre, ma grand-mère dodelinant dans son fauteuil, mes frères à plat ventre sur le plancher, en pyjama.

– Ce Mr Graf est passé, il cherchait son chien, a dit ma mère en s'installant sur le canapé à côté de mon père. Je ne l'ai pas beaucoup apprécié.

Mon père lui a lancé un regard surpris.

– Il a fait quelque chose ?

Elle a haussé les épaules.

– Non. J'ai juste trouvé qu'il était un peu… bizarre. Mais pas Annabelle, n'est-ce pas ?

J'ai haussé les épaules.

– Je me suis demandé s'il avait fait la guerre. La première fois que je l'ai rencontré.

Nous connaissions tous des jeunes hommes qui étaient partis à la guerre et en étaient revenus changés.

– Eh bien, son chien n'étant pas ici, il n'a aucune raison de revenir.

Mon père s'est réinstallé, et nous avons tous écouté un reportage sur les bombardements en Roumanie. Le vent de la guerre tournait là-bas. La fin était en vue, mais encore bien lointaine.

20

Nous n'avions pas prévenu tante Lily que Buster viendrait en ville avec nous avant de nous arrêter devant la ferme des Edelman.

– On emmène un chien à Pittsburgh ? s'est-elle exclamée en se redressant. Dans ma voiture, hors de question.

– Alors on va prendre le camion, et tu pourras rester à la maison, a dit mon père. C'est toi qui décides, Lily.

Comme elle restait muette, Henry et moi sommes sortis de la voiture.

– On revient tout de suite.

– Je peux conduire jusqu'à la grange, Annabelle.

– Non, attendez-nous ici. On revient dans une minute.

Et, avant que mon père ne puisse ajouter un mot, Henry et moi avons pris le chemin de la grange.

Une fois de plus, il n'y avait pas de camion dans l'allée, et j'ai imaginé Mr Edelman sillonnant les environs à la recherche d'animaux errants.

Les chiens n'ont pas fait trop de bruit lorsque nous

avons franchi la grande porte ouverte en courant. Ils nous connaissaient désormais et nous ont accueillis en s'approchant du portillon de leur chenil et en remuant la queue.

Tous, sauf Zeus, le gros bull-terrier. Il se tenait droit sur ses quatre pattes, le museau contre la grille, et me fixait de ses petits yeux ronds et pâles comme l'eau.

Tandis que je le regardais, il s'est léché les babines de sa longue langue rose.

– Que se passe-t-il ? a demandé Nora, jaillissant du fenil et s'essuyant les mains sur un chiffon.

– Rien, ai-je répondu.

– Alors pourquoi êtes-vous là aux aurores… et dans cette tenue ? m'a-t-elle demandé en désignant d'un geste de la main la robe que je portais, celle du dimanche.

– On est venus chercher Buster. Pour l'emmener à Pittsburgh lui faire passer une radiographie. Et le seul moment où le vétérinaire peut le voir, c'est tôt le matin.

En deux mots, Henry lui a tout expliqué, à l'os, sans gras superflu. Elle a approuvé d'un signe de tête avant d'ajouter, l'air préoccupée :

– Même si je n'aime pas la perspective de le déplacer. Et je voudrais lui faire un bandage serré pour le maintenir le plus immobile possible.

– Alors, allons-y, a déclaré Henry. Les autres attendent dans la voiture, et je ne veux pas qu'ils viennent nous chercher.

– Moi non plus ! s'est exclamée Nora, comme si elle

avait mordu dans un citron. C'est ce que je craignais. Que des gens viennent ici où ils n'ont rien à faire.

– Ça n'arrivera pas, ai-je dit. Mais faisons vite.

Nora nous a de nouveau fait entrer dans le fenil où Buster, allongé sur une botte de foin, geignait et gémissait. Je pouvais sentir la joie l'envahir par vagues, mêlée à la douleur, et ce qui en résultait était merveilleux, terrible et étrange.

– Je vais l'empêcher de bouger, a dit Henry calmement.

Buster savait quoi faire. Il est resté immobile pendant que Nora enroulait son corps d'un tissu blanc, le faisant passer entre ses pattes à plusieurs reprises jusqu'à ce qu'il soit bien emmailloté.

Pendant qu'elle l'enveloppait ainsi, je lui ai parlé de Mr Graf qui était passé pour la deuxième fois à la recherche de son bull-terrier.

– Ça m'étonne qu'il ne soit pas venu ici aussi de lui-même, comme il est venu chez nous.

– Il n'entrera pas dans cette grange, a dit Nora d'une voix sinistre. Je ne veux pas que des gens viennent ici, Annabelle. Vous... Eh bien, c'est trop tard. Vous êtes déjà ici. Mais si vous parlez de moi et des chiens à quelqu'un...

– Je n'ai absolument rien dit, ai-je répété. Et je ne le ferai pas. Sauf avec votre accord.

– Moi non plus, a confirmé Henry.

Elle a fait une pause pour nous regarder tour à tour.

– Je compte sur vous.

Puis elle a fait une sorte de large écharpe avec une couverture d'écurie et l'a passée avec précaution sous le ventre de Buster pour que je puisse le soulever d'un côté et Henry de l'autre, ce qui n'était pas très commode mais nécessaire.

– Il ne faut absolument pas que son poids porte sur ses pattes, nous a-t-elle expliqué. Ni que son dos pivote, il doit rester droit.

– Très bien, ai-je promis.

Buster avait beau ne pas être un gros chien, il n'était pas très facile à transporter ainsi, mais Henry et moi avons fait demi-tour et sommes partis avec lui, qui se balançait légèrement entre nous.

Une fois Buster accueilli par tous les occupants de la voiture, nous avons redémarré. J'avais décidé de fixer la route droit devant moi sans m'attarder un seul instant sur la ferme des Woodberry quand nous passerions à sa hauteur. Mais mes yeux, semblant animés d'une vie propre, se sont dirigés vers le côté pour regarder si Andy était de nouveau là, comme auparavant, le long de la clôture.

Il n'y était pas.

– Quel taudis! s'est exclamée tante Lily en regardant fixement la grange au loin et la petite maison délabrée. À quoi bon s'y intéresser?

C'était quelque chose que j'aurais pu dire moi-même, mais, venant d'elle, j'ai trouvé cela déplaisant.

Cela m'a donné à réfléchir pendant que mon père

conduisait vers la ville et que tante Lily lui disait comment faire, à chaque étape, jusqu'à ce que le son de sa voix en devienne lassant.

Elle était à l'avant avec mon père, James assis sur le siège entre eux. Ma mère était à l'arrière avec Henry et moi, Buster délicatement allongé sur nos genoux.

Il n'a pas été facile de ne pas bouger pendant tout ce long trajet, mais Buster avait besoin de rester immobile, et nous avons fait en sorte qu'il le soit.

Malgré tout, je pouvais au moins tourner la tête d'un côté à l'autre, émerveillée par les paysages qui s'offraient à nous tandis que nous longions la rivière Ohio. Mais, lorsque nous sommes arrivés à Pittsburgh, j'ai été tentée de fermer les yeux et j'ai retenu ma respiration le plus longtemps possible lorsque nous avons traversé les fumées de soufre jaune recrachées par les aciéries et que nous sommes passés devant des cheminées d'usine couronnées de flammes telles des allumettes géantes – un paysage qui aurait pu être imaginé par le diable.

Au sud, de l'autre côté de la rivière d'un brun huileux, au-delà des aciéries, les collines escarpées étaient couvertes de petites habitations noircies par la suie. Je m'imaginais planant au-dessus d'elles, et regardant ces rangées de maisons comme si elles étaient des marches descendant dans une cave sale et sombre, encombrée de hauts-fourneaux, de tuyaux et de toutes les machines dont tout le monde a besoin, mais que personne ne veut voir.

– Comment les gens peuvent-ils supporter ça ? ai-je demandé, une main sur mon nez et l'autre sur celui de Buster.

Ma mère a poussé un soupir.

– Ils n'ont pas vraiment le choix. Ils doivent manger.

– Mais ils ne peuvent pas trouver quelque chose de mieux à faire ? Un endroit meilleur pour vivre ?

Elle a secoué la tête.

– Je pense qu'ils le feraient s'ils le pouvaient. Mais la plupart de ces gens sont arrivés ici sans rien. Et quand je dis rien, c'est rien du tout, Annabelle.

J'ai pensé à ma propre maison et j'ai décidé que je ne me plaindrais plus jamais de quoi que ce soit, tout en sachant que cela m'arriverait quand même.

– Et dis-toi aussi que tous les avions, tous les navires, tous les chars d'assaut sont fabriqués avec l'acier produit dans des usines comme celles-ci, a ajouté mon père. Il n'y a donc pas que les aviateurs, les marins et les soldats qui font la guerre.

J'ai essayé d'imaginer ce que cela ferait de passer de longues journées d'été dans ces énormes usines, à fondre du métal et à le verser dans des moules, au cœur d'une fournaise telle que mes bottes se rempliraient de sueur. Dans une crasse telle que je devrais enlever mes vêtements avant de rentrer chez moi à la fin de la journée.

Quand Buster a commencé à gémir, Henry a saisi une de ses pattes.

– Il doit détester ça.

– Il doit se demander pourquoi on est venus dans un endroit pareil, a dit ma mère.

– C'est exactement cela, ai-je confirmé. Il n'y comprend rien du tout.

21

Arrivés en ville, nous avons tout d'abord déposé tante Lily au musée. Elle s'est plainte parce qu'il n'était même pas encore ouvert.

– Et qu'est-ce que je vais faire en attendant ?

– Tu seras la première à y entrer, a dit mon père par la fenêtre de la voiture. Tu auras l'endroit pour toi toute seule.

– J'aurai à peine le temps d'en voir un petit bout. C'est absurde et très injuste. (Elle l'a menacé de l'index.) Et ne sois pas en retard pour venir me chercher ! Tu as dit midi, je compte bien te voir à midi précis et pas une minute plus tard.

Je n'étais pas la seule à sourire lorsque nous nous sommes éloignés.

Arrêt suivant : le zoo, un autre endroit massif et imposant, qui m'a fait penser à une prison, malgré ses jardins emplis de parterres colorés.

Quand James est sorti de la voiture, mon père lui a lancé :

– Ne grimpe pas par-dessus les barrières.

– Non, promis, a dit ma mère, ce qui a fait rire James.

– Et ne passe pas ton bras entre les barreaux.

– Tout ira bien, a répondu ma mère. Et si James n'est pas sage, je l'échangerai contre un singe.

James a poussé un cri de protestation, mais, l'instant d'après, je l'ai entendu expliquer qu'il ferait un excellent singe.

– Sauf pour ce qui est de manger mes puces. Quoique…

Et nous avons redémarré.

J'aurais été tentée par une visite au zoo, pour voir tous ses pensionnaires exotiques, malgré les cages. Surtout la girafe qui se mouvait au ralenti, avec son cou haut comme un mât, ses petites cornes noueuses, sa longue langue noire. Mais j'y étais déjà venue.

J'aurais été encore plus tentée par le musée, un immense bâtiment de pierre claire, surmonté de statues de femmes en longues toges sombres qui nous regardaient depuis le toit. J'aurais eu envie de voir les peintures qu'il contenait, quitte à le faire avec tante Lily à mes côtés. Mais j'y étais aussi déjà venue.

J'ai donc vu, sur le chemin de la clinique vétérinaire, des choses différentes, qui n'avaient rien de grandiose. Mais même les quartiers délabrés de la ville ordinaire me donnaient envie de ralentir et d'y passer du temps. Rue après rue, nous passions devant des magasins remplis de marchandises que nous ne possédions pas, que nous ne pouvions pas fabriquer nous-mêmes, dont nous n'avions pas besoin. Et nous longions des rangées de maisons, certaines plutôt belles avec leur façade en brique et leurs auvents rayés. D'autres, trapues et tristes, aux murs sales, avec parfois des gens sur le perron.

Chaque pâté de maisons était comme un livre dont les pages paraissaient identiques au premier regard, mais qui auraient certainement été différentes si j'avais eu le temps de les lire. Cependant, nous roulions trop vite pour cela.

Nous nous sommes enfoncés plus profondément dans la ville, le long d'une large avenue bordée de boutiques, de restaurants et de bureaux. La circulation a ralenti, et les fréquents arrêts m'ont laissé le loisir de m'attarder sur les détails de l'endroit.

Par la fenêtre ouverte, je regardais le chaos et l'agitation. Le langage lumineux des enseignes au néon, tels des arcs-en-ciel en bouteille. L'affairement de la foule qui grouillait comme des fourmis sur le trottoir. Le fracas d'un tramway déboulant au milieu de la rue, plein à craquer de passagers aux visages inexpressifs sous leurs chapeaux.

L'air poussiéreux avait des relents de toilettes et de boucherie à la fois. Et le sol était entièrement recouvert de pavés, de grilles et de goudron. J'aurais eu besoin d'un calendrier pour savoir que nous étions en juin.

Pourtant, quand nous nous sommes finalement arrêtés devant la clinique vétérinaire, un petit bâtiment qui ressemblait à une boîte à chaussures, j'ai été presque déçue d'être déjà arrivée. Lorsque mon père est sorti de la voiture, Buster a levé la tête avec un gémissement.

– On y est, lui a dit Henry. On est venus t'aider à guérir.

Je pouvais sentir ce que Buster ressentait en regardant mon frère : de la confiance mêlée d'espoir et de peur, et de trop de douleur. Mon père s'est approché pour soulever délicatement Buster de nos genoux en passant ses deux bras sous son ventre.

– Emmenons-le à l'intérieur, ce pauvre chien.

Je suis entrée avec mon père et Henry, et nous nous sommes dirigés vers une infirmière qui attendait derrière un comptoir.

– Vous devez être Mr McBride, a-t-elle dit en souriant. Et voici certainement Buster.

J'ai été stupéfaite que, dans un endroit comme celui-ci, dans une grande ville comme Pittsburgh, quelqu'un nous connaisse avant que nous ayons eu l'occasion de dire qui nous étions et pourquoi nous étions venus.

– Le Dr Peck a tout organisé en un temps record. (Elle a regardé Buster avec curiosité.) Ce doit être un chien très spécial.

– Oui, c'est ça, a articulé Henry d'une voix un peu tremblante. Je vais revenir vite, mon chien, a-t-il ajouté en lui caressant les oreilles et en l'embrassant sur la tête.

Puis une autre infirmière est arrivée pour emmener Buster sur une civière. Ils ont disparu derrière des portes battantes.

Nous sommes alors repartis pour l'hôpital, où des médecins m'attendaient.

L'hôpital général, un gigantesque bâtiment de pierre blanche, n'avait rien de commun avec la clinique vétérinaire : il se dressait comme un gâteau de mariage à mi-flanc d'une colline escarpée.

Debout sur le trottoir, je me suis sentie minuscule, avec l'impression que j'aurais pu tenir dans une poche de gilet.

– On doit vraiment entrer là-dedans ? ai-je demandé.

Je me suis tordu le cou pour regarder jusqu'en haut de l'austère façade.

– Sauf si tu t'attends à ce que les médecins viennent t'examiner sur le trottoir, a dit mon père.

Sur ces mots, nous avons franchi les portes de l'hôpital et nous nous sommes aventurés dans un immense hall. Il y flottait une odeur semblable à celle du mercurochrome orange dont ma mère me badigeonnait le genou ou le coude avec une pipette en verre à chaque écorchure.

Mon père nous a fait traverser le hall jusqu'à un grand bureau d'accueil où plusieurs standardistes répondaient au téléphone et renseignaient les patients.

L'une d'elles nous a fait signe d'avancer.

– Puis-je vous aider ? a-t-elle demandé d'un ton vif.

– Nous venons voir le Dr Peck, a répondu mon père, et d'autres médecins dont nous ne connaissons pas le nom.

– Alors commençons par votre nom à vous, si vous le voulez bien.

– McBride. La, hum ! la patiente est Annabelle. Annabelle McBride.

Elle a hoché la tête et composé un numéro sur le téléphone d'un noir brillant qui trônait sur le bureau.

– Annabelle McBride, pour le Dr Robinson. (Elle a écouté un moment avant de raccrocher.) Neurologie. Juste au bout de ce couloir. Salle 108. Ils vous attendent.

22

Je savais que j'oublierais probablement certains détails de cette journée, mais pas le spectacle du Dr Peck et de trois autres médecins en blouse blanche qui m'attendaient, les yeux brillants de curiosité.

Je n'oublierais pas non plus la façon dont ils ont examiné mes oreilles, mes yeux et ma gorge, pris mon pouls, testé mes réflexes et m'ont questionnée sur ce qui s'était passé pendant et après l'orage.

Ni la façon dont mon père a répondu « non » lorsqu'ils ont demandé s'ils pouvaient prélever des échantillons de mon sang, me garder « en observation » à l'hôpital un jour ou deux et conduire d'autres tests « plus intensifs » pour comparer mes résultats à ceux de « filles de mon âge en bonne santé ».

– Annabelle est en bonne santé, a déclaré mon père. Vous devrez donc vous contenter de ce que vous avez.

Il n'y avait pas de trace de colère dans sa voix, mais je savais qu'il ne céderait pas.

Le Dr Peck a soupiré.

– Eh bien, pour être honnête, la plupart des tests de routine ne nous en apprendront pas beaucoup plus. Par conséquent, nous n'allons pas vous faire perdre de temps avec ça. Et ceux qui pourraient nous dire quelque chose d'intéressant sont trop invasifs, donc je ne vous en veux absolument pas de les refuser. (Il s'est arrêté et m'a regardée avec attention.) Est-ce que tu peux leur raconter ce que tu as ressenti quand tu as été fulgurée ?

– C'était comme si des guêpes m'avaient piquée partout. À l'intérieur et à l'extérieur. C'était brûlant et douloureux. Je ne l'oublierai jamais.

– Je l'imagine sans peine, a dit le Dr Robinson.

Le plus âgé des médecins avait une barbe rousse bordée de blanc comme la queue d'un renard.

– Et puis quelqu'un m'a frappé la poitrine jusqu'à ce que je me réveille, ai-je ajouté.

– Ce quelqu'un a eu le bon réflexe, a dit un autre médecin, dont le badge indiquait « Dr Michaels ».

Le Dr Simpson, le plus jeune, yeux bleus et nez fin, a pris la parole.

– Aucun signe d'hypoxie. C'est ce qui se passe lorsque le corps ne reçoit pas assez d'oxygène. Mais donne-moi plus de détails sur cette… euh, cette capacité à communiquer avec les chiens.

Quelque chose dans sa voix m'a rendue furieuse.

– Vous ne me croyez pas ?

Il m'a adressé un petit sourire.

– Il ne s'agit pas de te croire ou pas. Je fais confiance aux preuves.

– À ce que vous voyez de vos propres yeux ?

Il a froncé les sourcils.

– Oui, je suppose.

Je l'ai regardé droit dans les yeux.

– Et pouvez-vous voir de la fièvre ?

– Non, mais je peux en repérer les signes. Donc je sais qu'elle existe.

Les autres médecins, mon père, Henry, tous nous regardaient attentivement.

– Eh bien, je suis là, en face de vous. Et je vous dis la vérité.

Le Dr Robinson est alors intervenu, sans cesser de caresser sa barbe rousse.

– Nous ne sommes pas en train de sous-entendre que tu mens, Annabelle. Il est clair que tu es convaincue de ce que tu dis. Mais, à moins qu'un chien puisse apprendre à parler pour confirmer tes dires, il n'y a aucun moyen d'être sûr de quoi que ce soit, ni dans un sens, ni dans l'autre.

– Vous pouvez venir avec nous chercher Buster si vous le voulez, a proposé Henry. Et Annabelle vous traduira ce qu'il dit.

Cette déclaration a fait sourire les médecins.

– Peut-être pourrions-nous vous rendre visite chez vous, à la ferme, dans quelques jours, a dit le Dr Robinson.

D'ici là, nous aurons peut-être identifié les questions à poser.

– Est-ce qu'au moins vous pouvez me dire pourquoi tout est plus lumineux et plus bruyant qu'avant ? ai-je demandé. Et pourquoi tout a une odeur plus forte ? Et un goût plus fort ?

Ils ont évoqué plusieurs possibilités, mais, au final, ça s'est résumé à : « Nous ne le savons pas de manière sûre. »

– Certaines affections du système nerveux central émoussent les sens. Elles suppriment complètement le goût et l'odorat, a expliqué le Dr Robinson. Donc, dans l'ensemble, je dirais que tu t'en sors plutôt bien.

Mon regard est alors passé d'un médecin à l'autre.

– Pourquoi m'avez-vous crue quand je vous ai dit que tous mes sens étaient en alerte ?

La question les a laissés perplexes.

– Pourquoi en aurions-nous douté ?

– Je ne vous ai donné aucune preuve. Pas la moindre.

Le plus jeune des médecins a hoché la tête avec un léger sourire.

– Je vois où tu veux en venir. Mais je suppose que c'est plus facile à accepter parce que nous avons les mêmes sens que toi. Si les tiens sont plus aiguisés en ce moment, cela ne semble pas… aussi tiré par les cheveux que d'être capable de comprendre les animaux.

– Même si comprendre les animaux est juste un autre sens ?

– Si c'est le cas, il est extrêmement rare, a-t-il répondu avec un haussement d'épaules.

J'ai froncé les sourcils.

– Rare ne veut pas dire impossible, n'est-ce pas ?

– Non, c'est vrai, mais c'est beaucoup plus difficile à comprendre et encore plus à définir, a dit le Dr Robinson. Et encore plus à croire.

À ce moment-là, dans cet hôpital, je me suis soudain dit que, moi aussi, j'avais peut-être été trop préoccupée par les preuves. Et que prouver quelque chose n'était pas la seule raison de croire que cette chose pouvait être vraie.

23

Nous avons récupéré ma mère et James au zoo avant d'aller chercher Buster.

– Tu aurais dû voir les éléphants, m'a lancé James en se retournant pour me regarder par-dessus le siège. On aurait dit des cochons géants, entièrement gris, avec un très long nez, de grosses pattes et des oreilles immenses !

– Donc pas du tout comme des cochons, ai-je dit.

– Et il y avait un tigre qui était tout maigre, sauf sa tête, énorme. Aussi grosse qu'un tonneau. Mais il n'a même pas voulu se lever pour rugir. Il restait là, allongé, à ronfler bêtement. Un vrai paresseux !

– Un zoo n'est pas un cirque, a souligné mon père. Les animaux ne sont pas faits pour se donner en spectacle, James.

– Alors, la prochaine fois, on ira au cirque. Mais j'ai bien aimé les zèbres. Et les hippopotames. Eux, ils ressemblaient vraiment à des cochons, Annabelle.

Et il a continué dans la même veine pendant un bon

moment, jusqu'à la clinique vétérinaire où Buster attendait qu'on vienne le chercher.

À peine arrivés, nous nous sommes tous engouffrés à l'intérieur pour entendre ce que le vétérinaire aurait à nous dire.

– Buster McBride ? a demandé la femme de l'accueil.

– Oui, a répondu mon père.

Nous avons attendu un moment qu'elle revienne avec un vétérinaire dont le badge indiquait qu'il était le Dr Bloom.

Il avait des cheveux bruns et secs, des sourcils si touffus que je m'attendais à les voir ramper comme des chenilles sur son front, et une épaisse cicatrice brillante qui courait sur un côté de son visage.

Mais rien de cela n'avait d'importance, comparé à son regard bienveillant et à sa voix douce quand il a dit :

– Buster a un très gros hématome à la colonne vertébrale.

Henry a laissé passer un moment avant de demander :

– Est-ce que ça va guérir ?

Le Dr Bloom a soupiré.

– C'est déjà en voie de guérison, mais je ne sais pas si Buster pourra un jour remarcher comme avant, sur ses quatre pattes.

Henry est resté silencieux. Sa poitrine se soulevait

et s'abaissait tandis qu'il digérait la nouvelle et réfléchissait à ses implications, le regard tendu.

– Et le reste ?

– Le reste ? a demandé le vétérinaire.

Il était tellement concentré sur Henry que je me suis sentie invisible – une situation si inédite que cela m'a dérangée.

Puis j'ai tenté de ne pas être affectée par le fait que cela m'affectait.

– Dans les deux cas, a dit Henry, qu'il puisse remarcher ou pas, est-ce qu'il va continuer à souffrir autant que maintenant ?

Le Dr Bloom a soupiré de nouveau.

– C'est difficile à dire. Probablement pas. S'il guérit suffisamment pour remarcher, peut-être aura-t-il encore des douleurs toute sa vie. Ce pauvre chien a été durement touché. (Il a fait une pause, le regard fixé sur Henry.) S'il reste paralysé, il ne devrait rien sentir au-delà de l'hématome, mais plein d'autres choses peuvent se dérégler quand un corps perd autant de fonctions. Et certaines peuvent être douloureuses. Voire entraîner la mort.

Henry a hoché la tête.

– Est-ce qu'il peut rentrer à la maison ?

– Oui. Sa colonne vertébrale n'est pas brisée, donc il n'a pas besoin d'être maintenu complètement immobile, mais il a besoin de repos. (Il a hésité.) Imagine le pire bleu que tu aies jamais reçu et multiplie-le par dix. Tu ne peux pas le voir, celui-ci, mais c'est comme un poing serré autour de sa moelle épinière. Et il faut qu'il se desserre avant que Buster puisse de nouveau retrouver des sensations en dessous. Donc vous allez devoir tout faire pour qu'il reste au calme.

– Et espérer qu'il remarche un jour.

– Oui.

Nous l'avons écouté pendant un bon moment nous expliquer les soins que nous aurions à donner à Buster.

– On pourra faire tout ça, a dit ma mère, même si nous savions que ce ne serait pas facile.

Le Dr Bloom s'est tourné vers moi.

– Le Dr Peck m'a dit que tu étais une fille spéciale qui pouvait… communiquer avec les animaux.

J'ai hoché la tête.

– Depuis que j'ai été frappée par la foudre.

Le Dr Bloom a souri légèrement.

– Si ça perdure, peut-être cela t'incitera-t-il à devenir vétérinaire comme moi.

Je me suis demandé pourquoi il parlait de manière aussi terre à terre d'un événement qui m'avait changée de manière extraordinaire.

– Est-ce que vous connaissez quelqu'un d'autre qui a été frappé par la foudre ?

– Moi, a-t-il répondu en hochant la tête. Bien que tout ce que j'en aie retiré, c'est une cicatrice et quelque dix années passées dans divers hôpitaux.

Sa cicatrice, sous la lumière vive qui baignait la pièce, ressemblait à une lanière de cuir verni.

–Vous pensez que vous seriez devenu vétérinaire si ce n'était pas arrivé ?

– J'en doute, a-t-il répondu avec un sourire. (Il a regardé mon père.) Vous avez des enfants intéressants, Mr McBride.

– C'est rien de le dire, a confirmé mon père.

Le Dr Bloom s'est tourné vers moi.

– Est-ce que tu accepterais de venir parler un peu avec d'autres chiens de la clinique ? Cela m'aiderait à mieux comprendre de quoi ils souffrent.

Sa demande m'a fait me sentir plus grande et plus intelligente. J'étais impatiente d'entendre ce que les chiens avaient à dire.

Tout le monde m'a suivie lorsque j'ai emboîté le pas au Dr Bloom pour sa tournée.

S'il n'y avait eu dans chaque cage des copeaux de cèdre frais, l'horrible odeur d'urine aurait été trop forte pour moi.

J'ai lutté pour en faire abstraction et pour me concentrer uniquement sur les chiens tandis que nous passions d'une cage à l'autre.

– Ce teckel qui n'arrête pas de grogner a une boule dans la gorge, comme s'il n'arrivait pas à avaler quelque chose, ai-je dit au vétérinaire en me tapotant la gorge.

Il m'a regardée, puis il a fixé le chien.

– C'est pour ça qu'il grogne ?

J'ai hoché la tête.

– Il essaie de s'en débarrasser, mais il n'y arrive pas.

Le vétérinaire a levé les sourcils.

– Très bien. Et ce caniche ?

Nous nous sommes dirigés vers la grande cage suivante, mes parents, Henry et James sur nos talons, pour ne pas en perdre une miette.

Je n'avais jamais vu que des petits caniches, de temps en temps, quand les dames de la ville venaient au marché acheter des pêches et des haricots de Lima. Cette chienne était un caniche géant, couleur de sucre brun, tout frisé bien sûr, avec une lueur d'intelligence et de douleur dans le regard. Elle était allongée dans la caisse et n'a même pas levé la tête lorsque je me suis arrêtée devant elle. Au bout d'un moment, elle a poussé un gémissement.

Le Dr Bloom a attendu. Je l'ai observée de plus près.

– Elle a mal à la tête.

À voir l'expression du vétérinaire, il était clair qu'il ne m'avait pas vraiment crue auparavant, mais qu'il me croyait maintenant.

– Exact dans les deux cas, a-t-il dit doucement.

Après un moment, il nous a fait passer devant plusieurs autres caisses et nous a emmenés jusqu'au fond de la pièce, où une cage était installée à l'écart des autres, dans un coin sombre.

– Je savais ce dont les deux premiers souffraient et je m'excuse d'avoir donné l'impression de te tendre des pièges. Mais ce chien me laisse perplexe. Il refuse de manger. Il refuse de boire. Il est prostré. Il semble épuisé, mais il ne dort pas beaucoup, sans que je sache s'il ne peut pas, ou s'il ne veut pas.

C'était un jeune cabot, assez petit et maigre, avec un pelage terne, peut-être à cause de ce qui l'affligeait. Il était couché sur le sol de la cage et nous tournait le dos.

– C'est un chien de la ville ? a demandé Henry.

Le Dr Bloom a haussé les épaules.

– J'imagine que oui. Il nous est arrivé de la fourrière où, généralement, on pique les chiens perdus au bout de deux semaines si personne ne les adopte. Et, bien sûr, personne n'a voulu d'un chien qui ne s'intéressait à rien, donc il s'est retrouvé au bout du rouleau. Mais, comme il est jeune et assez mignon, les gens de la fourrière m'ont demandé si je pouvais m'occuper de lui.

– Ici, mon gars, dit Henry à voix basse, en s'accroupissant.

Pas un mouvement. Pas un son.

– Est-ce que je peux rentrer dans la cage ? ai-je demandé.

Le Dr Bloom a jeté un coup d'œil à mon père qui a répondu :

– S'il n'est pas dangereux.

– Annabelle, a dit ma mère, est-ce vraiment nécessaire ?

– Quand j'étais bébé et que j'étais malade, qu'est-ce que tu faisais ?

Ma mère a haussé les épaules.

– Je te prenais dans mes bras.

J'ai ouvert la porte de la cage et j'ai rampé à l'intérieur.

Le chien a prêté un peu d'attention à mes mouvements et s'est éloigné, mais je ne pouvais pas dire pourquoi. Je ne ressentais presque rien venant de lui.

Puis je l'ai pris dans mes bras, là dans cette cage sombre, et je l'ai serré contre ma poitrine.

On aurait dit qu'il n'était que silence. Comme une absence. N'exprimant que le vide. Et une immense tristesse.

Je n'aurais pas *ressenti* tout cela sans l'aide de la foudre, mais même sans avoir été fulgurée, je l'aurais *compris*. Tout comme j'avais compris quelque chose d'important en regardant les autres animaux à travers les barreaux de la cage. Vu de l'intérieur, le monde paraissait très différent, et je comprenais pourquoi le tigre avait refusé de rugir.

– Alors ? a demandé le Dr Bloom.

– Il est triste.

– Triste ?

– Triste. (J'y ai réfléchi.) Il souffre de solitude.

– La tristesse peut-elle rendre un chien malade ? a voulu savoir ma mère.

Le Dr Bloom a approuvé d'un signe de la tête.

– La tristesse peut être très dure pour le corps. Quelle que soit la créature.

– Peut-être que sa maison lui manque, a dit Henry.

C'est alors que le chien s'est tourné vers moi pour la

première fois et que la lumière de la pièce a effleuré son visage.

– Je sais où est sa maison, ai-je dit.

24

– Vous êtes en retard ! s'est plainte tante Lily. (En montant dans la voiture, elle a découvert un autre sujet de récrimination.) Deux chiens !

– On a retrouvé celui d'Andy à la clinique.

J'entendais dans ma voix la même joie que celle qui envahirait le visage d'Andy, imaginais-je, quand il reverrait son chiot. Quand son chiot le reverrait.

– Comment sais-tu qu'il s'agit de son chien ? a demandé tante Lily. Et pourquoi vouloir remettre cette créature innocente dans les bras de cette brute ? D'ailleurs, en quoi cela nous regarde-t-il ?

– Il a un œil blanc comme le chien d'Andy…

– Il n'y a certainement pas qu'un seul chien qui ait un œil blanc, a-t-elle répliqué tandis que mon père s'engageait dans la circulation pour rentrer chez nous.

Mais, avant que je puisse répondre, elle a commencé à argumenter avec James : que fallait-il mieux avoir vu, un hippopotame ou un Van Gogh ? Et la momie des

Antiquités égyptiennes revenait-elle à la vie au coucher du soleil ? J'ai donc reporté mon attention sur le chien que je tenais sur mes genoux.

Il n'a cessé de trembler d'inquiétude pendant que nous nous frayions un chemin à travers la grande ville bruyante et chaotique, puis il est devenu surexcité et impatient lorsque nous nous sommes dirigés vers un lieu qu'il connaissait.

Je ressentais à peu près la même chose.

J'avais été perturbée par les confusions de ma vie, par ce avec quoi j'étais née et par ce que la foudre m'avait donné – qu'elle m'ait transformée, ou simplement éveillée. Et par la question de savoir si cela avait de l'importance. Qu'est-ce qui comptait le plus : ce qui venait de l'intérieur ou ce qui venait de l'extérieur ? Et à quoi faire confiance ? Cette dernière question était la plus cruciale.

Pendant le trajet du retour, j'ai décidé une fois de plus de ne pas me soucier autant des choses que je ne pouvais pas comprendre, ni contrôler, ni changer ou gérer.

J'ai décidé de me concentrer plutôt sur ce que je *pouvais* faire. En commençant par le chien couché sur mes genoux.

Je lui caressais les oreilles en me demandant quel nom Andy lui avait donné.

S'il avait été à moi, je l'aurais appelé « Droopy » à cause de toute la tristesse qui l'avait envahi, même si j'espérais que cela changerait quand il reverrait Andy.

Comme il était étrange qu'il se soit senti tellement seul

sans ce garçon. Mais il savait des choses que je ne savais pas. Et il avait ses propres raisons de se sentir ainsi. Tout comme j'avais les miennes.

Le chien a glissé son museau dans le creux de mon cou et a poussé un profond soupir.

J'avais un peu mal au dos à force de le tenir contre moi, mais j'étais heureuse d'être celle dont il avait besoin.

Quels que soient les autres langages que je comprenais, la tristesse en était un que je connaissais.

– Tu me laisseras descendre au pont encore une fois ? ai-je demandé à mon père. Pour que je puisse ramener ce petit gars à Andy ?

Tante Lily s'est retournée pour me regarder par-dessus le siège.

– Et qui va s'occuper des corvées que tu n'as pas faites ?

Ma mère était sur le point d'intervenir, mais j'avais ma réponse toute prête.

– Moi. Dès que je rentrerai à la maison. Ça ne va pas me prendre longtemps. (Je me suis tournée vers ma mère.) Tu es d'accord, maman ?

– Tout à fait, a-t-elle répondu.

– Je viendrais bien avec toi, a dit Henry, mais il faut que je m'occupe de Buster.

J'ai hoché la tête.

– C'est bon. Je me débrouillerai toute seule.

Mon père s'est arrêté sur le pont, et je suis descendue, le chien d'Andy sur les talons. Nous nous sommes dirigés vers la ferme des Woodberry pendant que la voiture rapetissait au loin sur la route du fond de la vallée.

L'infirmière de Pittsburgh m'avait donné un collier et une vieille laisse et j'étais bien contente de les avoir, car le chien tirait vers sa maison comme un bœuf tire un chariot, le corps penché en avant, la tête baissée, les épaules fléchies et les pattes remuant la poussière.

– Du calme, mon gars ! ai-je crié.

Je l'ai tiré doucement en arrière… puis j'ai cédé et l'ai suivi à grandes enjambées. Il se précipitait vers ce qu'il connaissait, vers ce dont il avait été privé et qui lui appartenait presque à nouveau.

Et j'ai pensé au fait qu'un désir se renforce à mesure qu'il approche de son accomplissement.

Quand nous sommes arrivés à la ferme, Andy était introuvable.

– Andy ! ai-je lancé.

Le chien jappait et gémissait en tirant sur la laisse, puis en revenant à mes pieds.

– ANDY ! ai-je appelé une nouvelle fois, plus fort, une main en cornet pour amplifier ma voix, l'autre agrippée à la laisse.

Au bout d'un long moment, Andy est sorti d'une grange à l'autre bout du pâturage, en s'essuyant les mains sur un chiffon. Il a regardé dans notre direction, et, même de si loin, je l'ai vu s'immobiliser. Lâcher le chiffon. Rester un instant figé, le corps en avant. Puis se mettre à courir.

Je me suis vite agenouillée pour détacher la laisse et laisser le chien détaler.

Il a franchi le fossé, bondi à travers les hautes herbes de l'autre côté, s'est faufilé sous la clôture, puis il a accéléré en un clin d'œil, ses pattes touchant à peine le sol, volant au-dessus des rochers et des souches comme une pierre ricoche à la surface d'un étang.

Tandis qu'Andy (si paresseux à l'école, somnolent, vautré sur son bureau, sans un regard pour nous tous) s'est lui aussi mis à courir en lançant un nom que je n'aurais jamais imaginé et qui a résonné à travers le pré.

– Patate ! a-t-il crié encore et encore.

J'ai attendu au bord de la route. Ils se sont laissés tomber ensemble dans l'herbe et s'y sont roulés joyeusement tandis que les vaches s'arrêtaient de brouter pour les regarder.

Et voilà, me suis-je dit tranquillement. *Voilà.*

J'ai attendu, les yeux rivés sur eux, jusqu'à ce qu'Andy se relève. Patate courait en traçant des huit autour de ses jambes.

Andy m'a regardée pendant un long, long moment depuis l'autre bout du pré. J'ai soutenu son regard.

Puis, à ma grande surprise, il a tourné le dos pour repartir vers la grange, le chien bondissant et se tortillant à ses côtés.

Il devait avoir des questions.

Pourquoi n'était-il pas venu les poser ? Pourquoi n'était-il pas venu me remercier ?

Mais il y avait du temps pour ça. Et je ne m'étais pas souciée de remerciements jusqu'à ce moment où ils n'étaient pas venus.

Quand Andy et Patate ont disparu dans la grange, j'ai laissé toutes ces pensées sur place et je suis repartie en direction de chez moi.

Assister à leurs retrouvailles, voilà le souvenir que j'emporterais ce jour-là pour le garder.

25

Je ne pouvais pas passer devant la maison des Edelman sans aller dire à Nora ce que nous avions appris à Pittsburgh, ni pourquoi nous ne lui ramenions pas Buster.

Cette fois-ci, le camion de Mr Edelman était dans l'allée. Quand j'ai traversé le fossé pour pénétrer sur son terrain, les chiens ont fait un tel vacarme qu'il est sorti de la maison et s'est avancé sous le porche, une serviette coincée dans son col de chemise.

Il m'a regardée fixement. J'avançais, le cœur battant la chamade, même si je savais qu'il faisait plus de bruit que de mal.

– Qu'est-ce que tu veux ? m'a-t-il lancé sans la moindre trace de bienvenue.

– Bonjour, Mr Edelman.

Je me suis rendu compte qu'avec la belle robe du dimanche que j'avais mise pour aller à Pittsburgh je devais avoir l'air étrange.

Il a froncé les sourcils avec méfiance.

– Comment connais-tu mon nom ? Et quel est le tien ?

– Je m'appelle Annabelle McBride. Et si Miss… si Nora est ici, j'aimerais lui parler un instant.

Je m'exprimais comme une institutrice.

Il a écarquillé les yeux.

– Nora ?

Elle ne lui a pas parlé de moi, ai-je alors compris.

– Oui, votre fille. Nora.

– Je sais qui est ma fille, a-t-il grondé en me fusillant du regard, ce qui n'était guère impressionnant vu que la serviette accrochée sous son cou lui donnait l'air d'un gros bébé grisonnant. Comment se fait-il que toi, tu la connaisses ?

À cet instant, Nora a franchi la porte derrière lui.

– Bonjour, Annabelle. Annabelle et son frère Henry sont venus chercher leur chien, a-t-elle expliqué à son père. Le corniaud que tu as renversé pendant l'orage.

La nouvelle l'a fait se redresser, et il m'a regardée avec un peu moins de fureur dans les yeux.

– Je n'avais aucune intention de le renverser. Ce petit imbécile a traversé juste devant moi.

Je n'ai pas apprécié le terme « imbécile », mais j'imaginais que heurter Buster avait dû être une chose terrible pour tous les deux. Et je savais que même les gens les meilleurs cherchent parfois un bouc émissaire quand les événements tournent mal.

– Alors qu'a dit le vétérinaire de Pittsburgh ? a demandé Nora.

– Tu l'as emmené chez un vétérinaire ? s'est étonné Mr Edelman. À Pittsburgh ? Et tu as dépensé beaucoup d'argent pour savoir si ce chien allait guérir ou non ? (Il s'est tourné vers sa fille.) Et toi, tu les as laissés faire ça ?

– Oui. Savoir comment le soigner peut tout changer. Je t'en aurais bien parlé, mais je savais que tu réagirais comme cela.

– Et cela ne nous a rien coûté, sauf un peu de temps, ai-je ajouté. J'avais passé un accord avec les médecins : ils pouvaient m'examiner s'ils examinaient aussi le chien de mon frère.

– Tu n'as pas l'air malade, a-t-il déclaré, de plus en plus perplexe.

– Non, je ne suis pas malade, Mais j'ai été frappée par la foudre lors de ce même orage, et maintenant je peux comprendre les chiens.

Mr Edelman s'est redressé encore davantage.

– N'importe quelle personne peut comprendre les chiens si elle est attentive.

Je savais qu'il n'avait pas tort. Mais Nora a secoué la tête.

– Pas comme Annabelle.

– Dans ce cas, a poursuivi Mr Edelman, pourquoi aller jusqu'à Pittsburgh pour découvrir ce qui ne va pas chez lui ?

La question semblait indiquer qu'il me croyait… Preuves ou pas.

– Je ne suis pas vétérinaire. Je savais qu'il avait mal au dos, mais je ne savais pas pourquoi.

Nora a poussé un soupir d'impatience.

– Alors, qu'est-ce qu'il a dit ?

Je leur ai parlé de son hématome à la colonne vertébrale.

– Mais il n'était pas sûr que Buster se remette ? a demandé Nora.

J'ai secoué la tête.

– Au moins, sa colonne vertébrale n'est pas cassée. On l'aurait bien ramené ici pour que vous puissiez vous occuper de lui comme il faut, mais on n'a pas trouvé le moyen d'expliquer pourquoi nous ferions ça. On ne voulait pas vous créer de problèmes.

Mr Edelman regardait sa fille d'un air pensif, mais ne disait rien. Après un moment, Nora a de nouveau soupiré.

– Si tu as besoin de le ramener ici, n'hésite pas, Annabelle. Peut-être sans en parler à tout un tas de gens, mais fais ce qui est le mieux pour Buster. Cela ne devrait pas poser de problème.

J'ai hoché la tête.

– Je vous tiendrai au courant.

Mr Edelman s'est appuyé sur la balustrade de la galerie.

– Ç'a dû être une sacrée aventure de rencontrer tous ces médecins.

– C'est vrai. Mais le meilleur moment, c'est quand on a retrouvé le chien de la ferme d'à côté.

Ils m'ont regardée avec surprise.

– Celui qui a un œil blanc ? a demandé Nora. Et qui a disparu depuis des semaines ?

– Celui-là même.

– Où était-il ?

– À la clinique vétérinaire.

Je leur ai raconté comment j'avais traduit ce que disaient les chiens afin que le vétérinaire sache ce dont ils souffraient. Pendant que je parlais, Nora s'est installée dans un des fauteuils à bascule, Mr Edelman dans l'autre, et je me suis assise de biais sur l'une des marches du porche.

Quand j'en suis arrivée à l'histoire du caniche brun, un passereau a fondu vers nous et a plané au-dessus de nos têtes, près du nid qu'il avait aménagé dans le lambrequin* du porche. Ses oisillons tendaient le cou vers lui, leur bec jaune ouvert comme une fleur.

– C'est gentil de les laisser nicher ici, ai-je dit.

– Ce n'est pas à nous de les laisser ou pas, a rétorqué Mr Edelman avec un geste d'impatience pour m'inciter à poursuivre. Alors, ce caniche ?

J'ai repris mon récit, puis je leur ai raconté comment j'avais retrouvé Patate.

– C'est fascinant, a dit Mr Edelman. Et un peu difficile à croire.

Je ne lui en voulais pas d'avoir des doutes.

* Planche décorative ajourée et fixée au bord d'un toit ou au-dessus d'une fenêtre.

Je leur ai raconté la fin de l'histoire, comment j'avais ramené Patate à Andy. Comment ils s'étaient retrouvés dans le pré.

– Il arrive de temps en temps qu'un chien monte dans un véhicule, a dit Mr Edelman. Comme ce gros camion Dodge qui vient collecter le lait chez les Woodberry. Puis ce chien se retrouve loin de chez lui. Il lui faut refaire le trajet en sens inverse.

Il avait l'air plus que triste – dévasté – à cette idée.

Je me suis rappelé ce que j'avais pensé de lui au tout début. Qu'il était méchant, ou pire. J'ai froncé les sourcils.

– Je dois m'excuser, ai-je dit lentement.

– De quoi ? a-t-il demandé, surpris.

– Quand je vous ai vu passer dans votre camion l'autre jour, j'ai pensé que vous étiez méchant.

– Qui pourrait te le reprocher ? s'est insurgée Nora. C'est exactement comme ça qu'il se comporte.

– Parfaitement, a confirmé Mr Edelman.

– Mais la façon d'agir et ce que l'on est vraiment, ce n'est pas toujours la même chose. (J'ai entendu un écho entre mes propos et ceux de Nora lors de notre première rencontre. Sur la différence entre ce qui *semble être* et ce qui *est*.) Bien que, parfois, ce soit la même chose.

Mr Edelman a gloussé.

– Tu es bien catégorique.

– J'essaie de voir au-delà de ce qui est visible, ai-je dit en baissant la tête, mais c'est dur.

– Et certains d'entre nous devraient faire meilleure figure, a ajouté Nora.

– Quel est le problème avec ma figure ? a demandé Mr Edelman.

Nora a poussé un petit rire.

– Tu es terrifiant. Je m'étonne qu'Annabelle ait eu le cran de venir frapper à la porte en sachant que tu étais là.

J'avais du cran. J'étais une dure à cuire. L'idée me plaisait.

Mais, ensuite, j'ai repensé à mon père qui avait le cœur tendre. Et je me suis demandé si le mien n'était pas trop endurci parfois.

– Je suis désolé pour ma figure, m'a dit Mr Edelman.

– Et moi, je suis désolée d'avoir pensé que vous étiez méchant.

Il m'a tendu la main.

– Alors nous sommes quittes ?

Je lui ai serré la main.

Elle était aussi osseuse et rugueuse qu'un fagot de petit bois. Aussi rugueuse que la main que j'avais sentie sur mon visage après avoir été jetée à terre par l'orage. Mais je n'étais pas certaine que ce soit la même, même s'il était facile d'imaginer Mr Edelman errant dans les collines à la recherche d'animaux à sauver. Et me trouvant, moi, à la place.

Je voulais le lui demander, ainsi qu'à Nora. Mais si l'un d'eux m'avait sauvée, il l'aurait sûrement dit. Ce qui me ramenait toujours à la même question : pourquoi quelqu'un ferait-il une aussi bonne action sans en parler ?

– Je sais que vous ne voulez pas être dérangés, mais recueillir ces chiens, c'est une preuve de bonté, ai-je dit. Il y a beaucoup de gens qui vous remercieraient de faire ça.

– Je n'ai pas besoin de remerciements, a rétorqué Mr Edelman avec une grimace. Et les chiens nous en donnent beaucoup.

– De plus, a dit Nora d'un ton sévère, n'oublie pas ce que je t'ai dit, Annabelle. Les gens qui ont fait du mal à ces chiens ne doivent pas savoir où ils sont. Surtout ce Mr Graf.

– Qui ça ? a demandé son père en la dévisageant.

– Mr Graf, ai-je répété, surprise que Nora ne lui ait pas déjà raconté l'histoire. Il cherche le bull-terrier que vous avez recueilli. Zeus.

– Miséricorde ! s'est exclamé Mr Edelman, qui n'avait pourtant pas l'air très inquiet. Une fille qui a été fulgurée et un chien qui porte le nom du dieu du Tonnerre. Peut-être que le prochain à passer par ici, ce sera Thor avec son marteau, pour redresser ce porche un peu tordu.

Ce qui m'a fait rire.

Ce qui a plu à Mr Edelman.

Les rires devaient être rares dans cette maison.

On a parlé des chiens pendant un moment encore.

Et puis j'ai demandé aux Edelman pourquoi ils étaient venus vivre à l'écart, dans les collines.

Nora a hésité un moment avant de répondre :

– Nous en avions assez de la ville. Trop de bruit. L'air envahi de fumée, de suie, de gaz, que sais-je encore. Tout y est broyé en miettes et recraché. C'était comme vivre dans un moulin à poivre.

C'était exactement ce que j'avais pensé ce matin même, bien que la ville ait aussi eu des aspects excitants.

J'attendais que Mr Edelman s'exprime, mais il s'est contenté de se balancer tranquillement dans son fauteuil, en regardant sa fille avec une grande tendresse.

J'ai alors su que Nora avait dit la vérité : il n'était pas venu ici pour les chiens, ni pour la campagne, mais pour elle.

Pour l'aider à surmonter quelque chose. Cela semblait évident. Et pour l'aider à aller vers quelque chose de meilleur.

– Nous étions en train de déjeuner un peu tardivement. Et il y a tout ce qu'il faut si tu veux te joindre à nous, Annabelle. (Il s'est levé.) Une modeste récompense pour de si bonnes histoires.

Nora a ouvert la porte moustiquaire.

J'ai hésité un moment – je me suis souvenue des tâches que j'avais à faire, de ma promesse de rentrer vite –, mais j'ai décidé de rester.

Ils faisaient une drôle de paire, les Edelman. Et je ne savais toujours pas quoi penser d'eux. Mais je voulais mieux les connaître.

Alors je suis entrée.

26

La maison des Edelman était surprenante. Des livres partout, un phonographe encore plus beau que celui de tante Lily, des fleurs coupées et des photos d'une femme ravissante qui attiraient irrésistiblement mon regard.

– Ma mère, a dit Nora à voix basse.

Elles se ressemblaient.

– Où est-elle ? ai-je demandé sans réfléchir.

– Elle est morte il y a juste un an, a-t-elle répondu en se détournant.

Mr Edelman a tiré une chaise et m'a fait signe de venir m'asseoir.

– Ne sois pas timide. Viens te joindre à nous. Tu dois avoir faim après une telle journée.

Je me suis assise. Ils se sont assis. Nous nous sommes regardés en silence.

Nora m'a tendu un panier de petits pains et de la salade aux œufs avec des cornichons hachés. Quelque part, une horloge faisait défiler les secondes comme juchée sur de petits talons pointus. Un des chiens a aboyé au loin.

J'ai pensé à la clinique vétérinaire de la ville. À tous ces chiens en cage.

Il régnait en cet endroit la même atmosphère. Pas seulement dans la grange, mais aussi dans la maison.

– Comment est-elle morte ? ai-je demandé avant d'avoir eu le temps de m'en empêcher.

Mr Edelman a posé son thé glacé.

Nora s'est éclairci la gorge.

Aucun d'eux ne m'a regardée.

– Elle est morte dans un accident de train, a dit Nora.

Mr Edelman était figé sur sa chaise, tous ses muscles tendus, comme enfermé dans un espace minuscule dont on aurait perdu la clef.

– Nous étions parties rendre visite à ma grand-mère, dans l'Ohio. (Nora a plié sa serviette en deux. En quatre.) J'étais assise près de la fenêtre pour pouvoir regarder le paysage. Si je m'étais installée du côté de l'allée, c'est moi qui serais morte.

En l'occurrence, Nora avait regardé sa mère s'éteindre pendant que les gens autour d'elles hurlaient et se débattaient pour s'échapper des décombres.

Pas une seule personne ne s'était arrêtée pour l'aider.

Nora racontait. La façon dont les autres passagers s'étaient bousculés pour passer, enjambant les bagages et tous ceux tombés à terre cherchant à sortir à tout prix tandis qu'elle, agenouillée à côté de sa mère, avait essayé de lui porter secours, essayé d'entendre ce qu'elle murmurait, sans pouvoir faire ni l'un ni l'autre.

– Je suis vraiment désolée, ai-je dit, le visage baigné de larmes. (Elles coulaient surtout pour Nora et son père, mais aussi pour Toby et pour moi. J'avais éprouvé ce même sentiment d'impuissance, même si je n'avais pas perdu ma mère.) Je sais ce que c'est que d'essayer.

– Mais tu es si jeune, a dit Nora en essuyant ses larmes.

Comme si cela avait un rapport avec quoi que ce soit.

– Vous aussi.

Elle a eu un geste de lassitude.

– Je ne me sens pas jeune.

Moi non plus, à imaginer ce que Nora portait en elle, jour après jour, je ne me sentais pas jeune.

J'ai alors décidé qu'ils comprendraient tous les deux pour Toby, alors je leur ai raconté. Ce qu'il avait été avant que je le connaisse et après que j'étais devenue son amie. La manière dont Betty s'y était prise pour le détruire.

– J'ai essayé de l'aider, mais je pense qu'en faisant ça j'ai aggravé la situation.

– Cela ne sert à rien de penser cela, a dit Nora d'une voix un peu tremblante. Même si je comprends pourquoi…

Puis soudain, elle est devenue absente, les mots se sont tus, son regard s'est perdu dans le vague, son visage a pâli, ses mains ont commencé à s'agiter.

– Est-ce qu'elle va bien ? ai-je demandé en séchant mes joues avec mes mains.

Mr Edelman a hoché la tête.

– Elle va aller bien. Mais il vaut mieux que tu partes maintenant, Annabelle, pour qu'elle puisse se reposer. (Il s'est levé et a fait le tour de la table pour passer un bras autour des épaules de Nora et la serrer contre lui.) Elle a juste besoin de repos.

Quelque chose clochait, mais quoi ?

Cela avait-il un rapport avec les souvenirs de Nora ? Je le supposais.

– Au revoir, ai-je dit doucement en remettant ma chaise en place.

Mr Edelman m'a accompagnée jusqu'à la porte.

– Elle n'est pas aussi mordante qu'elle en a l'air, m'a-t-il murmuré en jetant un regard par-dessus son épaule. (J'ai trouvé cela surprenant, venant d'un homme comme lui.) C'est dur pour elle depuis la mort de sa mère, et à cause de bien d'autres choses encore que tu ignores. La vie n'a pas toujours été tendre avec Nora. (Il a soupiré.) Ma femme disait souvent qu'on ne peut pas se tromper si on part du principe que chaque personne que l'on rencontre porte un boisseau de pierres. Qu'il soit visible ou pas.

Je l'ai regardé avec étonnement.

– Un boisseau de pierres ?

– Une charge beaucoup trop lourde pour une seule personne.

J'ai réfléchi à ce qu'il venait de dire avant de reprendre la parole.

– Nora m'a dit que vous étiez un scientifique.

– Un généticien. Et alors ?

Il semblait un peu décontenancé que j'aborde ce sujet.

– Excusez-moi. Je voulais juste…

– Pas besoin de t'excuser, Annabelle. (Il a incliné la tête, l'air confus.) Je… eh bien, j'ai renoncé à mes recherches pour quelque temps et j'essaie de faire en sorte que cela ne me manque pas trop.

– Mais pourquoi abandonner ? Vous avez toute une ferme ici.

– Mais pas de laboratoire. Aucun moyen d'empêcher le vent et les insectes de polliniser les choses au petit bonheur la chance. Alors j'ai pris un congé sabbatique.

Voyant mon expression, il a précisé :

– Du temps libre. Pour faire autre chose.

Il a jeté un coup d'œil vers Nora, puis m'a fixée.

Et, dans son regard, j'ai de nouveau vu une extraordinaire tendresse.

27

J'ai pensé aux Edelman tout au long du chemin qui me ramenait chez moi, impatiente d'enlever ma robe du dimanche et d'accomplir mes tâches.

Rien de tel pour dissiper les ombres qu'un bon travail tout simple comme nourrir les poulets ou étendre le linge, mes mains faisant ce qu'elles savaient faire pendant que mon cerveau réfléchissait et que mon cœur trouvait sa voie.

Mais, tandis que je marchais le long de la route, j'ai entendu mon prénom et je me suis arrêtée pour regarder autour de moi jusqu'à ce que je l'entende de nouveau.

– Annabelle !

J'ai jeté un coup d'œil en arrière et j'ai vu, au loin, un garçon qui venait vers moi, un chien à ses côtés.

J'ai attendu, à l'affût de tous les détails qui le distinguaient des autres : sa démarche, la tête légèrement inclinée sur le côté. L'angle de son chapeau. Son habitude de cueillir au passage une feuille sur un buisson.

Andy.

Je n'ai pas bougé de l'endroit où j'étais.

Même de loin, je pouvais sentir la joie de Patate.

Et, à la façon dont Andy marchait, je pouvais dire que lui aussi était heureux, même si ça ne se voyait pas sur son visage.

Quand il a été assez près, il m'a lancé d'une voix rêche comme du papier de verre :

– C'est quoi, cette robe ? (Je me suis sentie ridicule.) Et tu l'as retrouvé où, mon chien ?

J'ai décidé qu'elle attendrait pour avoir ma réponse.

– C'est quoi, son nom ? ai-je demandé, bien que je l'aie entendu quand Andy l'avait appelé depuis le bout du pâturage.

Andy m'a regardée d'un air renfrogné.

– Patate. Il s'appelle Patate. Et alors ?

– Comme une pomme de terre ?

– Bien sûr, comme une pomme de terre. Je t'ai demandé où tu l'avais trouvé.

Après un moment, j'ai répondu :

– Nous sommes allés à Pittsburgh ce matin. Dans une clinique vétérinaire. Et c'est là qu'il se trouvait.

Il a eu l'air si surpris que c'en était presque comique.

– À plus de cinquante kilomètres d'ici !

– Oui, vraiment loin de chez lui, ai-je confirmé. D'après Mr Edelman, il est peut-être monté dans le camion de la laiterie et il a atterri en ville par erreur.

Andy a levé les sourcils.

– Il y a à peine une minute, tu ne connaissais pas Edelman et, maintenant, tu discutes de mon chien avec lui ?

J'ai failli dire : « C'est à cause de Nora », mais je me suis retenue.

– Henry et moi, on est allés lui demander s'il avait vu Buster.

– Et qu'est-ce que vous fabriquiez dans une clinique vétérinaire à Pittsburgh, pour commencer ?

Alors je lui ai raconté une partie de l'histoire. Pas tout. Juste le fait que Mr Edelman avait renversé Buster avec son camion.

– Vous avez fait tous ces kilomètres pour aller en ville ? Pour un clébard comme lui ?

Je me suis redressée.

– Oui, et cela m'étonne que tu réagisses comme cela, Andy. À voir comment tu te comportes avec Patate, j'aurais pensé que tu comprendrais que l'on ait fait cela.

Il m'a regardée fixement un long moment.

– Qui a dit que je ne le comprenais pas ?

Cette réplique m'a plongée dans une confusion encore plus grande.

J'ai soutenu son regard en essayant de découvrir des choses que je n'avais pas encore vues.

– Pourquoi es-tu venu me retrouver ?

– Te retrouver, toi ? s'est-il esclaffé. Ne te fais pas d'illusions.

Je me suis sentie horriblement stupide. Mais il y avait pire que d'être stupide.

– Je ne sais pas pourquoi je me donne la peine de te parler, ai-je dit.

La déception que je ressentais, après avoir été témoin de ses retrouvailles avec Patate dans ce pâturage, était une nouvelle souffrance, particulièrement douloureuse.

Il s'est contenté de me dévisager pendant un long moment, puis il a soupiré, et son regard s'est posé au-delà du champ de maïs qui s'étendait entre la route et la rivière.

– Il nous manque une vache. Mon père est persuadé que j'ai laissé la barrière ouverte, mais c'est faux. (Il a touché son nez enflé.) Et, même si c'était vrai, ce qui n'est pas le cas, les vaches ne s'éloignent pas beaucoup. Et si elles vont loin, elles sont faciles à repérer. Ou alors des gens les ramènent. Mais celle-là, elle a disparu.

Donc il n'était pas sorti parce qu'il voulait me voir. Je ne savais pas bien si je devais m'en réjouir ou non.

– Tu es à la recherche d'une vache ?

Il a hoché la tête.

– D'une vieille vache. Elle ne donne presque plus de lait, et je sais que mon père a l'intention de la faire abattre. Y a pas beaucoup de viande par les temps qui courent. (Il a ricané comme on aboie.) Peut-être qu'elle s'est doutée de ce qui allait lui arriver et qu'elle a pris la tangente, mais ce n'est pas moi qui ai laissé la barrière ouverte. Même s'il a bien fallu que quelqu'un le fasse. Sinon, Honk ne se serait pas échappée comme ça.

J'ai froncé les sourcils en le regardant.

– Honk ?

Il m'a regardée, l'air d'attendre quelque chose, mais je ne voyais pas quoi.

– Tu sais, Honk… a-t-il fini par dire, les joues un peu roses. Comme l'élan.

Honk l'élan* avait été l'un de mes livres préférés quand j'étais petite. Ma mère le lisait encore parfois à James, en particulier quand il était malade.

Mais j'avais beau essayer de me figurer la scène, je n'arrivais pas imaginer qui avait pu le lire à Andy.

Comme s'il pouvait déchiffrer mes pensées, il a dit :

– C'est ma grand-mère qui me le lisait.

Il fixait ses bottes.

Je me rappelais son enterrement. Andy devait avoir neuf ans à l'époque. Peut-être dix.

– C'est Honk que je cherchais, a-t-il soudain repris. Pas toi.

Sa voix était toujours aussi glaciale.

Je me suis souvenue du mugissement d'une vache provenant d'un coin de la combe aux Loups et de la solitude qu'il avait exprimée, et j'ai eu envie de dire à Andy que je

* *Honk the Moose* (Honk l'élan) est un livre pour enfants de Phil Stong, datant de 1935 et non publié en français.

pouvais peut-être l'aider à retrouver sa vache perdue, mais je me suis abstenue.

Au lieu de cela, j'ai fait demi-tour sans rien ajouter et je suis partie. Quand je me suis retournée après un moment, Andy avait disparu.

J'avais eu l'intention de couper à travers le champ de maïs et par les bois en suivant l'un des nombreux sentiers qui remontent du fond de la vallée vers le haut de la longue colline menant à la maison, mais, la remise à pommes de terre n'étant pas loin, j'ai continué tout droit dans cette direction.

Elle était telle que nous l'avions laissée, mon père et moi, sauf que, cette fois, quand je l'ai cherchée, il n'y avait pas de balle en caoutchouc cachée sous le bord de la paillasse.

Andy était revenu depuis notre passage. Je l'ai imaginé y retournant bientôt avec Patate pour contempler à deux le parcours de la lune par la fenêtre ouverte.

Pendant de longs moments, je suis restée immobile. À quoi ressemblerait cette petite cabane surchauffée si je l'aménageais ? J'imaginais la nettoyer avec un balai humide pour éviter de faire voler la poussière. Laver les fenêtres à l'intérieur et à l'extérieur. Apporter un vrai lit. Une petite table de chevet. Poser une lanterne sur la table. Un bout de tapis sur le sol. Mes rêveries m'ont entraînée jusqu'à visualiser un bocal rempli de fleurs sauvages avant que je ne m'arrête.

Cela faisait longtemps qu'Andy était une brute. Il l'était encore, cela se voyait. Il promettait de le rester toute sa vie.

L'amour d'un chien n'y changeait rien. Ni celui d'une vache nommée Honk.

Il faudrait que je prenne soin de me rappeler ce que je savais de lui. Tout ce que je savais. Même quand je tentais de déceler ce que j'avais oublié, ou ce que je ne voyais pas si facilement.

28

À mon réveil, le lendemain matin, il pleuvait. Le vent charriait de lourds sacs de nuages dans le ciel, les arbres portaient des habits bien trop ternes pour un mois de juin.

J'en étais pourtant vraiment reconnaissante. Nous avions besoin qu'il pleuve fréquemment. Pour arroser les cultures. Pour remplir le puits. Pour plaquer la poussière au sol. Mais les corvées ménagères me garderaient confinée dans la maison alors que j'avais des choses à faire à l'extérieur.

Je me suis donc mise au travail dès que j'ai vu les couleurs de l'aube, pour préparer le petit-déjeuner, faire le repassage et batailler sans fin contre la poussière, le pollen et la boue tandis que Henry s'occupait de Buster, et que James, mon père et mon grand-père finissaient d'égrener le maïs dans la grange.

– Tu en as assez fait, a finalement dit ma mère, une fois tout le linge propre rangé. Va voir comment Henry s'en sort avec son chien.

Je suis donc allée aider mon frère à changer les bandages souillés de Buster sans lui faire mal. On ne s'en est pas très bien sortis malgré nos efforts. Puis je l'ai installé dans notre petit chariot, à l'abri sous le porche, sur une vieille couverture roulée en boule. Ce chariot était encore solide quoiqu'un peu abîmé par toutes les fois où nous avions dévalé l'allée avant de déraper et qu'il se renverse dans les graviers. Mais il avait toujours quatre bons pneus et plus de peinture rouge que de rouille.

– Tu peux le promener en tirant le chariot si tu fais attention aux cahots, ai-je dit.

– Buster a l'air ridicule là-dedans, a soupiré Henry.

– N'importe quoi ! C'est un chien. Il se fiche de ce dont il a l'air.

Et c'était vrai. Il s'en fichait. Tout ce qu'il voulait vraiment, c'était être avec Henry. Et ne plus souffrir.

– On dirait le bébé le plus laid du monde, a repris mon frère. Tout entortillé comme ça. Trappeur va se moquer de lui.

Je me suis tournée vers Trappeur, qui était allongé sur la galerie dans un coin à l'abri de la pluie.

– Tu ne vas pas te moquer de Buster, n'est-ce pas ?

Il m'a répondu d'un sourire un peu de guingois et d'un lent clignement des yeux avant de reprendre sa sieste, et j'ai ressenti un sentiment réconfortant de sécurité et de plénitude.

– Écoute, Henry, je sais que tu as envie de garder Buster,

mais je pense qu'on devrait le ramener chez Nora. Sauf si tu as l'intention de passer tout ton temps à changer ses bandages, à tout nettoyer et à te demander sans arrêt s'il va mieux ou moins bien. (Henry et Buster avaient déjà l'air épuisés et ils n'étaient pas rendus.) Nora sait ce qu'elle fait. Et tu pourras aller le voir tous les jours.

– Je le sais, a-t-il soupiré. Et pas parce que je ne veux pas m'occuper de lui. Au contraire.

– J'en suis sûre. Mais c'est la meilleure solution pour Buster tant qu'il est en convalescence. La seule chose, c'est que je ne sais pas comment on va expliquer cela à papa et à maman et, en même temps, respecter la promesse qu'on a faite à Nora.

– Elle ne va pas pouvoir se cacher indéfiniment, a dit Henry. Pas dans un endroit aussi petit que celui-ci.

Il avait raison, mais je considérais que c'était à Nora de décider. Peut-être à son père. Pas à nous.

– Je vais d'abord y aller, ai-je indiqué, et voir ce qu'elle veut qu'on fasse.

Quand j'ai annoncé à ma mère que je sortais, elle m'a regardée comme si j'avais perdu la tête.

– Une promenade ? Par un temps pareil ?

– Je ne suis pas en sucre. Et il n'y a pas de tonnerre. Je ne sortirais pas si c'était le cas.

Elle était en train de couper des carottes pour le ragoût et elle a pointé le couteau vers moi.

– Au moindre signe d'orage, tu rentres immédiatement. Ou tu restes là où tu es, si tu te trouves sous un toit correct. Tu as compris ?

– Je te le promets.

Je n'avais pas fait deux pas qu'elle m'a rappelée.

– Qu'y a-t-il de si important que ça ne puisse attendre la fin de la pluie ?

Elle avait l'air méfiante. Je ne pouvais pas vraiment lui en vouloir, alors je lui ai dit une partie de la vérité, même si cette déclaration était la plus épineuse de toutes.

– Andy a perdu une vache, et je pense qu'elle s'est peut-être égarée de notre côté.

Elle ne s'attendait pas à ça.

– D'abord, c'est ton père qui le laisse dormir dans la remise à pommes de terre, puis c'est toi qui vas en personne lui ramener son chien. Et, maintenant, tu veux aller patauger dans toute cette boue à la recherche de sa vache ?

J'ai haussé les épaules.

– Ça me plaît de retrouver une vache perdue. Peu importe à qui elle appartient. Et elle s'appelle Honk. Comme Honk l'élan.

Elle m'a regardée comme si j'avais des cornes.

– Tu parles aussi la vache ?

– Peut-être un peu.

En retournant à son travail, elle a marmonné quelque chose qui sonnait comme le mot « cirque ». Mais je n'en étais pas certaine.

J'ai enfilé mes bottes en caoutchouc et un vieux poncho qui me donnait l'impression de ressembler à une cloche et je suis sortie dans l'humidité. La boue brune sous mes pas et le crépitement de la pluie sur ma capuche me réjouissaient.

Tout en marchant, j'ai réfléchi à l'histoire d'Andy. À la façon dont il disait que sa vache avait disparu. Les vaches ne peuvent pas escalader les clôtures ni s'envoler.

Si Andy n'avait pas laissé la barrière ouverte, quelqu'un d'autre l'avait fait.

Et si une vache s'était égarée, pourquoi pas les autres ?

J'ai laissé cette énigme de côté lorsque j'ai atteint le sommet du chemin. Au lieu de longer la crête de la colline et de redescendre par le chemin vers l'école, je me suis dirigée vers une vieille forêt de pins rouges que mes arrière-grands-parents avaient plantée bien avant ma naissance.

C'était un étrange bosquet fait de rangées d'arbres à l'ombre desquels rien ne poussait. Mais j'aimais le silence qui y régnait alors que je glissais sur les aiguilles de pin mouillées, me laissant descendre entre les troncs alignés comme à la parade vers un vieux verger de pommiers tout tordus et retournés à l'état sauvage. Ils ne donnaient plus rien, à l'exception d'une pomme de-ci de-là qui ne tentait même pas les oiseaux.

J'aimais l'humidité spongieuse des pommiers abandonnés, les croûtes de lichen blanc, vert et noir sur leurs troncs noueux, la pourriture merveilleuse et rafraîchissante de leurs branches moussues et de leurs feuilles tachetées de rousseur.

Et je me sentais pleinement heureuse de marcher sous la pluie brumeuse, seule dans ce coin de terre dont je connaissais presque chaque centimètre.

De temps à autre, je lançais un « Honk ! », surtout pour le plaisir, me prenant pour une oie qui cacarde.

Mais, en descendant vers le fond de la vallée par une piste laissée par le passage des cerfs, j'ai entendu ce qui ne pouvait être qu'un meuglement.

Je me suis immobilisée, j'ai enlevé ma capuche et j'ai laissé la pluie faire son œuvre.

Voilà. Une fois de plus.

Un « meuh ! ».

Un meuglement tout ce qu'il y avait de plus ordinaire, n'exprimant pas de panique, mais j'ai compris que la vache était... désorientée.

Perdue, me suis-je dit. Ce qui expliquait son appel.

S'il s'agissait de la vache d'Andy, pourquoi n'avait-elle pas été retrouvée, surtout si près de chez elle ? À moins d'un kilomètre ? Même si pour arriver là où elle était, elle avait dû traverser la rivière. Pas facile, voire dangereux, pour un animal à sabots de marcher sur des galets glissants.

C'était soit ça, soit elle avait fait le détour par la route, mais, dans ce cas, quelqu'un l'aurait vue et recueillie.

Un nouveau meuglement.

Il semblait provenir du rocher de la Tortue, un énorme bloc de pierre qui trônait au milieu d'une clairière dans les bois, imposant, lisse et stable. Aussi immuable qu'une petite planète autour de laquelle les feuilles des érables environnants faisaient une galaxie d'étoiles.

C'était un endroit où j'étais souvent allée résoudre ce qui me tourmentait, mais pas depuis que Betty et Andy y avaient passé du temps à comploter leurs méfaits.

Je craignais de découvrir que ce lieu avait changé. Qu'ils l'avaient changé.

Mais, quand j'ai entendu un autre meuglement, je me suis dirigée vers la clairière.

29

Le rocher de la Tortue était là où il était censé être, la clairière était couverte de violettes blanches et parme, comme si la forêt avait choisi de ne pas planter de jeunes arbres ici, le rocher et les fleurs méritant eux aussi leur étendue de terre.

Cela faisait très longtemps que je n'étais pas venue. Ce que Betty et Andy avaient manigancé ici avait été balayé par les violettes et le silence.

Et par la vache que j'ai trouvée debout à côté du rocher.

Je me suis approchée en lui parlant avec douceur.

– Du calme, ma fille. Tout va bien maintenant.

Et, de fait, elle allait bien.

Quelqu'un l'avait attachée à un arbre robuste au bord de la clairière, mais avec une corde assez longue pour qu'elle puisse se promener un peu et brouter l'herbe et les fleurs. Il y avait aussi une botte de foin et un seau d'eau que la pluie faisait déborder.

– Tu es une bonne fille, ai-je dit en me rapprochant d'elle, la main tendue jusqu'à ce qu'elle y pose son gros museau carré. Ça chatouille, ai-je ajouté en sentant ses moustaches et en souriant à ses beaux yeux.

Elle a incliné un peu la tête pour que je puisse la gratter entre les oreilles.

Andy m'avait parlé d'une vieille vache, presque tarie, et il avait dit vrai. Mais elle avait encore besoin d'être traite. Je me suis agenouillée à côté d'elle pour la soulager, le lait disparaissant dans le sol détrempé en ne laissant que des bulles blanches. Je me suis relevée et époussetée avant d'analyser la situation.

Quelqu'un avait emmené, à travers bois, une vieille vache loin de chez elle et l'avait attachée dans un endroit où elle ne risquait pas d'être repérée avant un certain temps.

Même ses meuglements ne paraîtraient pas si étranges.

Nos propres vaches restaient confinées dans quelques hectares de pâture autour de notre grange, mais leurs meuglements n'avaient que faire des clôtures et résonnaient comme ceux des autres troupeaux de ces collines. Il en allait de même dans les autres vallons.

Les gens ne remarquaient donc plus la musique de fond de nos journées : les vaches qui meuglaient, les corbeaux qui se chamaillaient et les insectes accordant leurs instruments pour attirer des partenaires.

Tandis qu'étant à la recherche d'une vache disparue j'avais tendu l'oreille.

Qu'est-ce que je savais de la situation ? Qu'est-ce que j'ignorais ? Qui avait bien pu l'amener ici ?

J'ai imaginé comment Nora pourrait réagir à l'idée qu'une vieille vache soit abattue après une vie de bons et loyaux services. Elle la sauverait, j'en étais certaine. Tout comme moi. Tout comme n'importe qui le ferait, s'il avait déjà tenté, mais en vain, de sauver quelque chose ou quelqu'un qui en valait la peine.

Nora avait pu tomber sur le rocher de la Tortue en explorant la campagne, en se familiarisant avec les environs ou en cherchant des animaux errants. Mais je n'arrivais pas à l'imaginer laissant une vache seule, attachée dans les bois, même pendant les chaudes journées de juin. Et Nora savait bien qu'elle ne pouvait pas sauver tous les animaux de ferme promis à la boucherie.

Il n'y avait qu'une seule autre personne pour sauver cette vieille vache.

Quelques jours plus tôt, j'aurais sans doute fait l'impossible pour trouver une autre réponse. Une réponse qui aurait été plus sensée.

Mais j'en savais désormais plus qu'auparavant.

La vieille vache me regardait, sa robe noircie par la pluie, les gouttes s'accumulant le long de ses oreilles et de ses longs cils. Elle a secoué un peu la tête, et de l'eau a giclé sur mon visage.

– Allez, on va t'emmener dans un endroit chaud et sec, ai-je dit en luttant pour détacher la corde trempée.

J'ai laissé le foin et le seau pour les cerfs qui passeraient par là après notre départ. Et j'ai mené la vieille vache le long du sentier qui quittait le rocher de la Tortue et remontait la colline. Parvenue à la crête, j'ai emprunté le chemin des tracteurs qui contourne l'autre extrémité de notre vallon. Je voulais arriver à la grange par l'arrière, à l'écart de la maison, là où personne ne me verrait.

J'ai fait entrer Honk dans la partie inférieure de la grange où se trouvaient les stalles pour nos deux chevaux et nos trois vaches, tous à l'abri de la pluie. J'entendais mon père, mon grand-père et James travailler sur l'aire de battage au-dessus de nos têtes.

– Je t'ai amené de la compagnie, ai-je dit à Daisy, la plus jeune de nos vaches guernesey, en ouvrant la porte de sa stalle pour y conduire Honk, que j'ai bouchonnée avec une poignée de paille.

Les stalles étaient assez spacieuses, et je savais que les vaches étaient des animaux doux et aimables. J'étais donc certaine que Daisy partagerait sa nourriture et qu'elles s'entendraient bien toutes les deux, jusqu'à ce que je trouve une solution pour la suite.

Honk serait découverte bien assez tôt, mais pour l'instant elle était en sécurité et au chaud. Elle avait suffisamment de nourriture et plus aucune raison d'avoir peur ou de se sentir seule.

Ce qui représentait beaucoup pour une vache. Pour n'importe qui, d'ailleurs.

30

J'avais passé trop de temps à m'occuper de Honk pour aller chez Nora avant que ma mère n'ait besoin de moi pour le déjeuner. Je suis donc repartie vers la maison en frottant mes bottes dans l'herbe haute et détrempée, espérant ne plus trop sentir la vache, le temps d'arriver à la cuisine.

– Tu sens la vache, a dit ma mère quand je l'ai rejointe devant l'évier.

– J'étais dans la grange, je rendais visite à Daisy.

Ce qui était vrai.

– Va te laver les mains, a-t-elle ajouté avec un geste du menton, puis tu mettras le couvert et tu sonneras la cloche.

Ma grand-mère est arrivée du salon à pas lents.

– Te voilà, ma grande fille.

Elle a ouvert les bras et je me suis blottie contre elle, posant ma tête contre son cou.

– Je suis désolée si je sens la vache, ai-je dit en me dégageant de son étreinte.

– Il n'y a aucun mal à ça. (Elle a souri d'un air fatigué.) Le travail a toujours une bonne odeur pour moi.

Et je savais qu'elle était triste de penser à tout ce qu'elle faisait autrefois et au peu qu'elle pouvait faire désormais.

J'ai tiré sa chaise et je l'ai aidée à s'y installer, puis je me suis lavé les mains et j'ai mis la table avant de sortir sonner la cloche.

Henry était assis sur la balancelle de la galerie à côté de Buster, couché dans le chariot. Ils paraissaient tous les deux transis et malheureux.

– Tu es encore là ?

Entendant ma voix, Trappeur s'est levé et a bâillé.

– Je ne veux pas laisser Buster seul, a dit Henry, mais je ne veux pas trop le secouer non plus.

– Je ne suis pas encore passée voir Nora, mais j'irai après le déjeuner. Et on lui ramènera Buster dès que possible.

Trappeur s'est approché en trottinant et il a posé sa tête contre mon genou, en reniflant.

– Tu es une chèvre ou un cochon ? lui ai-je demandé.

Il ne m'a pas répondu. Il s'est contenté de bâiller de nouveau et de remuer la queue. Puis il est descendu du porche et s'est éloigné sous la pluie.

Je suis restée immobile à le regarder. J'ai soudain eu froid de la tête aux pieds.

– Annabelle ? (Je me suis retournée vers Henry qui me fixait.) Est-ce que ça va ?

J'ai regardé Trappeur se diriger vers les arbres le long de l'allée.

– Oui, ça va.

Mais non, ça n'allait pas.

De manière soudaine et inexplicable, Trappeur était redevenu ce qu'il était auparavant. Un chien assez gentil dont je croisais le chemin de temps en temps. Rien de plus.

Et moi, de manière soudaine et inexplicable, j'étais redevenue comme j'étais avant. Une fille qui aimait les chiens, mais qui n'avait aucune idée de ce qu'ils ressentaient. Pas vraiment. Pas plus que n'importe qui d'autre.

Ce sens nouveau que j'avais possédé un court moment avait disparu.

J'ai regardé Henry, ce garçon qui avait toujours compris les chiens bien mieux que moi.

– Est-ce que tu aimerais avoir ce que la foudre m'a donné ?

Ma question l'a pris au dépourvu.

– Je suppose que oui, a-t-il répondu après un moment de réflexion, même si c'est difficile à dire puisque je ne peux pas ressentir ce que tu ressens. Donc je ne sais pas à quel point nous sommes différents, toi et moi, ou ce qui me manque. Ou ce que je ne suis pas.

– Tu veux dire que tu connais déjà assez bien les chiens.

Il a hoché la tête.

– Oui, je pense. D'après l'expression de leurs yeux, leur façon d'être. Le fait de les observer attentivement.

C'était ainsi que j'avais appris à connaître Toby, même s'il avait peu parlé. Même si d'autres gens l'avaient trouvé effrayant. Et même dangereux. Mais pas moi.

– Tu serais triste si tu avais eu ce que j'avais, puis que tu l'avais perdu ?

J'entendais le regret dans ma voix.

Le visage de Henry s'est décomposé.

– Tu l'as perdu, Annabelle ?

Je n'ai pas répondu tout de suite. Il a repris d'un ton calme :

– Je pense que je me sentirais assez triste si j'avais eu quelque chose comme ça et que je l'avais perdu. Mais je ne regretterais absolument pas de l'avoir eu.

– Je l'ai perdu, ai-je confirmé en hochant la tête. Ce que j'avais avec Trappeur. Cette partie-là, en tout cas. (Puis j'ai réfléchi au déroulement de ma matinée.) Et le reste aussi, je crois.

J'ai repensé aux tâches ménagères que j'avais faites avec ma mère, au moment passé sur la galerie avec Trappeur où j'avais ressenti un tel sentiment de réconfort… à cause de lui ? J'en étais certaine. Puis à ma promenade sous la pluie. À l'odeur des aiguilles de pin. Au merveilleux dépérissement de ces pommiers. À ce que j'avais conclu à propos de Honk et de la personne qui l'avait laissée près du rocher de la Tortue.

Tout cela aurait pu provenir de moi et non de la foudre. Même l'odeur de la forêt, qui dépendait de ma présence.

Qui aurait été différente pour un renard, un cerf ou un chien.

Et plus encore. Andy, à qui Patate avait tant manqué, même s'il s'était efforcé de paraître indifférent. Nora et ses souvenirs crucifiants. Ce qu'elle avait ressenti quand sa mère s'était éteinte. Et Henry lui-même. Mon brave petit frère, qui me regardait fixement, le visage plus sérieux que je ne le lui avais jamais vu.

– Peut-être que ça reviendra, a-t-il suggéré.

– Je n'en suis pas sûre. Le Dr Peck a dit que ça pouvait disparaître aussi vite que c'était arrivé. Mais tout va bien, Henry. (De fait, je sentais que tout allait bien, vraiment très bien.) C'est la vérité. Je pense que ce que tu m'as raconté au sujet de ces cochons, c'était vrai. Je pense que la foudre n'a été qu'un rappel.

– De quoi ?

– De beaucoup de choses que je savais déjà, sans peut-être savoir que je les savais… ou que j'avais oubliées. Ou auxquelles je ne faisais plus confiance. Ce qui est perturbant, ai-je ajouté en voyant son expression. Moi aussi, je suis un peu perdue. Mais je pense que c'est peut-être mieux comme ça. Que ce soit parti. D'avoir ce qui reste. (Je me suis penchée vers Buster.) Comment ça va, mon chien ?

Pour toute réponse, il m'a léché la main. Je me suis redressée avec un petit frisson.

– Pourquoi tu ne rentrerais pas Buster à l'intérieur, Henry ? Mais ne parle à personne de ce que je t'ai dit.

– Pourquoi ?

– Parce que je veux y réfléchir avant.

J'ai alors tiré sur la corde de la cloche deux, trois fois, et le son s'est propagé pour appeler tous les membres de la famille.

Après nous être tous lavé les mains, nous nous sommes assis pendant que ma mère et moi servions le ragoût que nous avions cuisiné le matin même, chaque assiette garnie d'une ou deux boulettes de viande. Quand j'ai posé son assiette devant mon père, il a levé les yeux.

– Je suppose que tu ne sais rien au sujet d'une vache inconnue qui a réussi à entrer dans la grange en douce ?

– Honk, ai-je dit, sans réfléchir.

Tous les regards se sont braqués sur moi.

– Honk ? a répété mon père.

– On dirait une oie, a dit James. Tu peux parler l'oie maintenant ?

J'ai servi une autre assiette.

– Honk, c'est comme cela qu'elle s'appelle.

– Comme Honk l'élan ! s'est exclamé James. Lui aussi, il s'est faufilé dans une grange.

J'ai hoché la tête.

– C'est la vache d'Andy, qui s'était perdue, mais je l'ai retrouvée dans la combe aux Loups.

Je n'ai pas parlé du rocher de la Tortue, ni du fait que quelqu'un l'avait attachée dans la clairière.

Je ne voulais pas parler de cela, ni de la personne qui l'avait laissée là, ni de pourquoi. Je voulais y réfléchir.

J'ai donc mangé mon ragoût et écouté la conversation d'une oreille distraite, perdue dans mes pensées, en essayant d'imaginer ce que j'allais faire ensuite.

31

Le temps que ma mère et moi ayons lavé, séché et rangé toute la vaisselle du déjeuner, j'avais pris ma décision.

D'abord, j'irais voir Nora pour lui demander de reprendre Buster. Puis j'irais voir Andy pour lui dire que j'avais récupéré Honk.

– Je reviens vite, ai-je dit à ma mère en renfilant mes bottes et mon poncho.

– Tu pars à la recherche d'autres vaches égarées ? m'a-t-elle demandé en souriant.

Comme je ne répondais pas, elle m'a relevé le menton pour me regarder dans les yeux

– Est-ce que ça va, Annabelle ?

– Oui. Je ne suis pas tout à fait dans mon assiette. Mais ça va vite revenir. Je te le promets.

Elle a glissé mes cheveux sous la capuche.

– J'en suis sûre. Mais reviens à temps pour finir tes corvées.

Cela du moins n'avait pas changé. Le travail, c'était le travail. Et il y en avait plus qu'assez pour tout le monde.

Pendant tout le trajet jusque chez les Edelman, j'ai respiré aussi profondément que possible, j'ai tendu l'oreille de toutes mes forces, j'ai gardé les yeux grands ouverts, à l'affût de ce qu'il ne fallait pas manquer.

J'étais heureuse que les senteurs de la pluie soient restées identiques, que le frôlement d'un jeune arbre au bord du chemin me procure toujours la même sensation, et que les myrtilles qui poussaient le long de la rivière aient gardé leur saveur de toujours. Ni plus sucrée, ni moins. Juste comme il le fallait.

Le camion de Mr Edelman n'était pas là.

– Nora!

Je l'ai appelée à plusieurs reprises, tout en parcourant leur allée sans qu'elle me réponde. Elle n'est pas venue à la porte quand j'ai frappé. Elle n'est pas apparue à l'entrée de la grange, béante comme une bouche géante, tandis que je continuais à l'appeler.

Les chiens aboyaient beaucoup. Plus que la dernière fois que j'étais venue. Plus fort. Et ils avaient quelque chose de grave à dire, je le sentais.

J'ai accéléré le pas, leurs voix tissant un fil d'inquiétude, l'enroulant autour de ma gorge et tirant de plus en plus fort à mesure que je me rapprochais de la grange.

C'est là que je l'ai découverte, étendue sur l'aire de battage, bras et jambes agités de soubresauts, sa peau blanche plus blanche que jamais.

Je me suis jetée à genoux à côté d'elle.

– Nora !

J'ai crié son prénom en lui secouant l'épaule, mais elle était sous l'emprise de quelque chose d'horrible.

Je me suis souvenue de la façon dont son regard était devenu fixe et dont elle s'était mise à trembler la veille. *Elle souffre d'une maladie*, ai-je réalisé.

Les chiens le savaient aussi. Ils aboyaient tous, debout dans leurs chenils, et nous regardaient, visiblement inquiets. Mais ils ne pouvaient pas plus l'aider que moi.

– Je reviens tout de suite ! lui ai-je promis.

Je me suis relevée et me suis ruée hors de la grange, j'ai couru jusqu'à la maison des Edelman pour aller décrocher le téléphone. J'ai actionné le commutateur pour alerter Mrs Gribble, la standardiste. La ligne était coupée.

J'ai lâché le combiné et suis ressortie dans la cour.

Notre maison était trop loin. Alors j'ai foncé vers l'endroit le plus proche où je pourrais trouver de l'aide.

Quand j'ai atteint l'allée menant chez Andy, j'ai hurlé son nom aussi fort que possible, inquiète à l'idée de m'approcher d'un endroit où je n'avais jamais été la bienvenue. Puis je me suis remise à courir le long du pâturage, j'ai franchi la barrière qui fermait la cour et me suis dirigée tout droit jusqu'à sa maison.

Pas de géraniums ici. Pas de fauteuils à bascule. Pas de nids d'oiseaux. Juste de la peinture écaillée, des vitres fissurées, de la crasse et la puanteur de l'étable. Et celle de la fromagerie.

Patate a tourné le coin de la galerie et il est venu se mettre à côté de moi, tremblant un peu bien qu'il fût au sec chez lui. Je me suis demandé si je ne lui rappelais pas l'endroit où il avait passé de longues semaines sans son jeune maître.

– Andy ! ai-je crié en frappant le cadre de la porte moustiquaire du plat de la main.

Au bout d'un moment, il est soudain apparu.

À travers la moustiquaire, il avait l'air gris.

– Quoi ? a-t-il sifflé entre ses dents, en jetant un coup d'œil par-dessus son épaule. Qu'est-ce que tu fabriques ici ?

À bout de souffle, je me suis pliée en deux, les mains sur les genoux.

– J'ai besoin d'aide. Nora, elle a un problème.

Il s'est penché un peu plus près, mais n'a pas ouvert la porte.

– Qui c'est, Nora ?

Je me suis souvenue qu'il ne le savait pas.

– C'est la fille de Mr Edelman. (Je me suis redressée.) Elle a un problème.

– Il a une fille ?

– J'ai essayé d'appeler le Dr Peck, mais leur ligne est coupée !

Il a secoué la tête.

– La nôtre aussi. Elle a été arrachée par l'orage, et ça n'est pas encore réparé.

– Alors viens avec moi. S'il te plaît ! Je crois qu'elle est peut-être en train de mourir.

– Je ne peux pas, Annabelle. Je suis…

– Andy, elle est en danger !

J'ai tiré sur la porte, mais il a essayé de la retenir et il a sursauté quand elle a claqué à grand bruit.

– Annabelle, chut ! Ma mère dort, et…

Venant d'un endroit tout proche, j'ai entendu la mère d'Andy l'appeler, avec une voix chargée de plus de colère que je n'en avais jamais entendu. Pas de la part d'une mère.

Même à travers la moustiquaire, j'ai vu ses yeux s'écarquiller et son visage se décomposer.

– ANDY ! a-t-elle hurlé, plus fort encore.

Il a disparu, comme s'il n'avait jamais été là.

J'ai été soulagée de ne pas pouvoir voir ce qui s'est passé ensuite. L'entendre était déjà suffisamment pénible.

La fureur dans la voix de sa mère. La propre voix d'Andy, si docile qu'on aurait dit quelqu'un d'autre. Puis le son d'une gifle, qui m'a fait sursauter tandis que Patate se recroquevillait derrière moi. Combien de fois avait-il dû recevoir ses coups de pied ?

Andy est réapparu à la porte. À travers la moustiquaire, ses yeux paraissaient deux cavités.

– Tu ferais mieux de retourner la voir, a-t-il articulé d'une voix blanche. Trouve quelqu'un d'autre pour t'aider.

– Tu ne veux pas venir avec moi ?

Il m'a lancé un long regard, qui m'a rappelé celui qu'il m'avait lancé depuis l'autre bout du pré quand je lui avais ramené Patate. Ce regard, aussi, était plein de questions. Mais celles-ci étaient d'un genre plus sombre.

– Je ne peux pas.

Il a regardé par-dessus son épaule, puis s'est retourné vers moi.

Je suis restée immobile.

– Annabelle, je ne peux pas.

J'ai attendu.

Et puis j'ai vu l'amorce d'un changement sur son visage. Quelque chose comme du soulagement.

Comme s'il avait rattrapé un œuf au vol, juste avant qu'il ne tombe par terre.

Je ne sais pas ce qui l'a fait changer d'avis. Peut-être de voir Patate trembler à mes pieds.

Ou l'expression de mon visage alors que je restais là, à attendre.

Il a jeté un dernier coup d'œil par-dessus son épaule.

Puis j'ai reculé, il est sorti pour dévaler les marches du porche d'un bond, Patate sur ses talons, sans se soucier de la pluie.

J'ai couru après eux dans le chemin boueux. Quand je me suis retournée, j'ai vu sa mère à la fenêtre, sombre et sans visage. Son père était à l'entrée de la cabane à outils, un maillet à la main.

Tous deux paraissaient anormalement grands.

Et je me suis sentie minuscule.

Mais j'ai aussi ressenti une vague de liberté en prenant mes jambes à mon cou pour rattraper Andy et Patate, tandis que la ferme derrière nous rapetissait de plus en plus.

32

– Aide-moi à la tourner sur le côté, a dit Andy lorsque nous sommes arrivés près de Nora, toujours allongée sur l'aire de battage.

Il s'est agenouillé à côté d'elle et lui a doucement soulevé la tête pour la poser sur ses genoux.

Dans les chenils, les chiens qui regardaient la scène se sont calmés.

– Elle va s'en sortir. (Il lui a dégagé le visage, repoussant ses cheveux en arrière pour s'assurer qu'elle respirait bien.) On va la laisser se réveiller toute seule.

Du plat de sa main, il faisait des cercles lents sur son dos. Il a murmuré doucement quand elle a commencé à gémir.

C'était un Andy que je n'avais pas vu depuis le jour où il avait remis les bébés moineaux dans leur nid. Puis enterré celui qu'il n'avait pas pu sauver.

– Qu'est-ce qui lui arrive ? ai-je demandé.

– Je ne sais pas au juste. Je n'ai pas vu ce qui a déclenché ça.

– Moi non plus. Mais elle tremblait de partout quand je l'ai trouvée.

Andy m'a jeté un coup d'œil.

– Ça arrivait à ma grand-mère parfois, puis elle se calmait peu après. Mon père appelait ça des crises. Ma grand-mère appelait ça des attaques. Dans tous les cas, ç'avait quelque chose à voir avec son cerveau.

Je suis souvenue d'avoir entendu ma propre grand-mère, qui avait grandi avec celle d'Andy, en parler. Je les ai imaginées toutes les deux, petites filles en robes du dimanche et cheveux nattés, assises sur des balançoires dans les arbres, inventant des chansons.

– Qu'est-ce que vous faisiez quand ça arrivait à ta grand-mère ?

– Mon père n'aime pas trop les médecins. (Il gardait les yeux fixés sur Nora.) Quand ma grand-mère était dans cet état, on l'aidait à passer la crise. C'est tout.

– Nora a eu une réaction bizarre hier. Elle parlait, et puis elle est devenue toute tremblante, et je ne sais pas…

– Que faisait-elle quand c'est arrivé ?

J'ai réfléchi.

– Elle parlait de la mort de sa mère.

Andy m'a regardée.

– Elle est morte comment ?

– Dans un accident de train. Il y a tout juste un an. Nora a essayé de la sauver, mais sa mère est quand même morte.

– L'accident dans l'Ohio ? (J'ai acquiescé de la tête.) J'ai lu des articles dans le journal.

Cela m'a étonnée qu'Andy lise quelque chose qu'il n'était pas obligé de lire.

– Donc les chiens dans ces chenils, ce sont eux que j'entends depuis des semaines maintenant, a-t-il poursuivi. Elle les élève ?

Il était trop loin d'eux pour voir qu'ils étaient mal en point.

– Non, ai-je répondu, sans un mot de plus.

Il m'a jeté un regard, puis a reporté son attention sur Nora, la surveillant tandis qu'elle essayait lentement de se réveiller.

J'observais comment il lui caressait les cheveux, combien il était doux.

Ses propres cheveux étaient une masse désordonnée assombrie par la pluie. Il les avait de toute évidence coupés lui-même, tout comme il avait raccommodé ses vêtements. Il avait rapiécé les genoux de son pantalon de travail, à grands points irréguliers qui se baladaient autour du tissu comme des traces d'oiseaux. De même, il avait utilisé des bouts de fil de fer en guise de lacets pour ses chaussures.

Et il était maigre. Trop osseux, comme Patate. Tout en ayant l'air robuste. Solide de la tête aux pieds. Mais si jeune encore qu'il n'avait qu'un duvet de pêche sur les joues.

– J'ai retrouvé ta vache, ai-je dit, observant son visage.

Il s'est tourné vers moi, le regard un peu plus dur.

– Tu as retrouvé Honk ?

– Au rocher de la Tortue. Je l'ai mise dans l'étable avec nos vaches.

Il était intéressant de le voir essayer de comprendre la situation et de chercher quoi dire.

J'ai repris, pour le ménager :

– Tu ne voulais pas qu'elle soit abattue, alors tu l'as cachée.

Il m'a regardée d'un air renfrogné.

– Qu'est-ce que tu en sais ?

J'ai détaillé ses mains, gercées, les articulations écorchées et à vif.

– Est-ce que tu m'as sauvée, moi aussi ? Quand j'ai été fulgurée ?

C'est alors que Nora a ouvert les yeux.

– Tout va bien maintenant, lui a murmuré Andy alors qu'elle essayait de se redresser. Restez allongée encore une minute.

– Andy ? ai-je insisté. Tu m'as entendue ?

– Je ne sais pas de quoi tu parles.

– Je parle de…

– Chut, maintenant, a-t-il dit doucement. (S'adressait-il à moi ou à Nora, qui le regardait fixement, en grimaçant comme un chat sauvage ?) Tout doux, là, tout doux. Tout va bien maintenant.

Pourtant Nora ne s'est détendue que lorsqu'elle m'a vue à ses côtés, son regard se concentrant lentement.

– Annabelle ?

– C'est bon, Nora. (J'ai pris sa main.) Vous allez bien.

Elle s'est retournée vers Andy.

– Qui êtes-vous ?

Sa voix était rauque.

– Andy Woodberry, a-t-il répondu calmement. J'habite juste un peu plus loin en bas de la route.

– C'est moi qui vous ai trouvée, ai-je expliqué. J'ai couru chez Andy pour appeler le médecin, mais son téléphone est coupé. Comme le vôtre. Alors il est venu m'aider.

– Ça suffit pour le moment, a murmuré Andy. Elle va être dans le brouillard pendant encore un moment.

Nora a pris une longue inspiration prudente et s'est levée lentement en vacillant un peu.

Andy l'a saisie par le bras. Elle s'est laissé faire. Ils ont marché d'un pas mal assuré jusqu'à une botte de foin sur laquelle il l'a aidée à s'asseoir avant de se percher à côté d'elle.

– Reposez-vous ici un moment, et après on vous ramènera chez vous.

Je me suis souvenue de combien Nora avait paru effrayée quand Henry et moi l'avions rencontrée pour la première fois. Elle avait encore plus peur maintenant, mais pas d'Andy. C'était évident, à la voir se calmer à mesure qu'il parlait.

– C'est lui, ton chien disparu, qui est revenu, a-t-elle dit en regardant Patate.

– C'est Patate. (Andy s'est penché pour le caresser derrière l'oreille.) Il est un peu nerveux.

Le pauvre Patate tremblait, la queue entre les pattes. Il devait être angoissé par les chiens dans leurs chenils, lui qui venait juste d'être enfermé dans une cage avec tant d'autres, d'abord à la fourrière, puis à la clinique vétérinaire.

– Il est nerveux en règle générale, a dit Andy, mais il l'est encore plus depuis qu'il est rentré à la maison.

– Pourquoi en règle générale ? a demandé Nora, tout en continuant d'observer Patate.

– Je l'ai trouvé dans une poubelle, à Sewickley. Rien qu'un tout petit chiot. Jeté comme une vieille chaussure. (Il s'est agenouillé, et Patate a fourré son nez dans le creux de son cou.) Il n'était peut-être pas nerveux au début, mais un séjour dans une poubelle, à peine né, ç'aura suffi à le changer.

Il était étonnant qu'il dise ça à une femme qu'il venait de rencontrer, alors qu'il ne me l'avait jamais raconté.

Elle lui a jeté un coup d'œil.

– Pourquoi est-il plus nerveux depuis qu'il est revenu ?

Andy a gratté la fourrure le long du cou de Patate.

– Il est resté perdu deux mois. Ça fait pas longtemps qu'il est revenu. Il va lui falloir un moment, j'imagine, pour qu'il croie que tout est bien qui finit bien.

Il était clair qu'une mère qui gifle son fils sans raison était susceptible de frapper un chien pour bien moins que ça. Et, d'après ce que je savais du père d'Andy, je le soupçonnais de n'avoir pas été avare de coups de pied non plus.

Je ne voyais pas de « tout est bien qui finit bien » dans

la vie de Patate. Ni dans celle d'Andy, d'ailleurs. Mais leur présence avec nous dans la grange semblait constituer le meilleur moment de leur existence.

– Andy est comme vous, ai-je dit à Nora. Il a sauvé Patate. Et une vieille vache qui allait partir à la boucherie.

Bien qu'épuisée et désorientée, Nora a eu un faible sourire.

– Un jour, mon père a sauvé un vieux cheval qui aurait dû arrêter de tirer une charrue depuis longtemps. (Elle a levé ses yeux fatigués vers nous.) Je ne devrais pas l'avouer, mais je pense que je peux faire confiance à un garçon qui vole une vache, ce qui est tout aussi mal. Ou tout aussi bien, selon la façon dont on voit les choses.

– Et, de toute manière, ça ne regarde personne, a lancé Andy en me décochant un regard féroce.

Je ne savais pas ce que j'avais fait pour mériter un tel regard, mais j'ai décidé de ne pas le lui rendre, même si j'ai dû prendre sur moi.

– Ça me regarde parce que tu l'as cachée sur notre propriété.

– Le rocher de la Tortue n'est pas à vous.

J'ai pris le temps de réfléchir pendant que Nora nous observait attentivement.

– Non, c'est vrai, bien qu'il soit sur nos terres.

J'ai pensé à ce rocher. À ce qu'il signifiait pour moi. À ce qu'il avait sûrement signifié pour d'autres personnes, depuis l'origine des choses.

Et j'ai pensé à ce qu'Andy et Betty y avaient fait. Ils y avaient aiguisé le fil de fer qui avait blessé mon frère James. En se servant du rocher.

Comment le garçon qui avait fait cela pouvait-il être le même que celui qui avait caché une vieille vache ? Qui avait risqué une nouvelle raclée pour aider une femme malade qu'il n'avait jamais rencontrée auparavant ?

– Qu'est-ce que c'est, le rocher de la Tortue ? a demandé Nora.

Elle se tenait les épaules voûtées, la tête basse.

– On vous y emmènera quand vous serez rétablie.

Andy a répété : « On ? » avec un léger accent sur ce mot. Il avait l'air agacé.

– Mais, pour l'instant, rentrons dans la maison.

Je l'ai prise par un bras en faisant signe à Andy de lui prendre l'autre.

– J'étais venue ici pour m'occuper des chiens, a-t-elle protesté en se dégageant. Ils ont besoin d'eau fraîche.

– On reviendra leur en donner, a répondu Andy.

J'ai eu envie de répéter : « On ? », mais je n'ai pas relevé.

Il suffisait que cela ait été dit une fois. Que cela ait été dit, tout court.

33

Nous avons entendu Mr Edelman appeler Nora alors que nous l'installions dans son lit.

– Qu'est-ce que ce corniaud fabrique sous le porche ? a-t-il hurlé.

– Il va être furieux contre moi, a marmonné Nora.

– Vous étiez censée vous reposer ? lui a demandé Andy.

Elle a confirmé d'un hochement de tête.

– Nous avions besoin de nourriture. Pour les chiens. Sinon, il ne m'aurait pas laissée seule.

Je suppose qu'elle avait insisté pour qu'il parte. Et je suppose qu'elle avait raison de dire qu'il serait fou de rage.

Car il l'était.

– Comment ça, elle était dans la grange ? a-t-il articulé quand nous avons descendu les escaliers pour lui raconter ce qui s'était passé. (Il a fusillé Andy du regard.) Tu dois être le fils Woodberry à qui appartient ce corniaud à l'œil blanc.

Je m'attendais à ce qu'Andy lui réponde par un regard furieux. Combattre le feu par le feu. Mais il m'a surprise.

– Je m'appelle Andy, a-t-il dit avec calme. Annabelle a couru chez nous pour appeler le médecin, mais notre ligne est coupée, elle aussi. Alors je suis venu.

Ce qui a un peu calmé Mr Edelman.

– Je te suis donc redevable. Mais Nora a besoin de tranquillité maintenant, et je vais vous demander de me laisser seul avec elle.

– On lui a dit qu'on donnerait à boire aux chiens. (Andy s'est dirigé vers la porte.) À manger, aussi ?

Mr Edelman a secoué la tête.

– Ils ont pris leur petit-déjeuner. Ils n'auront pas besoin de dîner avant un moment. (Il a froncé les sourcils en me regardant.) Pourquoi es-tu revenue, pour commencer ?

Je lui ai dit que Henry et moi avions décidé de lui ramener Buster pour qu'il finisse de se rétablir chez lui.

– Mais je suppose que Nora a assez à faire sans devoir soigner un blessé de plus.

– Non, ramène-le si tu veux. Nora est très attachée à ce chien. Sa présence lui fera du bien.

Andy m'attendait à la porte. Les questions se bousculaient sur son visage. Mais, quand j'ai entendu Nora m'appeler, je me suis précipitée dans les escaliers. Je l'ai trouvée assise au bord de son lit, l'air inquiet.

– Qu'est-ce qui ne va pas ?

– Ce garçon. Cet Andy. (Elle a secoué la tête.) Il a vu les

chiens ! Et je n'aurais jamais dû parler du cheval que mon père a récupéré. Ou de quoi que ce soit d'autre ! Je ne sais pas à quoi je pensais.

– Vous n'étiez pas vous-même, mais ne vous inquiétez pas. Je vais m'assurer qu'il comprenne. Et je pense qu'il ne dira pas un mot de tout ça, de toute façon. (Je l'ai aidée à se recoucher.) Ce n'est pas le plus gentil des garçons, mais il est bon avec les animaux.

Ce qui m'a rappelé ce que ma grand-mère avait dit : « C'est à cela que l'on peut juger une personne. »

Nora a levé les yeux vers moi.

– Ce que tu nous as raconté hier au déjeuner. Tu as dit qu'Andy avait trempé dans ce qui était arrivé à ton ami Toby.

– C'est vrai. Il a été impliqué.

– Et tu veux que je lui fasse confiance maintenant ? À ce même garçon ?

– Sauf que je pense que ce n'est peut-être pas le même garçon. (Je me suis frotté le visage.) Ou alors il est toujours le même, mais je ne le connaissais pas assez bien.

Nora avait refermé les yeux, et je l'ai laissée dormir.

Andy a attendu que nous soyons sur le chemin de la grange pour me demander pourquoi nous allions ramener Buster chez les Edelman pour sa convalescence.

– Nora est douée avec les animaux. Elle soigne ceux qui sont dans la grange, mais elle ne veut pas que les gens le sachent.

– Alors elle ferait mieux de trouver un moyen de les faire taire.

Il avait raison. C'était une bande bruyante. Mais je n'ai pas aimé le ton qu'il avait employé.

– Tu n'arrêtes pas de dire qu'il y a des choses qui ne me regardent pas, ai-je rétorqué. Eh bien, ces chiens, ça regarde Nora. Donc tu ne dois en parler à personne.

– Pourquoi pas ?

– Parce que Nora ne mérite pas d'avoir plus de problèmes qu'elle n'en a déjà eu. Et parce qu'elle et son père sauvent des chiens qui ont besoin d'être sauvés. Ils les soignent, ils leur trouvent un meilleur foyer, loin de l'endroit où ils étaient.

– Comme Patate, a-t-il dit, le regard fixé sur moi.

– Comme Patate, avant que tu ne le trouves dans cette poubelle. Comme Honk, mais en un peu plus petit.

Nous avons poursuivi vers la grange à travers les dernières gouttes de bruine.

En arrivant à la porte, Andy m'a demandé :

– Comment savais-tu que Buster était là ?

– Je l'ai entendu depuis la route, ai-je répondu sans réfléchir.

– Tu as réussi à distinguer son aboiement de celui des autres ?

J'ai regardé pendant un long moment son visage meurtri. Ses yeux furieux. La façon dont il se tenait, prêt à s'enfuir.

C'était un garçon que j'avais craint et détesté pendant si longtemps.

Mais c'était également un garçon qui avait sauvé un chiot, sauvé une vache de l'abattoir et traité Nora comme si elle était aussi fragile que du verre.

Même s'il aurait pu facilement agir autrement.

Alors je lui ai raconté l'histoire. Toute l'histoire.

– Ç'a disparu maintenant, ai-je conclu. (Il n'avait cessé de me regarder.) La façon dont je pouvais ressentir les choses. La façon dont je voyais et j'entendais les choses – chaque sens tellement aiguisé –, tout cela est redevenu comme avant. Sauf que je suis encore plus consciente à présent de choses que je savais avant, mais peut-être pas complètement. (Une pause.) Je remarque plus de détails.

Comme je l'avais fait autrefois. Avant la mort de Toby. Avant que je ne commence à douter de moi.

Andy a pris un long moment pour digérer ce que j'avais dit. Il regardait au loin entre les arbres et caressait distraitement la tête de Patate.

– On dirait une histoire à dormir debout.

J'ai soupiré.

– C'est ce qu'ont pensé les médecins de Pittsburgh. Ils ont dit qu'il leur fallait des preuves. Mais le vétérinaire de la clinique m'a crue quand je lui ai dit ce dont souffraient les chiens. Y compris Patate.

Andy a levé les yeux au ciel.

– Et qu'est-ce que c'était ?

J'ai regardé mes bottes.

– Il se sentait seul.

Andy est resté immobile, puis il s'est agenouillé et a posé sa tête contre celle de Patate et pendant un moment tous deux ont paru n'être qu'une seule créature.

– Et toi, est-ce que tu me crois ?

Andy s'est relevé, puis m'a demandé :

– Est-ce que ça compte ?

Oui, ça compte, ai-je pensé. Même si cela ne comptait pas.

– Allons-nous occuper de ces chiens, ai-je dit.

34

Andy et moi avons passé du temps à donner de l'eau fraîche aux chiens et à apprendre ce qu'ils avaient décidé de nous enseigner.

Il s'est avéré qu'Andy en a beaucoup appris.

Il ne savait pas exactement ce qui leur était arrivé – pour être honnête, moi non plus je ne connaissais pas les détails au début –, mais il a saisi l'essentiel : ces chiens avaient été blessés.

Je me suis rendu compte qu'il en savait plus que moi sur l'expérience de la blessure. Et sur le revers de cette médaille.

Je l'ai regardé trimbaler un seau d'eau tirée à la citerne, Patate collé à ses talons.

Et j'ai décrété que j'avais suffisamment attendu.

– Comment est-ce que tu as pu installer ce fil de fer en travers du chemin ?

Il s'est arrêté si soudainement que l'eau a débordé du seau.

– Quel fil de fer ? a-t-il demandé d'un ton revêche.

– Celui qui a blessé mon frère.

Bien sûr qu'il savait ce dont je parlais. Il ne pouvait pas l'ignorer.

Il s'est dirigé vers le dernier chenil où Zeus attendait. Je me suis dit que je ne mentionnerais pas Mr Graf, ni la récompense qu'il offrait.

Quand il est entré dans le chenil, le chien a reculé dans un coin et n'a pas semblé aussi menaçant qu'auparavant, mais, de là où je me tenais, j'entendais quand même un grondement dans sa gorge.

– Le fil de fer que Betty et toi vous avez tendu en travers du chemin, ai-je repris, les yeux fixés sur le chien. Celui qui m'était destiné.

Mais quand j'ai vu le gros bull-terrier baisser soudain la tête et commencer à ramper lentement vers Andy, qui était occupé à remplir sa gamelle, les yeux rivés sur son travail, j'ai laissé tomber le sujet.

– Andy, sors de là ! ai-je dit, d'un ton urgent.

– Pourquoi ? Pour que tu puisses me crier dessus ? (Se redressant, il a vu le bull-terrier s'approcher. Il s'est figé sur place.) Annabelle, je le connais, ce chien, a-t-il murmuré en s'éloignant.

J'ai ouvert le portillon. Andy est rapidement sorti à reculons, puis l'a verrouillé.

J'ai laissé échapper le souffle que j'avais retenu.

– Je connais ce chien, a-t-il répété.

– Est-ce que Mr Graf est venu vous voir à la ferme ?

– Qui ça ? (Il avait visiblement l'air perdu.)

– Peu importe. Dis-moi juste comment tu connais ce chien.

Son regard, clairement nerveux, est passé de moi au bull-terrier.

– Je ne devrais pas te le dire.

– Alors ne le fais pas, ai-je riposté avec impatience. Parle-moi du fil de fer.

Mais, sous le regard de Zeus qui nous fixait tous les deux de l'autre côté des barreaux, Andy a choisi de me parler de lui :

– Mon père m'a emmené plusieurs fois dans un endroit à Aliquippa où il y a une fosse.

J'ai imaginé un trou dans le sol, comme à la combe aux Loups. Des trous très profonds où, autrefois, les gens piégeaient les loups et les tuaient pour toucher la récompense.

– Une fosse ? Pour quoi faire ?

– Une fosse, une sorte d'arène, a-t-il dit. Pour les combats de chiens.

Je n'ai pas compris, même si Nora avait évoqué quelque chose de similaire.

– Pourquoi est-ce qu'on voudrait que des chiens se battent ?

Il a détourné le regard et a marmonné une réponse.

Je n'ai pas tout saisi.

– Pour que les gens puissent faire quoi ?

– Pour que les gens puissent parier sur eux ! a-t-il lâché.

J'ai été saisie d'un frisson glacial.

– Parier sur celui qui va gagner ?

Andy a répondu d'un hochement de tête, toujours sans me regarder.

– Et comment est-ce qu'un chien gagne ce genre de combat ?

– L'un survit. L'autre meurt.

Comment pouvait-on être cruel au point de profiter de la mort d'un chien ? Mais je savais que n'importe qui pouvait être n'importe quoi. La seule chose qu'une personne avait à faire, c'était de décider.

– Donc le bull-terrier dans ce chenil… ?

Andy lui a jeté un coup d'œil.

– Il a gagné le dernier combat auquel j'ai assisté. Il a tué l'autre chien.

Je me suis souvenue de la première fois où j'avais vu Zeus. De la noirceur que j'avais ressentie en lui.

J'ai regardé Andy.

– Tu as parié sur lui ?

– Bien sûr que non ! Je ne me suis jamais approché de la fosse. Mon père a essayé de m'y forcer. Il… il s'est moqué de moi quand j'ai voulu attendre dans le camion. Puis il m'a fait entrer avec lui dans la grange où se trouve la fosse. (Il était pâle, le regard vide.) Je n'ai pas regardé le combat, mais je l'ai entendu. Et j'ai vu ce chien après, après sa victoire.

J'ai réfléchi.

– Tu as parlé de plusieurs combats. Tu as dit que ton père t'avait emmené à plusieurs de ces combats. Tu y es retourné ? Même en sachant ce que c'était, tu y es retourné ?

Il a secoué la tête.

– Je ne savais pas où on allait. Si j'avais su, je n'y serais pas retourné. Et je ne pouvais pas m'enfuir.

– Tu t'es bien enfui pour aller te cacher dans notre remise à pommes de terre quand c'est toi qui as été battu.

– Je ne me suis pas caché ! Et j'ai eu des ennuis parce que j'avais sauvé Honk. (Pendant un moment, il m'a regardée comme Patate le regardait.) Je ne sais pas pourquoi je gaspille ma salive avec toi.

– Et moi, je ne sais pas ce que je dois croire.

C'était vrai. Je ne savais pas. Il semblait y avoir plusieurs versions d'Andy, et j'ignorais laquelle correspondait à la vérité.

J'avais l'impression d'être une tornade en marche, l'esprit rempli de fracas et de tourbillons.

– Crois ce que tu veux, a-t-il dit avec amertume.

Nous sommes restés silencieux un long moment, Patate appuyé contre la jambe d'Andy, les autres chiens faisant des petits bruits dans leurs chenils, les colombes roucoulant et glougloutant dans la charpente.

– Mon père m'a dit que je ne devais plus m'approcher de toi, ai-je prononcé lentement. (Andy a croisé les bras. Son regard est devenu inexpressif. J'ai continué à le regarder dans les yeux.) Il pensait que je te rappellerais les choses que tu as faites, même si je ne vois pas pourquoi tu aurais besoin d'un rappel. Comment pourrais-tu les oublier ?

Il a de nouveau détourné le regard.

– Qui a dit que je les avais oubliées ?

Le silence entre nous s'est étiré comme l'élastique d'une fronde.

Et puis Andy est parti, Patate sur les talons.

Pendant un long moment, j'ai écouté le va-et-vient des corbeaux croassant au loin. Le mugissement des vaches. Pleinement consciente du fait que je ne comprenais pas grand-chose.

Je me suis retournée vers le bull-terrier.

Il me regardait fixement.

– Tu dois penser que c'est fou, ai-je dit. Ce que font les gens.

Nora semblait penser la même chose.

Je savais qu'ils n'avaient pas tort. Mais je ne voulais pas que mon cœur s'endurcisse autant.

J'observais le bull-terrier, immobile comme une sculpture de pierre dans un musée.

Mon grand-père avait dit, au sujet d'Andy, que l'on récoltait ce qu'on avait semé. Jusqu'à présent, je n'avais donné à Zeus aucune raison de me mordre. Mais s'il se méfiait de tout le monde, par principe, cela ne compterait pas.

Ou peut-être que si, cela compterait.

Quand j'ai ouvert le portillon, il a reculé.

Je ne l'ai pas regardé droit dans les yeux, une leçon que j'avais apprise auprès des chiens de ferme que j'avais connus. Chaque meute est dirigée par un chef qui tolère ceux qui s'accroupissent ou se renversent sur le dos, exposant ainsi leur ventre sans défense, mais qui punit ceux qui soutiennent son regard.

Lorsque j'ai jeté un coup d'œil par en dessous, Zeus me fixait, le visage sérieux. J'ai détourné le regard et fermé le portillon derrière moi.

Puis lentement, prudemment, je me suis laissée glisser sur la paille jusqu'à me retrouver assise, le dos contre les barreaux, les genoux repliés devant moi – maigre protection si les choses tournaient mal.

J'ai baissé la tête jusqu'à ce que mon visage repose sur mes genoux, mes bras repliés contre ma poitrine : une toute petite personne ordinaire, dépourvue de visage.

J'ai senti mes cheveux se hérisser sur ma nuque lorsque je me suis rendu compte que nous étions seuls dans une sorte de cage, peut-être semblable à celle où il avait tué d'autres chiens.

Personne ne nous disait de nous battre. Nous n'avions aucune raison de le faire. Nous n'avions rien à y gagner. Mais certaines choses, une fois apprises, sont difficiles à désapprendre.

– Bonjour, mon vieux, ai-je articulé avec lenteur,

comme j'avais entendu mon grand-père le dire aux chiens qu'il avait connus. Tu n'es pas dans une fosse. Et il n'y a personne pour parier sur toi ou sur moi.

Je me suis efforcée de garder la voix chantante que ma mère utilisait avec les chats errants qui venaient chaque printemps mettre bas dans notre grange.

Cela m'a apaisée. J'espérais que cela apaiserait aussi Zeus.

Jetant un coup d'œil par-dessus mes genoux, je l'ai vu faire un pas vers moi. Il a cligné des yeux et bâillé pour évacuer sa nervosité, la tête basse, sans remuer la queue.

– Allez, viens maintenant. (J'ai de nouveau baissé la tête.) Je ne te ferai pas de mal. Et tu n'as aucune raison de m'en faire, même si je sais que des gens ont été cruels avec toi.

Je le sentais se rapprocher. Je l'entendais. Je percevais sa chaleur à mesure qu'il s'approchait.

Je n'ai pas bougé. Pas un seul muscle.

Pouvait-il ressentir ma peur ?

Alors je me suis laissée aller à imaginer la sensation de ses douces bajoues contre ma main. J'ai imaginé son regard paisible. Et je n'ai pas sursauté lorsqu'il a posé son museau sur le haut de ma tête inclinée et qu'il a longuement reniflé.

35

– C'est une très mauvaise idée, a chuchoté Andy depuis l'autre côté du portillon quand il est revenu et m'a trouvée assise dans le chenil, le bull-terrier couché près de moi, sa tête posée sur mes genoux pour que je puisse lui gratter les oreilles.

Le chien a dressé la tête avec un soupir. J'ai gardé les yeux baissés pendant qu'il se levait pour reculer un peu. Puis je me suis mise debout avec précaution, en ne faisant que des mouvements lents et fluides. Nous nous sommes étirés et avons bâillé un moment avant que je ne sorte doucement du chenil.

Andy a secoué la tête. Patate tremblait à ses côtés.

– Ce chien aurait pu te mettre en pièces.

– Mais il ne l'a pas fait.

– Mais il aurait pu.

– Mais il ne l'a pas fait.

– Autant parler à une perruche, a soupiré Andy.

– Il n'avait aucune raison de me mettre en pièces.

– Depuis quand les gens ont-ils besoin de raisons pour faire ce qu'ils font ?

Je me suis insurgée.

– Brownie n'est pas une personne.

– Brownie ?

– On l'appelait Zeus, avant, mais je lui cherche un nouveau nom. Brownie, peut-être.

Andy a levé un sourcil interrogateur.

– Comment sais-tu qu'il s'appelle Zeus ?

J'ai marqué une pause pour réfléchir à la confiance que Nora m'avait accordée… et pour déterminer si je pouvais prendre le risque de faire confiance à Andy.

– Il appartient à un certain Mr Graf.

– L'homme dont tu m'as parlé tout à l'heure ?

– Je croyais que c'était peut-être comme ça que tu avais reconnu ce chien. Mr Graf a parcouru toute la région à sa recherche. (*Je ne peux pas faire les choses à moitié,* me suis-je alors dit.) Il a même offert une récompense. Dix dollars.

Andy a sifflé doucement.

– Ça représente beaucoup d'argent.

– Mais, Andy, tu ne peux pas…

– Calme-toi, a-t-il dit, l'air renfrogné. Je ne livrerais pas ce chien même pour un million de dollars. Pas à cet homme. C'est un diable.

J'ai repensé au sourire parfait de Mr Graf. À ses beaux yeux verts.

– Tu es sûr que c'est le même homme ? Le Mr Graf que j'ai rencontré avait l'air très gentil.

– Il *avait l'air très gentil ?* C'est comme ça que tu juges quelqu'un ?

Andy n'avait pas tort. Betty et Toby m'avaient tous deux appris qu'il ne fallait pas se fier aux apparences, et j'aurais dû être plus avisée, mais je n'avais pas l'intention de laisser Andy Woodberry me faire la leçon.

– Toi-même, tu pensais que Toby était un méchant à cause de son apparence.

– À cause de sa façon d'agir, a rectifié Andy. Parce qu'il se baladait partout avec ses fusils et qu'il ne disait jamais un mot à personne.

– Il me parlait beaucoup, à moi.

– Eh bien, tant mieux pour toi, Annabelle. Mais il ne s'agit pas de Toby. Il s'agit de Mr Graf. Qui a sorti un rottweiler de la fosse en le traînant par une patte et qui l'a jeté sur un tas d'ordures pour le brûler. Je l'ai vu de mes yeux. Et ses beaux vêtements ou son charme personnel, ça ne change rien à l'affaire.

J'ai imaginé la scène. J'aurais préféré ne pas le faire.

– Je ne savais pas ça, Andy.

– Eh bien, tu ne sais pas tout.

– Non. C'est vrai. Mais toi non plus.

Nous nous sommes regardés pendant un moment.

– J'espérais que c'était quelqu'un d'autre qui était responsable de ces horribles coupures sur le visage de

Brownie, ai-je fini par admettre. Mais je te crois. On va donc garder Brownie ici, on va bien s'en occuper, et peut-être qu'il se remettra.

Andy a secoué la tête.

– Brownie, c'est stupide comme nom.

– C'est mieux que Zeus.

– Mais enfin… *Brownie ?*

– Tu as bien appelé une vache Honk.

– C'est pour ça que je suis revenu. À cause d'elle, a-t-il déclaré d'un ton ferme, comme s'il était important qu'il n'y ait pas d'ambiguïté.

– Quel est le rapport avec Honk ? ai-je dit en prenant soin d'éviter toute agressivité.

Il a soupiré.

– Je ne peux pas encore rentrer chez moi, pas après ce que tu as fait en déboulant comme un chien dans un jeu de quilles. Alors je me suis dit que je pourrais aller la voir. Peut-être rester avec elle ce soir.

Hier, la remise à pommes de terre, aujourd'hui, la grange, ai-je pensé.

J'ai haussé les épaules.

– C'est ta vache.

– Mais c'est ta grange.

– C'est oui si mon père est d'accord.

Il a hoché la tête.

– Mais c'est toi qui lui poseras la question ?

Je l'ai assuré que je le ferais dès que je serais rentrée.

Je me suis retournée pour partir. Arrivée à l'entrée de la grange, j'ai vu qu'Andy était resté debout près du chenil de Brownie.

– Tu viens ? lui ai-je demandé, perplexe.

Il m'a rejointe à pas lents.

– Je me disais qu'il valait peut-être mieux que j'attende que tu lui demandes.

– Oh, il dira oui ! Je sais qu'il le fera.

36

Alors que nous descendions l'allée des Edelman jusqu'à la route, Patate trottinant à nos côtés, j'ai demandé à Andy :

– Pourquoi as-tu laissé Honk au rocher de la Tortue ?

– Parce qu'elle ne rentrait pas sous mon lit, a-t-il répliqué, mais sans agressivité.

Nous avons continué à marcher. La pluie s'était arrêtée, mais le monde entier était encore détrempé. De la vapeur s'élevait paresseusement sous le soleil qui, perçant les nuages, projetait des taches lumineuses sur le fond de la vallée.

– Tu aurais pu me demander, ai-je dit. Je l'aurais emmenée tout de suite dans notre grange, sans qu'elle ait à passer des jours toute seule.

– Ça ne la dérangeait pas. J'allais la voir matin et soir pour lui apporter du foin frais, vérifier qu'elle avait de l'eau et la traire si elle en avait besoin.

– Et lui éviter l'abattoir. Mais sûrement que beaucoup de vos vaches ont pris ce chemin au fil des ans.

Il m'a jeté le regard dur dont il était coutumier, en arrachant au passage une feuille sur un buisson du bord de la route.

– Plein de vaches, oui, a-t-il dit.

Nous avons coupé à travers les longues rangées de maïs qui poussaient entre la route et la rivière. Leurs tiges nous arrivaient déjà à la taille, alors que nous n'étions qu'en juin, et j'avais hâte d'être au moment où elles seraient plus grandes que mon père et où marcher entre deux rangs serait comme faire partie d'un secret : rester cachée aux yeux de tous, sauf des oiseaux qui tissaient leur fils de couleur dans le ciel bleu qui chapeautait le champ.

Nous avons progressé sur le sol boueux, traversant cette promesse verte de récolte, puis nous avons sauté d'un rocher à l'autre pour franchir la rivière là où elle était si peu profonde que, si nous avions glissé, nous n'aurions mouillé que nos bottes. Patate y a pataugé joyeusement, distrait par les écrevisses et l'ombre des arbres, s'arrêtant pour boire longuement l'eau fraîche pendant que nous l'attendions sur la rive opposée.

J'éprouvais un certain calme à côtoyer ainsi Andy, en dépit des hauts et des bas de cette journée, des hauts et des bas de nos vies jusqu'à présent. Mais, lorsque nous avons emprunté un sentier à travers bois, je l'ai imaginé avec Betty, marchant sur ce même sentier, sous ces mêmes arbres. Et je me suis sentie déchirée une fois de plus, en plein milieu, comme s'il y avait deux filles différentes en moi. Je me suis rendu compte que je voulais, plus que tout, me sentir à nouveau comme une personne entière.

Peut-être cela allait-il venir. Mais pour l'instant, comme auparavant et comme toujours, il y avait du travail à faire.

Lorsque ce sentier a rejoint celui qui menait directement de l'école à nos vergers, j'ai poursuivi jusqu'à l'endroit où mon frère James avait été blessé par le fil de fer tendu entre les arbres. Là, je me suis arrêtée.

– Est-ce que tu sais où nous sommes ? ai-je demandé.

– Tu ne le sais pas, toi ? a-t-il rétorqué, sourcils froncés.

J'ai fait un pas hors du chemin pour lui désigner l'endroit où le fil de fer avait laissé une cicatrice sur l'arbre.

Il a secoué la tête en reculant.

– Annabelle, pas ça encore.

– Pourquoi pas ?

– Parce que c'est définitivement terminé. (Il a poussé un soupir.) Et parce que je n'ai pas fait ça.

– Tu n'as pas aidé Betty à aiguiser le fil de fer sur le rocher de la Tortue ?

Il a levé les deux mains.

– Ça, oui, mais elle ne m'a jamais dit ce qu'elle voulait faire avec. Je le jure.

– Mais à quoi tu pensais que ça allait servir, Andy ?

Son regard s'est perdu dans les arbres.

– À rien de bon. Mais pas à ça.

Quelle autre utilisation pouvait-on faire d'un fil de fer aiguisé ? Je ne voyais pas.

– Et quand elle a caché ce morceau de fil de fer dans la cabane de Toby pour faire croire que c'était lui, pourquoi tu n'as rien dit ?

Andy a fixé ses bottes.

– Je n'ai rien su de tout ça avant qu'il ne soit trop tard.

– Tu savais qu'elle essayait de lui faire du mal.

Il a hoché la tête avant de poursuivre :

– Mais je ne savais pas quel genre de mal. Et je te l'ai déjà dit, je ne connaissais pas Toby comme toi, Annabelle. Toute cette affaire, c'était comme un cheval qui s'emballe.

Cela, je le comprenais. Je comprenais qu'une situation puisse devenir incontrôlable.

– Mais tu as attendu tout ce temps-là pour en parler ?

– Je n'ai pas l'impression que ce soit « tout ce temps-là », comme tu dis. J'ai l'impression d'être toujours sur ce cheval. (Il a poussé un soupir.) Tout est encore flou.

– Ce n'est pas clair pour moi non plus. C'est terrifiant, la façon dont les choses arrivent sans qu'on sache pourquoi.

Il a eu un geste d'impatience.

– C'est comme ça que sont les choses.

Ce qui était aussi terrible que tout ce qu'il avait dit.

– Donc Betty pouvait simplement décider de me frapper ? Sans avoir à en répondre à qui que ce soit ?

– Elle t'a frappée ? s'est-il exclamé, les yeux écarquillés. Je ne savais absolument pas qu'elle avait fait ça, Annabelle.

Absolument pas, je te le jure. Elle aimait juste faire des bêtises, et les choses sont devenues incontrôlables.

J'étais presque désolée d'avoir entamé cette discussion. Chaque mot me donnait envie de courir à la maison, de me cacher dans la grange avec un livre et une pomme, et de laisser le monde continuer sans moi. J'ai expiré longuement.

– Tu peux inventer toutes les excuses que tu veux, Andy, mais ça ne compte pas.

– Alors qu'est-ce qui compte ? a-t-il demandé d'une voix enrouée.

– Plein de choses.

J'ai entendu l'écho. Andy avait utilisé cette expression pour parler de l'interminable procession de vaches qui, ayant passé l'âge où elles pouvaient être utiles, avaient été envoyées à une mort sinistre.

Mais cela signifiait aussi ce que j'avais. Ce que j'avais toujours eu. Plein de choses.

Tout peut signifier n'importe quoi.

J'ai repris le chemin.

– Tu veux en finir avec tout ça. Eh bien, moi aussi. Mais il y a encore une chose que tu dois voir.

J'ai dépassé le champ de blé en direction de l'endroit où j'avais été frappée par l'orage, puis j'ai parcouru quelques pas de plus vers l'est, Andy et Patate à ma suite.

Lorsque nous avons atteint la tombe de Toby, je me

suis arrêtée, et nous sommes restés tous les trois silencieux. La brise qui frôlait le sommet de la colline poursuivait son vol pour traverser la combe aux Loups.

J'ai imaginé les cerfs dans les bois en contrebas levant la tête quand leur parviendrait notre odeur.

Un jour, j'avais demandé à mon grand-père pourquoi la robe d'un cerf était tout entière marron, à l'exception d'une petite tache blanche sous la queue, que l'on aperçoit par à-coups quand il court.

«Il agite cette tache claire pour qu'elle capte l'œil d'un prédateur, m'avait-il répondu. Pour l'attirer vers l'endroit où il vient juste de passer et non vers celui où il se dirige.»

Pourquoi ce souvenir avait-il resurgi juste là, sur la tombe de Toby, avec Andy à mes côtés?

J'ai regardé ce dernier, debout dans la lumière du soleil, le bout de ses mèches de cheveux agités par la brise comme des plumes. Il semblait confus. Comme s'il avait quelque chose à dire, mais ne savait pas quoi au juste.

Une abeille inoffensive a bourdonné près de mon oreille.

– Tu devrais passer du temps ici, ai-je suggéré. Tu devrais dire à Toby que tu aimerais pouvoir revenir en arrière, retirer tout ce que Betty et toi avez fait.

Après un long moment, il a lâché:

– Je ne peux pas.

– Tu ne peux pas quoi? Tu ne peux pas le lui dire? Ou tu ne peux pas retirer ce que tu as fait?

– Je ne peux pas, Annabelle. (Il avait l'air épuisé.) D'ailleurs, quelle différence cela ferait-il ? Il est mort. Et ce n'est pas moi qui l'ai tué.

Le regard qu'il m'a lancé était difficile à décrypter. Mais quoi qu'il y ait eu d'autre dans les yeux d'Andy, il y avait aussi de la colère.

– Pourquoi est-ce que tu me regardes comme ça ? ai-je demandé.

– Comme quoi ?

– Comme si tu étais en colère contre moi.

– Parce que je le suis !

– Tu es en colère contre moi ?

– Tu agis comme si tu n'avais jamais fait d'erreur, a-t-il dit, la voix dure. Tu t'attends à ce que les gens soient parfaits.

– Ce n'est pas vrai ! ai-je bafouillé. J'ai fait beaucoup d'erreurs. Et je n'attends pas des gens qu'ils soient parfaits. Mais je pense qu'ils devraient savoir pourquoi ils font ce qu'ils font.

Il a ouvert la bouche. L'a refermée. S'est frotté le visage avec les mains et a émis un son comme s'il s'étranglait.

– D'un seul coup ? Je suis censé savoir ça d'un seul coup ? (Il a secoué la tête.) Ce n'est pas possible. Pas pour moi.

Ni pour moi, d'ailleurs, ai-je réalisé. Tout au long du drame qui s'était abattu sur Toby, tout au long de l'hiver qui avait suivi, tout au long du plus triste des printemps, tout au long des jours depuis cet éclair qui m'avait frappée, j'avais essayé de trouver ma voie.

Et je la cherchais toujours.

– Alors petit à petit, ai-je dit. C'est comme ça que ça se passe, tu as raison. C'est comme ça que ça se passe pour moi aussi.

37

J'ai laissé Andy et Patate à l'extérieur de la grange, où j'ai trouvé mon père, mon grand-père et les garçons qui travaillaient.

Ils étaient tous réunis autour de l'égreneuse à maïs, Buster allongé non loin sur une botte de foin.

J'ai fait signe à mon père d'éteindre la machine bruyante avant de lui demander :

– Est-ce que ça irait si Andy passait la nuit dans la grange avec Honk ?

Il a eu l'air perplexe.

– Pourquoi ne la ramène-t-il pas chez elle, maintenant qu'elle a été retrouvée ?

Ce n'était pas à moi de répondre à cette question.

– C'est compliqué, ai-je dit.

Au bout d'un moment, il a hoché la tête.

– Alors oui. S'il veut rester pour la nuit, je ne vois pas pourquoi ce ne serait pas possible.

Henry s'est raclé la gorge.

– Moi, si, je le vois.

– Tu vois quoi ? lui a demandé mon père, sourcils froncés.

– Je vois très bien pourquoi ce n'est pas possible, a dit Henry. Il ne devrait pas être là du tout.

– Le jour où ce sera toi qui cultiveras cette terre, ce sera toi qui décideras, a répliqué mon père, la voix sévère.

– Et moi, alors ? a dit James.

– Quoi, toi ?

– Quand est-ce que je pourrai décider ?

– Tout de suite, a répondu mon père. Tu peux décider d'aider ton grand-père avec ce maïs.

James s'est retourné vers l'égreneuse en soupirant.

– Toi aussi, a lancé mon père à Henry.

Ce dernier a pris un air abattu jusqu'à ce que je dise :

– On va ramener Buster chez… Mr Edelman, demain. Il a dit que c'était d'accord. Et tu pourras y aller aussi souvent que tu voudras, Henry.

Ce qui l'a fait se redresser.

– Mais je finirai mes tâches avant, a-t-il assuré à mon père.

– Je te fais confiance. Maintenant, va t'occuper du maïs.

Mon père a attendu que j'aille chercher Andy et Patate, puis nous sommes descendus par l'escalier au niveau inférieur de la grange. Nous avons emprunté un large couloir au sol de terre battue, qui longeait les stalles des chevaux et des vaches alignées d'un côté. Ce couloir, peu haut, s'ouvrait à ses deux extrémités sur les pâturages. L'odeur des animaux y était forte. Les hirondelles venaient en piqué pour se couler dans leurs nids, semblables à des coupes accrochés aux poutres.

Nous nous sommes arrêtés devant la stalle de Daisy.

– Honk est au pré avec les autres, a dit mon père. Mais elle va dormir là. Toi aussi, tu peux rester ici, Andy. (Il a hésité.) Tu ne préférerais pas la ramener chez toi ? Pour montrer à ton père qu'elle a été retrouvée ?

J'imaginais qu'il voyait là un moyen de recoller les morceaux entre eux.

– Sauf qu'elle n'était pas perdue, a dit Andy avec un soupir. C'est moi qui l'avais cachée pour qu'elle ne soit pas abattue

Il fixait le sol, les mains dans les poches.

– Je vois. (Mon père s'est frotté la mâchoire avec le plat de la main.) Eh bien, il y a assez de place ici pour toi et pour Honk.

– Et pour Patate. (Je lui ai indiqué une botte de paille fraîche.) Tu peux t'en faire un lit et je vais t'apporter une couverture.

– Je n'en ai pas besoin, a-t-il répondu.

– Bien sûr que si, a dit mon père. Et tu peux laisser Honk ici pour de bon, si tu veux. Du moment que tu me rembourses sa nourriture.

Andy a levé les yeux.

– Si mon père apprend qu'elle est ici, il voudra la récupérer. Pour la viande.

Cela faisait des années que nous subissions le rationnement à cause de la guerre. Nous connaissions tous la valeur de la viande.

Mais nous connaissions aussi la valeur des veaux que Honk avait dû abandonner. Du lait qui aurait dû aller à ces veaux. Des années qu'il lui restait à vivre et qui devaient lui appartenir.

Mon père a croisé mon regard. Il s'est mordillé la lèvre.

– Je peux essayer de le dédommager, au fil du temps, si tu veux bien travailler pour me rembourser ça, Andy, et ce que coûtera son fourrage. Et si tu nettoies sa stalle. Est-ce qu'elle vaut autant que ça pour toi ?

– Oui, c'est d'accord, a-t-il répondu, le visage indéchiffrable.

Je me suis quand même demandé comment il parviendrait à concilier les travaux à faire ici et chez lui, sans parler de l'école le moment venu, du moins une partie du temps. Tout ça, et plus encore.

Et à quoi cela ressemblerait-il d'avoir Andy dans les parages, passant du temps dans les endroits où je m'étais toujours sentie le plus en sécurité ?

Je l'ai regardé se tenir aux côtés de mon père, dans cette grange que j'avais aimée toute ma vie.

J'ai regardé ses cheveux en bataille. L'état de ses vieux vêtements.

Et ses mains. Surtout, j'ai regardé ses mains.

– Andy m'a sauvé la vie, ai-je chuchoté, soudain certaine que c'était la vérité.

– Il a fait quoi ? a dit mon père en se penchant plus près.

– Il m'a sauvé la vie, ai-je répété plus fort.

L'expression du visage d'Andy m'a convaincue que j'avais raison.

Pour la première fois depuis longtemps, Andy a eu l'air d'un gamin. D'un jeune garçon encore loin d'être un homme. Le regard plus doux que jamais.

Et je me suis sentie plus tendre, moi aussi. Mais également plus forte. Comme si on m'avait donné de la terre fraîche, assez d'eau et beaucoup de soleil pour germer, pousser haut et fleurir.

Il existe une raison pour qu'une graine ait une coquille, ai-je pensé. *Mais cette coquille doit s'ouvrir.*

Je ne gagnerais rien à rester enfermée dans ma coquille.

En observant mon père prendre conscience de ce que je venais de dire, je voyais sans peine combien, lui aussi, se sentait tendre à ce moment-là.

Ses yeux se sont ouverts en grand, puis refermés complètement. Il est resté comme ça un moment, tremblant un peu. Enfin, il les a rouverts.

– C'est vrai ? Tu lui as sauvé la vie ?

Andy a hoché la tête à contrecœur.

Nous avons attendu.

Mon père s'est éclairci la gorge.

– Il va me falloir plus qu'un signe de tête.

– Eh bien, oui, a déclaré Andy, l'air contrarié. J'étais avec Honk au rocher de la Tortue et j'ai vu Annabelle passer à travers les arbres sur le chemin qui revient de l'école. Juste avant que l'orage n'éclate. (Il a dégluti.) L'orage est arrivé si vite que je me suis dit qu'elle allait se faire surprendre. Alors j'ai couru pour voir si, enfin… pour voir. (Une pause.) Ç'a été terrible, la façon dont ça l'a assommée et comment… (Nouvelle pause.) De la fumée s'échappait de son bras.

Mon père a émis un son et a pris une longue inspiration.

– Comment savais-tu ce qu'il fallait faire ?

– Vous voulez dire quand j'ai vu qu'elle ne respirait plus ?

Mon père a de nouveau fermé les yeux pendant un moment.

– Est-ce que quelqu'un t'a appris à faire repartir son cœur ?

– Non. J'ai juste eu l'impression que c'était ce qu'il fallait faire. (Andy m'a regardée.) Je ne voulais pas te laisser là, mais j'ai vu ton père arriver et je savais que tu t'en sortirais.

Une fois de plus, j'ai senti cette main rugueuse sur ma joue et j'ai su que j'avais vu plus de choses en cet instant – alors même que j'étais incapable de voir – que tous les mois précédents et les jours depuis.

– Mais pourquoi tu n'es pas resté ? lui ai-je demandé. Pourquoi tu t'es enfui quand tu as vu mon père arriver ? Et pourquoi tu ne m'as rien dit quand je t'ai posé la question ?

À ce moment-là, Andy n'avait plus vraiment l'air d'un gamin.

À mon père, il a dit :

– Je vous remercie de me proposer un endroit où dormir, mais je ne resterai ici que pour une nuit, le temps que Honk s'habitue. Et je reviendrai tous les matins pour rembourser ma dette si cela vous convient.

Mon père s'est raclé la gorge une nouvelle fois et a secoué la tête.

– Tu ne me dois rien. Nous nous occuperons de Honk. Il n'y a pas de dette à rembourser.

Voyant l'expression d'Andy, mon père a poursuivi d'une voix un peu étranglée :

– Tu as sauvé Annabelle, Andy. Je suis heureux de t'aider à sauver Honk. C'est le moins que je puisse faire.

Nous sommes restés silencieux pendant un moment. Patate pourchassait une mouche.

Je lui ai de nouveau montré la paille.

– Je vais t'apporter cette couverture. Et tu auras besoin d'un oreiller, aussi. Mais, avant ça, le dîner. Je sonnerai la cloche quand il sera temps de rentrer.

J'ai à peine eu le temps de sortir de la grange avant de m'effondrer en larmes.

38

– Annabelle ! Qu'est-ce qui se passe ? s'est exclamée ma grand-mère.

J'étais en train de traverser le débarras à toute allure, en ôtant pêle-mêle mes bottes et mon poncho, et je l'ai trouvée, assise avec ma mère à la table de la cuisine où elle écrivait des lettres.

– Je ne sais pas ! ai-je sangloté, me laissant tomber sur une chaise à côté d'elles et posant ma tête sur mes bras.

– Comment ça, tu ne sais pas ? s'est étonnée ma mère. Tu es blessée ?

– Mais non ! (Je me suis redressée et j'ai essuyé mes larmes.) C'est juste que je suis tellement triste, tellement perdue, tellement déçue, et je pense que j'ai été trop méchante avec Andy.

Je les ai vues échanger un regard.

– C'est à propos d'Andy ? a demandé ma mère.

– Oui, mais de mille manières différentes.

Ma grand-mère a pris ma main dans les siennes et a dit d'une voix douce :

– Bon, pourquoi tu ne nous parlerais pas d'une de ces mille manières ?

Je leur ai donc raconté comment Andy avait trouvé des excuses pour ce que Betty avait fait.

– Il m'a dit qu'il ne savait pas qu'elle m'avait frappée et qu'il ne pensait pas qu'elle ait fait le reste exprès, mais bien sûr que si ! N'importe qui aurait pu le voir, et il était si souvent avec elle que je ne sais pas comment il a pu imaginer autre chose. À moins qu'il ait voulu penser ça…

– Annabelle ! a dit ma mère. Calme-toi maintenant. Tu es dans tous tes états.

– Je sais ! Et je n'ai pas envie d'être comme ça. Ce que je veux, c'est tout comprendre beaucoup mieux que je ne le fais. Je veux savoir ce qui est vrai et ce qui ne l'est pas. Et comment faire la différence. Mais surtout… (Je me suis arrêtée, j'ai pris une grande inspiration et j'ai laissé les mots sortir à nouveau.) Je veux savoir ce que je dois penser d'un garçon qui a fait des choses terribles, même s'il n'est pas aussi mauvais que je le pensais. Et qui a aussi sauvé un chien et une vache, et puis enfin… moi.

Tout s'est figé.

– Il t'a sauvée ? a demandé ma grand-mère. Comment ?

– C'est lui qui t'a trouvée après la foudre ? a chuchoté ma mère.

J'ai hoché la tête.

– Et tu veux savoir si cela contrebalance le reste ? a demandé ma grand-mère avec un soupir.

Nouveau hochement de tête.

– J'ai mauvaise conscience quand j'ai envie de passer sur le reste simplement parce qu'il a fait redémarrer mon cœur.

– Simplement parce qu'il… (Ma mère a laissé échapper un petit hoquet.) Annabelle, il s'agit de tout autre chose.

Ma grand-mère m'a regardée, son beau visage marqué par la tristesse.

– Mais il y a le pardon, ma grande fille. Une bonne action n'efface pas une mauvaise action, mais elle a une grande valeur. Et je pense qu'elle en a encore plus, étant donné… Enfin, étant donné qu'on parle d'Andy.

Je me suis frotté les yeux.

– Tu veux dire qu'il faut beaucoup de cran à un persécuteur pour faire quelque chose de bien ?

– On peut appeler ça du cran, j'imagine, même si j'aime ce que tu as dit l'autre jour à propos de ce qui, sous la surface, attend d'être réveillé.

– Tu penses que je devrais lui pardonner ce qu'il a fait avec Betty ?

– Cela dépend entièrement de toi. Mais, quelle que soit ta décision, il faut que ce soit la tienne et celle de personne d'autre.

J'ai réfléchi à tout cela en aidant à mettre le dîner sur la table : des betteraves tranchées que nous avions mises en conserve l'année précédente, de la purée de patates douces avec du beurre et du poivre concassé, des petits pains farcis de carottes rôties et d'épaisses tranches de bacon croustillant et fumé au bois de pommier.

J'y ai réfléchi en versant le lait froid pour les uns, le café chaud pour les autres et la limonade pour ma grand-mère.

J'y pensais toujours quand je suis allée sonner la cloche. Quand tante Lily est sortie de sa chambre en déclarant qu'elle mourait de faim, de soif et de fatigue. Quand les garçons sont arrivés de la grange, se sont débarrassés de leurs bottes et sont allés se laver les mains, Andy un peu en retrait, silencieux, indécis, écarquillant les yeux en voyant la table et toute la nourriture disposée dans des plats. Quand mon père a tiré une chaise pour qu'il puisse s'asseoir.

J'y ai pensé tandis que nous disions les grâces et commencions à passer les plats, que tante Lily demandait qui avait bien pu avoir l'idée saugrenue d'associer carottes rôties et bacon dans un sandwich (bien qu'elle ait failli ronronner de plaisir en prenant une première bouchée), que les garçons se disputaient pour savoir qui, de Superman ou de Zorro, était le plus fort, que ma grand-mère rappelait gentiment à James de s'essuyer avec sa serviette, pas avec sa manche. Pendant ce temps, ma mère se levait pour verser plus de café, plus de lait. Mon père était silencieux comme mon grand-père.

Je contemplais la scène, Andy aussi.

– C'est toujours comme ça ? m'a-t-il murmuré, son assiette aussi propre que si elle n'avait pas servi.

– Tu veux dire, le dîner ? (Si je n'avais pas été aussi attentive, la question m'aurait prise au dépourvu.) Oui. C'est toujours comme ça.

– Je ne savais pas.

Cela ne m'a pas surprise non plus.

– Tu veux un autre sandwich ?

– Un autre ?

Je me suis levée de table pour le lui préparer et le poser dans son assiette. Je lui ai versé du lait et je lui ai resservi une deuxième portion de chacun des plats.

– Garde quand même une petite place pour le dessert. Ma mère a fait une tarte aux fraises avec de la crème fouettée.

Il a tout mangé en silence en écoutant les bavardages, en observant mon père se renverser sur sa chaise et soupirer de contentement, le regard empli d'une saine fatigue. Ma mère se tenait derrière lui, les mains posées sur ses épaules, et parlait avec ma grand-mère d'une réunion de voisines pour coudre des patchworks. Puis elle a commencé à débarrasser les assiettes, en disant à Andy de garder sa fourchette, et elle a servi les parts de tarte parfaitement découpées, si belles avec leurs fraises rouges et la crème blanche qu'on aurait presque hésité à les manger.

– Tu l'as dit aux garçons ? ai-je demandé à mon père.

Tout le monde s'est tu.

– Nous dire quoi ? s'est interposé Henry, regardant tour à tour Andy et moi-même.

– Est-ce qu'Annabelle a un nouveau superpouvoir ? s'est écrié James, la bouche pleine de tarte.

– Non, a dit mon père, mais Andy, oui.

Et il leur a raconté comment Andy m'avait trouvée après la foudre et m'avait ramenée à la vie.

Ma mère et ma grand-mère connaissaient l'histoire, mais elles l'ont écoutée attentivement. Les autres, pour qui c'était la première fois, sont restés immobiles et silencieux sur leur chaise.

James, qui avait de nombreuses raisons d'être en colère contre Andy, n'avait jamais semblé lui garder rancune, même si la cicatrice sur son front lui rappelait constamment ce qui s'était passé l'année précédente. En écoutant, il a commencé à sourire à Andy, les yeux ronds.

Mon grand-père, lui aussi, avait de nombreuses raisons d'être en colère contre lui, mais ce qui comptait le plus à ses yeux était ce qu'une personne devait être, comment elle devait se comporter. Le « devoir » était à l'origine de ce qu'il ressentait à l'instant comme dans la plupart des cas. Ce qu'Andy devait être. Et ce qu'il ne devait pas être, d'ailleurs. En écoutant mon père raconter l'histoire, il a hoché la tête en souriant, comme pour dire : «Voilà. C'est mieux.»

Henry était différent. Il avait été témoin de mes problèmes et il avait tendance à prendre farouchement ma défense, même s'il était plus jeune que moi et qu'il affrontait ses propres peurs et inquiétudes.

Il a écouté ces révélations sur Andy, tout en semblant dubitatif. Il cherchait le mensonge. Mais quand Andy a dit : « Il n'y avait personne d'autre que moi. Je n'avais pas vraiment le choix », il s'est laissé aller contre le dossier de sa chaise, silencieux, pensif. Peut-être pensait-il, comme moi, à l'autre choix qu'Andy aurait pu faire, en se demandant pourquoi il ne l'avait pas fait.

– Mon père aime bien s'asseoir sur la galerie avec mon grand-père après le dîner, ai-je dit à Andy. Tu peux les rejoindre si tu veux. Et je t'emmènerai dans la grange quand j'aurai fini de ranger la cuisine.

Mais il a refusé, il resterait où il était et il est resté à table pendant que les garçons sortaient voir Buster dans son chariot et chasser les lapins de la plate-bande où ma mère faisait pousser des fleurs.

J'ai proposé à Andy de laisser Patate entrer dans le débarras. Ma mère ne dirait rien si on lui donnait discrètement une tranche de bacon et une soucoupe de lait, mais tante Lily nous a surpris et a poussé les hauts cris contre ce chien qui mangeait dans un bol destiné aux gens, ce qui a fait sourire Andy.

J'étais stupéfaite que ce soit elle qui ait finalement

accompli un tel exploit, bien qu'elle ait dû lui paraître comique et nous aussi, par notre façon de l'ignorer, comme si elle était un perroquet en cage, assez futé pour criailler un peu d'anglais, mais pas assez pour que ça vaille la peine qu'on lui réponde.

Je me suis souvenue qu'Andy m'avait traitée de perruche, et je me suis jurée que jamais plus je ne me mettrais dans la situation de devenir une deuxième tante Lily.

– Je pense que je n'ai jamais mangé autant de toute ma vie, a dit Andy alors que je l'emmenais dans la grange avec un oreiller et des couvertures.

– Demain matin, reviens pour le petit-déjeuner dès que tu seras levé. Ma mère aura préparé quelque chose dès cinq heures, alors pas la peine de te sentir gêné.

Il a fait une pause pour me regarder.

– Est-ce que tu seras debout à cette heure ?

– Probablement pas.

– Alors appelle-moi quand tu le seras.

Il ne voulait sans doute pas s'asseoir seul dans cette cuisine avec mes parents.

Je pouvais le comprendre.

– Où vas-tu ? m'a-t-il demandé.

Au lieu de me diriger directement vers le niveau inférieur, j'ai marché vers les grandes portes qui donnaient sur l'aire de battage, au niveau supérieur.

– Tu es vraiment sûr d'avoir envie de dormir avec Honk et Daisy ?

Je suis entrée et j'ai traversé l'immense espace pour rejoindre l'échelle du grenier à foin.

Il a levé les yeux et a dit :

– Je ne serais pas contre le fait d'aller dans le grenier.

Patate, assis contre sa botte, le ventre bien rempli de bacon, a poussé un soupir d'aise.

– Tu peux l'emmener en haut, lui aussi, ai-je proposé.

Mais quand Andy s'est tourné vers l'échelle, je l'ai arrêté.

– Ce grenier, c'est l'endroit où Toby s'est abrité quand c'est devenu dangereux pour lui de rester dans sa cabane, l'année dernière. (J'ai attendu en observant son visage.) Quand Betty a dit à tout le monde qu'il était mauvais.

Cette fois-ci, Andy a soutenu mon regard.

– Et tu me laisses quand même m'installer ici ?

J'ai hoché la tête.

– J'essaie d'être vraiment convaincue de ce que j'ai dit devant la tombe de Toby. D'oublier le passé et de recommencer à zéro. Mais je n'arrive pas à comprendre pourquoi tout cela était nécessaire.

– Tout ce que nous avons fait ? a-t-il demandé.

Cela m'a fait plaisir qu'il dise « nous », qu'il ne cherche plus d'excuses. J'ai vu son visage se détendre, ses yeux se fermer, et il s'est laissé aller à une réponse que je n'attendais pas :

– Je ne sais pas non plus pourquoi.

Cette phrase, elle ne m'a pas fait plaisir, mais elle avait un accent de vérité.

– Bonne nuit, lui ai-je dit en lui tendant l'oreiller et les couvertures.

Il les a pris, l'air curieux.

– James semble penser que tu as toujours des super-pouvoirs.

– Je ne leur ai pas encore dit. Sauf à Henry, ai-je répondu en haussant les épaules.

– Pourquoi pas aux autres ?

J'ai fait une pause.

– Je ne sais pas au juste. Peut-être que je ne veux pas les décevoir.

Il a ri.

– Parce que, maintenant, tu es aussi ordinaire que le reste d'entre nous ?

Je me suis sentie rougir.

– À t'entendre, je suis horrible.

– Tu n'es pas horrible.

Il s'est tourné vers l'échelle.

J'ai repensé à ces mots en le regardant grimper à l'aide d'une seule main, Patate sous un bras, l'oreiller et les couvertures en équilibre sur l'épaule, jusqu'à ce qu'il disparaisse dans l'ombre.

39

Je me suis levée le lendemain matin en pensant à Andy – à toutes les versions différentes d'Andy –, ce qui m'a donné l'impression d'être plus d'une personne, moi aussi.

J'ai donc décidé de démarrer ma journée et de prendre les choses comme elles viendraient, une par une, pour éviter d'être entraînée dans une confusion plus grande encore, comme de l'eau qui s'échappe en tourbillonnant.

J'ai trouvé tout le monde à table, dans la cuisine, mais pas Andy.

– Je lui ai dit qu'il pouvait venir manger des pancakes, a dit ma mère, mais il a insisté pour t'attendre. (Elle a levé les sourcils.) Il est assis derrière la maison depuis une heure.

James m'a regardée, un épais morceau de pancake piqué sur sa fourchette.

– Andy est ton petit ami, maintenant ?

– Tais-toi, James, a réagi tante Lily en frappant de la

main sur la table. Elle est bien trop jeune pour ce genre de choses.

Cela a déclenché le tourbillon que je craignais.

– Je ne sais pas ce qu'il est, ai-je marmonné en allant le chercher.

Andy était assis sur les marches du porche et grattait Patate derrière les oreilles. Tous deux ont levé les yeux quand j'ai ouvert la porte moustiquaire.

– Si tu veux ton petit-déjeuner, tu ferais mieux de rentrer, lui ai-je lancé sèchement.

– Bonjour à toi aussi, m'a-t-il répondu, imperturbable.

– Tu as du foin dans les cheveux, ai-je dit, résistant à l'envie de lui enlever les brindilles.

– Et toi, tu as une idée fixe dans la tête, mais je ne sais pas pourquoi.

Comme cela, nous étions quittes.

Il s'est assis à la même place que la veille. Il faisait déjà partie du tableau et a dévoré six pancakes avec du beurre et du sirop d'érable avant que j'aie fini mon premier.

Ma mère le regardait d'un air pensif, son instinct nourricier sur le qui-vive.

– Tu en veux encore ? lui a-t-elle demandé en désignant la jatte de pâte.

– Non merci, m'dame. (Il a repoussé sa chaise.) Je suis déjà en retard.

– En retard pour quoi ? a demandé Henry d'un ton moins brusque que la veille.

Il était sans doute difficile de rester en colère contre quelqu'un qui avait mangé à votre table, dormi dans votre grange. Et sauvé votre sœur.

– Pour le travail, comme toi, a dit Andy.

Mon père a posé sa fourchette.

– Nous te déposerons directement chez toi. Nous y allons de toute façon puisque Henry veut ramener Buster chez Mr Edelman.

– Je croyais que c'était Nora qui soignait Buster, s'est étonné Andy.

– Qui est Nora ? s'est enquis tante Lily, les sourcils froncés.

Andy m'a regardée avec insistance, et je me suis rendu compte que je lui avais dit de garder le secret au sujet des chiens, mais pas au sujet de Nora, qui ne voulait pas qu'on parle d'elle.

– Annabelle ! s'est écrié Henry.

– Je sais ! Je suis désolée !

– Quoi ? (Andy avait l'air complètement perdu.) Ils ne savent pas pour Nora ?

– Maintenant, si, a rétorqué Henry.

– Pas vraiment. (Ma mère nous a fixés d'un air sévère.) Mais vous trois, vous allez nous le dire.

– C'est la fille de Mr Edelman, ai-je soupiré. C'est une…

Je ne voulais pas dire « ermite », car le mot évoquait un vieil homme avec une longue barbe vivant dans une grotte. Mais je n'en connaissais pas d'autre pour décrire quelqu'un qui veut s'en aller quelque part pour être seul.

– Elle n'aime pas être au milieu des gens, ai-je expliqué. Elle ne veut pas qu'ils la dérangent.

Et puis la digue a cédé, et toute l'histoire s'est déversée : comment sa mère était morte, comment Nora elle-même était malade, comment son père l'avait amenée à la campagne. Et, enfin, les chiens.

– Vous pouvez comprendre pourquoi elle ne veut pas qu'on dise quoi que ce soit, ai-je conclu. Elle veut juste qu'on la laisse tranquille. Et ce Mr Graf, qui est venu ici chercher son bull-terrier… imaginez ce qu'il ferait s'il savait que Zeus est chez les Edelman.

– Pourquoi diable voudrais-tu garder de tels secrets, Annabelle ? a dit mon père en élevant la voix.

Je savais qu'il pensait aux erreurs que j'avais commises auparavant en essayant de gérer des questions trop vastes pour mes deux mains.

– Si Annabelle a des ennuis, moi aussi, a déclaré Henry.

– Moi aussi, a dit Andy avec précaution, comme s'il tâtait le terrain.

Mon père a levé les yeux au ciel.

– Quelqu'un d'autre ?

– Ce n'était pas à moi de te raconter le secret de Nora, ai-je dit. Et je t'aurais bien parlé de Zeus, sauf qu'il ne faut pas que Mr Graf le récupère.

– Et pourquoi ça ? Parce que ta mère n'a pas aimé son allure ? Ce n'est pas une raison suffisante pour…

– Non, papa. Parce que Zeus était tout couvert de

blessures quand Mr Edelman l'a trouvé. Et Andy a dit qu'il venait d'une fosse à chiens à Aliquippa.

– Mais je n'ai pas fait exprès d'y aller, a enchaîné Andy. C'est mon père qui m'y a forcé, et je suis resté aussi loin que possible de la fosse.

– C'est quoi, une fosse à chiens ? a demandé James.

– C'est un endroit où des chiens se battent, a répondu Andy, et les gens parient sur celui qui tuera l'autre.

Je ne l'aurais pas expliqué de cette façon. Pas à James. Il était cependant clair qu'Andy n'avait pas dit cela par méchanceté. Il avait simplement décrit des faits, comme de dire : « Le soleil est dans le ciel » ou « L'été succède au printemps. »

Mais, quand il a vu les réactions autour de la table, il a soupiré.

– Je suis désolé.

Henry semblait avoir mal au cœur. Ils avaient tous l'air nauséeux. Même tante Lily.

– Et ce… ce Zeus, il est chez les Edelman ? a demandé mon père, le visage sombre.

– Quelle que soit la façon dont on envisage la situation, a déclaré tante Lily en secouant la tête, il n'en sortira rien de bon.

J'ai réagi.

– Andy a bien récupéré Honk, qui est dans notre grange en ce moment même. Et Patate, qui avait été jeté dans une poubelle. En quoi est-ce différent ?

– Honk lui appartenait déjà, a dit mon grand-père. Quant à celui qui s'est débarrassé de Patate, il se fichait de savoir ce qu'il allait devenir.

– Mr Graf, lui aussi, s'est débarrassé de ce bull-terrier, ai-je rétorqué. Et pire que ça.

Je m'attendais à ce que tante Lily dise quelque chose sur les bêtes de somme ou les lois du pays, mais elle est restée silencieuse… et c'est mon père qui a repris :

– Malheureusement, il n'y a pas de loi contre les combats de chiens. Pas en Pennsylvanie en tout cas.

– Quand bien même, on ne peut parler de Nora à personne, ai-je insisté. Ni des chiens.

– Pourquoi me regardes-tu ? a protesté tante Lily. Je ne suis pas et je n'ai jamais été une commère, jeune fille.

Ce qui était vrai. Quoi qu'elle fût, tante Lily n'était pas du genre à cancaner.

– Vous me le promettez tous ?

J'ai regardé James, qui a tracé une croix sur sa poitrine avec un doigt.

– Parole de scout.

– Et si Mr Graf revient ? a demandé ma mère. Chercher son chien ?

– Ne rien dire, ce n'est pas un mensonge, a déclaré Henry.

– Si, c'est un mensonge, a répondu mon grand-père. C'est un mensonge par omission.

Mon père a levé les mains pour mettre fin à la discussion.

– Très bien. (Il m'a regardée avec insistance.) On peut prendre une mauvaise décision pour une bonne raison, et les choses ne se terminent pas toujours comme on l'espère, tu en sais quelque chose. Mais, dans le cas présent, avec ces animaux maltraités comme ils l'ont été… (Il a laissé retomber ses mains sur ses genoux.) Je ne déciderai pas pour ta mère ni pour personne d'autre, mais je ne dirai rien. Ça ne me pose pas de problème.

– Moi non plus, a dit ma mère, mais je ne sais pas comment je vais m'empêcher d'aller voir ta Nora.

Je m'en doutais.

– Je pense que tu l'aimerais bien.

– Alors préviens-moi quand elle se décidera à baisser la garde.

– En attendant, nous garderons nos distances. (Mon père s'est levé.) Maintenant, j'ai des pêchers à éclaircir, alors on va ramener Buster chez les Edelman et s'y mettre.

40

Tandis qu'Andy et mon père sortaient pour atteler les chevaux, Henry et moi avons préparé Buster pour le départ. James nous a regardés monter dans la charrette, Henry et mon père à l'avant avec Buster, Andy et moi à l'arrière avec Patate.

– Je ne peux pas venir, moi aussi ? a demandé James, un peu abattu, ce qui ne lui ressemblait pas.

– Allez, monte ici avec nous, ai-je dit en me reculant quelque peu pour lui faire de la place.

Mais, lorsqu'il a grimpé sur le plateau de la charrette, il s'est assis à côté d'Andy, qui m'a lancé un regard étonné que je lui ai rendu.

J'ai pensé à James et à sa décision de nous accompagner alors que nous nous dirigions vers le fond de la vallée.

– Comment ça se fait que tu aies appelé ton chien Patate ? a demandé James, les yeux rivés sur Andy.

Ce dernier m'a jeté un rapide coup d'œil, puis s'est détourné.

– Je l'ai trouvé dans une poubelle. Il venait de naître.

Peut-être que tu le trouves petit, mais tu aurais dû le voir à l'époque. (Il s'est interrompu avec un léger sourire.) Je le laissais dormir avec moi dans mon lit, tout contre mon cou, et il se roulait en boule. Tout chaud et tout rond comme une pomme de terre au four. D'où… Patate.

J'étais heureuse de pouvoir imaginer le tableau.

– Tu l'aurais appelé Carotte s'il avait été tout long et maigre ? a repris James.

– Non, je ne crois pas, a dit Andy, mais avec un sourire.

– Et pourquoi pas Courgette ? (James s'est mis à genoux et s'est agrippé à l'épaule d'Andy pour garder son équilibre quand la charrette est passée sur une bosse.) Ou Tomate, et tu aurais pu l'appeler Tom, pour faire court.

Ce qui a fait rire Andy. Un rire que je n'avais pas entendu depuis longtemps. Et que j'ai écouté bien après qu'il avait disparu.

Quand nous sommes arrivés chez les Edelman, mon père a arrêté les chevaux et attendu que Henry et moi descendions de la charrette avec Buster, déposé dans le hamac que formaient nos bras.

– Je vais m'arrêter ici aussi, a dit Andy en sautant à terre, Patate à sa suite.

Mon père a sorti quelque chose de sa poche.

– Pour ton père. (Il lui a tendu des billets, pliés en deux.) Pour Honk. Ce n'est pas assez pour couvrir la valeur de sa viande, mais c'est un début.

Andy a regardé les billets pendant un moment, puis il a secoué la tête.

– Ça va aller. Il ne sait pas où Honk est partie. Et j'ai déjà payé pour avoir laissé la barrière ouverte. (Il a touché son nez, encore un peu enflé.) Gardez ça pour sa nourriture.

J'ai vu mon père et Andy se dévisager longuement.

– Si tu es sûr, a dit mon père en remettant l'argent dans sa poche.

Je n'ai pu m'empêcher de me demander si Andy était honnête, ou s'il ne voulait pas expliquer à ses parents comment Honk s'était retrouvée dans notre grange.

Mais il aurait pu prendre l'argent et ne rien dire à ses parents. Et il ne l'avait pas fait.

Malgré tout ce que j'avais appris depuis l'orage, surtout sur la façon d'équilibrer les choses qui avaient tendance à me déstabiliser, je me sentais toujours comme une balance avec ses deux plateaux.

Peu importe ce qu'Andy faisait ou ne faisait pas, il semblait que le passé, un fait acquis, pesait plus lourd que l'avenir, un simple possible.

Et je n'aimais plus trop cette sensation.

Après le départ de mon père et de James, Andy, Henry et moi avons porté Buster le long de l'allée vers les grandes portes ouvertes de la grange, où nous avons trouvé Nora et Mr Edelman qui s'occupaient des chiens. Dont un nouveau, un épagneul dont la queue cassée traînait sur le sol derrière lui.

– Ça arrive quand quelqu'un frappe un chien juste comme ça, avec un bâton, par exemple. (Mr Edelman a secoué la tête.) L'enfer, ce serait encore trop bon pour quelqu'un qui bat un chien.

Il nous a regardés, Henry et moi, allonger Buster sur une botte de foin.

– Et celui-là, qui est-ce ?

– Je suis le frère d'Annabelle, Henry. (Il s'est redressé.) Je sais que vous n'avez pas fait exprès de heurter mon chien.

Mr Edelman a haussé les sourcils.

– C'est l'inverse qui s'est passé, mon garçon, mais tu as raison. C'était un accident, peu importe le point de vue.

– Va l'installer dans un chenil avec l'un des autres, a dit Nora, les mains sur les hanches.

Elle avait l'air mieux. Elle avait recouvré des couleurs et un regard plus brillant.

– Mais pas avec le bull-terrier, a ajouté Mr Edelman. Si on mettait un chien avec lui, il lui ferait du mal, j'en ai peur.

– Annabelle a tenu sa tête sur ses genoux hier, a déclaré Andy.

Nora m'a jeté un regard alarmé.

– Ce bull-terrier-là ?

– J'ai pensé que ça valait la peine de prendre le risque.

– Tu as de la chance d'avoir encore tous tes doigts, a-t-elle dit.

– Aucun signe de Mr Graf ? ai-je demandé.

– Qui ça ? a dit Mr Edelman avec une grimace.

– Mr Graf. Vous vous en souvenez ? Je vous en ai parlé. Celui qui recherche Zeus.

– L'homme d'Aliquippa, a-t-il ajouté en hochant la tête.

– Et qui dirige une fosse à chiens, a précisé Andy. Ce que vous savez déjà puisque vous avez sorti Zeus de là.

À cela, Mr Edelman a secoué la tête.

– S'il venait d'une fosse, il s'en est sorti tout seul. Je l'ai trouvé sur la route, tout amoché. Mais je n'aurais jamais réussi à le mettre en cage s'il n'avait pas traîné derrière lui une laisse qui s'était emmêlée dans des broussailles. (Mr Edelman a fixé Andy, les yeux plissés, les lèvres pincées.) Et comment sais-tu qu'il y a une fosse à chiens à Aliquippa ?

– Mon père m'a traîné là-bas, a expliqué Andy pour la troisième fois. Je ne savais pas où on allait. Et je n'ai pas regardé.

J'ai vu Mr Edelman se rappeler que c'était le garçon qui avait aidé Nora.

– J'espère bien que non, a-t-il dit avec un peu moins d'agressivité dans la voix.

– Non, Mr Graf n'est pas venu ici, a répondu Nora, le regard moins vif. Mais ce n'est qu'une question de temps.

– Pas la peine de s'inquiéter pour quelque chose qui

n'est pas encore arrivé, a soupiré Mr Edelman. En attendant, voyons si nous pouvons remettre Buster sur pied.

Quand il est allé avec Andy et Henry installer Buster dans le chenil avec le colley, j'ai pris Nora à part.

– Est-ce que ça irait si je disais à Andy qu'il peut venir ici pour aider à s'occuper des chiens ?

Nora m'a lancé un regard noir.

– Je pensais que tu avais compris, Annabelle. Ce n'est pas censé être un terrain de jeu pour garçons rebelles. (Elle a pincé les lèvres.) Et je n'ai pas oublié ce qu'il a fait à ton ami Toby.

– Moi non plus. Mais est-ce que tous les chiens que vous amenez ici sont gentils ?

Elle a passé ses mains dans ses cheveux blonds.

– On ne peut pas leur en vouloir s'ils sont un peu méchants au début, après ce qu'ils ont vécu.

J'ai acquiescé avant de poursuivre :

– Quand je vous ai trouvée allongée ici et que j'ai couru chez Andy pour chercher de l'aide, sa mère l'a giflé si fort que je l'ai entendu depuis le porche. Juste parce que moi, j'avais frappé à la porte et que je l'avais réveillée.

Nora a pris une grande inspiration.

– Pourquoi aurait-elle fait ça ?

– Pour la même raison qu'une personne frappe un chien avec un bâton.

Nora a regardé Andy qui, de l'autre côté de la grange, aidait Henry à défaire les bandages de Buster.

– Bon, admettons qu'il vienne, a-t-elle accepté à contrecœur, en se tordant les mains. Mais si ça ne marche pas, il devra partir.

– Ça me paraît juste. Peut-être qu'il ne voudra pas venir. Je ne sais pas vraiment.

– Tu essaies de le remettre sur pied ? m'a-t-elle demandé en m'observant attentivement.

– Non. C'est lui qui m'a remise sur pied.

Je lui ai raconté comment Andy avait fait repartir mon cœur.

– Et pourquoi tu ne me l'as pas dit ? s'est-elle exclamée, les yeux brillants. Dans ce cas, il peut venir quand il veut. Va le lui dire.

– Un jour, j'ai vu un chien avec des petites roues attachées à l'arrière-train, comme s'il tirait un chariot, a raconté Mr Edelman un peu plus tard.

Nous étions tous devant le chenil où Buster se tortillait comme un chiot sur son lit de paille.

– Ou peut-être qu'il se remettra, comme l'a dit le Dr Bloom, ai-je indiqué.

– Qui est le Dr Bloom ? a demandé Andy.

– Le vétérinaire de Pittsburgh. Celui qui a recueilli Patate quand la fourrière s'apprêtait à le piquer.

En voyant le visage d'Andy, j'ai regretté d'avoir dit ça.

Il s'est mis à genoux et a posé son front contre celui de Patate.

– Te piquer ? a-t-il chuchoté.

– Peut-être que tu pourrais aller voir le Dr Bloom, ai-je repris, pour lui donner des nouvelles de Patate.

Andy s'est levé en clignant des yeux comme pour effacer ces pensées.

– Je ne suis jamais allé à Pittsburgh.

– Mais ce n'est même pas à une heure d'ici ! s'est étonnée Nora.

Andy lui a lancé un regard surpris.

– Une heure ou un million, ça ferait pas de différence.

– Il y a tellement de choses à voir là-bas !

J'ai levé un sourcil.

– Je croyais que vous pensiez que la ville était un moulin à poivre.

Elle a haussé les épaules.

– Rien n'a jamais qu'une seule facette.

– Il faut que je rentre à la maison, a dit Andy. Je suis déjà parti trop longtemps.

– Mais tu reviendras ? lui a demandé Nora. (Son père lui a jeté un regard étonné.) Pour m'aider avec les chiens ?

Andy a paru surpris, lui aussi. Il a jeté un coup d'œil aux chenils.

– Peut-être.

– Peut-être, une réponse qui me va, a-t-elle dit.

C'est alors que les chiens se sont soudain mis à aboyer. Certains se sont levés. Tous ont regardé vers les portes grandes ouvertes de la grange.

41

– Je crois que vous avez mon chien, a dit Mr Graf.

Cela a été un choc de le voir debout dans l'embrasure de la porte, une laisse et un collier dans une main, une sorte de mince gourdin dans l'autre.

Il s'est arrêté juste à l'intérieur, de l'autre côté de l'aire de battage où nous nous trouvions.

Dans la clameur que faisaient les chiens perturbés, j'ai articulé à voix basse :

– C'est Mr Graf. Il est venu chercher Brownie.

Mr Edelman a froncé les sourcils.

– Brownie ?

– Zeus, a dit Andy. Mais elle l'appelle Brownie.

Pour ça, j'ai eu droit à un rare sourire de Mr Edelman.

– Et de quel chien s'agirait-il ? a lancé Mr Edelman à Mr Graf, en marchant vers lui et en faisant taire les chiens sur son passage.

– Il s'appelle Zeus. Un bull-terrier brun. Avec une tache blanche sur l'épaule.

Au moment où il a commencé à se diriger vers nous, Mr Edelman a levé la main.

– Je ne me souviens pas de vous avoir invité à entrer ici, ni sur ma propriété, d'ailleurs.

Mr Graf s'est arrêté, surpris, comme s'il n'avait pas l'habitude qu'on lui dise non.

– C'est bon. Je vais juste reprendre mon chien et partir.

– Et qu'est-ce qui vous fait croire que votre chien est ici ?

– Votre voisin m'a dit que ça devait être le cas. Mr Woodberry, de la ferme d'à côté.

J'ai jeté un coup d'œil à Andy, l'air aussi alarmé que moi. Il a secoué la tête pour signifier : « Non, ce n'est pas moi qui l'ai dit. » Mr Graf avait finalement dû atterrir à la ferme des Woodberry, et j'ai imaginé le père d'Andy lui disant de venir voir ici, où l'on savait qu'il y avait des chiens.

Derrière moi, j'ai entendu un grondement sourd. En me retournant, j'ai vu Brownie debout, au fond de son enclos, les yeux fixés sur Mr Graf.

Je n'avais pas besoin d'avoir été fulgurée pour savoir ce que ce chien ressentait.

Patate non plus, qui gémissait, tout recroquevillé, en entendant Brownie gronder.

Henry non plus, qui ne connaissait pas Brownie comme moi, mais qui avait déjà adopté son parti.

Le visage d'Andy ne révélait presque rien. Bien carré sur ses pieds, il ne quittait pas Mr Graf des yeux.

Se tenant à mes côtés, Nora était tendue, mais elle ne tremblait pas.

– Tiens, tiens, le voilà, a dit Mr Graf lorsque le grondement est parvenu à ses oreilles.

Il s'est dirigé vers nous avec un sourire narquois.

– Combien? s'est écriée Nora en se précipitant à la hauteur de son père.

Les autres chiens s'étaient un peu calmés à présent, mais ils étaient toujours debout, à l'affût, marmonnant entre eux, tandis que Buster, qui ne pouvait pas se lever, geignait de frustration.

– Combien de quoi? a demandé Mr Graf.

– Combien voulez-vous pour ce chien?

Il a secoué la tête.

– Il n'est pas à vendre.

– Bien sûr que si. Tout est à vendre pour un homme comme vous.

Il n'a visiblement pas apprécié.

– Un homme comme moi?

– Combien? a-t-elle répété.

– Nora…

Mr Edelman a essayé de s'interposer, mais elle l'a repoussé.

Mr Graf a fait un pas de plus vers eux. Brownie a grogné, plus fort cette fois, la tête basse, ses crocs luisant comme des épines blanches contre ses babines noires.

– Ce molosse est une mine d'or, a dit Mr Graf en

continuant d'avancer. Si vous m'offriez mille dollars, je réfléchirais certainement. Mais vous ne le ferez pas parce que vous n'avez pas mille dollars. Et vous n'avez aucun moyen de m'empêcher de reprendre ce qui m'appartient.

Il a brandi son gourdin, à l'extrémité duquel dépassaient deux pointes en métal, et a demandé :

– Vous savez ce que c'est que ça ?

Andy a dégluti avec difficulté.

– C'est un aiguillon à bétail.

– Donc, tu sais ce qu'on peut faire avec.

Andy a hoché la tête avant de reprendre :

– Mais vous ne l'utiliseriez pas sur un chien.

Mr Graf a poussé un petit rire.

– Zeus n'est pas un chien. Ce n'est pas pour rien qu'on l'appelle un molosse. De plus, il sait ce que c'est. Je n'aurai même pas besoin de l'utiliser quand il l'entendra arriver.

Mr Graf a actionné l'aiguillon. Je ne voyais pas où était le bouton-poussoir, mais il a dû appuyer dessus, car il y a eu un grésillement et un claquement sec.

– Vous ne vous en serviriez pas contre une personne, a protesté Andy en se rapprochant de Nora et de son père, Patate toujours à ses pieds.

– Qu'est-ce que ça fait ? lui ai-je demandé, Henry près de moi.

– Ça produit un choc terrible, a répondu Andy.

Nora l'a regardé, les yeux ronds.

– Pourquoi voudrais-tu faire ça à une vache ?

– Moi, jamais, a protesté Andy.

– Ça commence à devenir lassant, a lâché Mr Graf en faisant quelques pas de plus.

– Nous sommes cinq, ai-je dit. Vous ne pouvez pas tous nous électrocuter.

– Non, mais je peux électrocuter l'un d'entre vous. (Il nous a regardés à tour de rôle.) Qui veut être l'élu ?

– Vous n'oseriez pas ! a lancé Nora, sans reculer d'un pouce, son père à côté d'elle.

J'ai décidé que, moi non plus, je ne bougerais pas, même si j'avais peur, je l'avoue, de ce gourdin et des crocs en métal hérissés à son extrémité. De ce qu'ils pouvaient infliger à l'un de nous. Surtout à mon petit frère.

Je me suis raidie contre ce qui allait arriver.

Mais la réaction de Mr Graf m'a prise au dépourvu. Sans prévenir, il s'est dirigé vers Andy, qui a reculé instinctivement. Mr Graf en a profité pour se baisser et ramasser Patate, puis il s'est précipité vers les autres chiens et l'a jeté dans le chenil de Brownie.

– Patate ! a hurlé Andy.

Il s'est rué sur le portillon, l'a ouvert d'un coup sec pour s'élancer à l'intérieur alors que le gros molosse chargeait en direction de Patate en grognant.

– Non ! ai-je hurlé à mon tour, au moment où la scène basculait de nouveau.

Le molosse a dépassé Patate et a foncé par le portillon ouvert comme un train fou, ses ongles crissant sur le vieux plancher tandis qu'il prenait de la vitesse. Il a foncé sur Mr Graf, qui a reculé, puis a levé son aiguillon, prêt à se battre.

– Non ! ai-je une fois de plus hurlé lorsque le chien s'est élancé vers son bras, l'a saisi dans ses terribles mâchoires et l'a serré si fort qu'il y est resté pendu, les quatre pattes ne touchant plus le sol.

Mr Graf a lâché l'aiguillon et a essayé de se dégager. Il est tombé à la renverse dans un nuage de poussière tandis que le molosse grognait et secouait sa grosse tête carrée. L'homme braillait en roulant d'un côté et de l'autre, frappant le chien de son poing libre pour tenter de se libérer. Mais ce chien avait été entraîné à ne jamais lâcher prise pour rester en vie, et c'était exactement ce qu'il faisait.

Nous nous sommes tous tenus en retrait. Impossible de venir en aide à l'homme sans se faire blesser. Dans les chenils, les chiens glapissaient et geignaient. Brownie grondait horriblement, tout en plantant ses crocs de plus en plus profondément dans le bras de Mr Graf.

À un moment, je n'y ai plus tenu. J'ai ramassé la laisse et le collier qui gisaient sur la paille et me suis rapprochée de Mr Graf, qui essayait de reculer, ses talons fichés dans le sol, tout en martelant la tête de Brownie, dont la gueule dégoulinait de sang.

– Annabelle, non ! a hurlé Nora.

Son visage était si pâle que ses taches de rousseur ressortaient comme une éruption. Son père l'a retenue.

– Attends ! a crié Andy. Annabelle, attends !

Chose que j'ai faite, ne pouvant rien faire d'autre. Il n'y avait aucun moyen de passer son collier à Brownie, pas tant qu'il se débattait pendant que Mr Graf le frappait. Pas en étant aussi effrayée. Ni suffisamment forte.

– Arrêtez de bouger ! a crié Andy à Mr Graf. Faites le mort, et il va vous lâcher !

Ces mots ont semblé se frayer un chemin dans le vacarme et l'agitation, même s'il a dû être difficile pour Mr Graf de s'immobiliser alors que le chien avait encore une telle prise sur lui. Et qu'il devait ressentir une douleur terrible.

Nous avons tous regardé Brownie desserrer la mâchoire après un long moment et reculer, avant de s'ébrouer, le sang giclant de son visage.

Il était si excité que j'ai cru un instant qu'il allait s'en prendre à nous.

Mais il a soudain paru décider qu'il en avait assez. Il a baissé la tête et, haletant et bavant, nous a laissés le reconduire dans son chenil.

J'ai rapidement fermé le portillon, puis je me suis agenouillée dans la paille, toute tremblante, tandis qu'Andy prenait Patate dans ses bras et le serrait contre lui.

Nora a couru vers le fenil et en est revenue, les mains chargées de pansements, vers son père qui tenait le bras blessé de Mr Graf en l'air.

– Pas d'artère touchée, a-t-elle dit, s'agenouillant pour lui faire un bandage bien serré. Mais vous aurez besoin de points de suture. Le Dr Peck est le médecin le plus proche. Juste au bout de la route.

Je savais que Nora aurait pu le faire elle-même. Je comprenais pourquoi elle ne l'avait pas proposé.

Quand elle a eu fini, Mr Graf s'est remis debout avec peine, le visage crispé par la douleur.

Ce qu'il a fait ensuite n'aurait pas dû me surprendre. Mais je me suis laissé avoir.

42

Tout d'abord, Mr Graf a ramassé son chapeau, l'a épousseté contre sa cuisse et l'a remis sur sa tête. Puis il a récupéré l'aiguillon à bétail là où il l'avait laissé tomber et l'a brandi devant lui.

– Dégagez !

– Vous plaisantez ? a dit Nora.

Mr Edelman a failli éclater de rire.

– Vous pensez que vous pouvez reprendre ce chien maintenant, après ce qu'il vient de vous faire ?

– Dégagez ! a de nouveau grondé Mr Graf.

Il a décrit un arc de cercle avec l'aiguillon pour que nous reculions tous vers le chenil de Brownie.

Cette fois, Andy a fait tomber Patate dans celui de l'épagneul afin que Mr Graf ne puisse pas s'en prendre à lui, et il a lancé :

– Nous sommes encore cinq et vous êtes tout seul. Comme avant.

Andy se trompait.

– Nous sommes six, ai-je dit en me dirigeant vers le chenil où le grand colley gardait les yeux fixés sur Mr Graf.

– Sept, a dit Henry, se précipitant vers l'enclos où se trouvait le chien de chasse.

Mais Mr Graf s'est contenté de rire.

– Bien. Embarquer les autres chiens, ça me plairait bien, a-t-il lancé en serrant son bras bandé contre sa poitrine. Il m'en faut toujours, des clébards, pour servir d'appât. Je n'en ai jamais assez.

Je n'ai pas eu besoin de demander pourquoi, je l'imaginais sans peine.

– Eh bien, c'est impossible, a répondu Henry. Nous ne vous laisserons pas faire.

– Alors rendez-moi mon chien, et on en restera là.

– C'est impossible aussi, ai-je dit.

Les lignes téléphoniques étaient toujours coupées. En admettant que j'arrive à me faufiler dehors, je n'aurais aucun moyen d'appeler le constable. Et, comme mon père l'avait dit, il n'y avait de toute façon pas de loi interdisant les combats de chiens. Et probablement aucune loi interdisant d'utiliser un aiguillon à bétail sur un chien, non plus. Mais il devait y en avoir une interdisant à Mr Graf de l'utiliser sur une personne.

Je me suis dirigée vers le chenil de Brownie et me suis postée devant le portillon, les yeux sur l'aiguillon, le bourdonnement d'un millier de guêpes s'élevant dans ma mémoire.

– Rentrez chez vous, Mr Graf, ai-je dit. Rentrez chez vous, s'il vous plaît.

– J'en serais ravi. Avec Zeus dans mon camion. Et je vous laisserai même ces autres bâtards.

Mais j'ai secoué la tête. Nous avons tous secoué la tête, comme un seul homme.

J'ai vu le regard de Mr Graf passer de Nora à Mr Edelman, à Andy, à moi.

Je l'ai vu s'arrêter sur Henry, qui se tenait non loin de moi. Le plus petit d'entre nous, maintenant que Patate était hors de portée.

J'ai vu mon frère se raidir et serrer les poings.

Et je me suis rappelé ce qu'il avait dit. Il ne voulait pas se battre avec Andy. Il ne voulait pas se battre du tout. Il n'en comprenait pas le besoin.

Dans le chenil derrière moi, le bull-terrier en savait long sur le sujet. On lui avait appris à se battre. Il était doué. On le récompensait pour ça. Il se battait presque par réflexe.

Pas Henry.

Moi-même, je n'en savais pas grand-chose.

Mais quand Mr Graf a soudain fondu sur mon frère, je me suis jetée entre eux dans une sorte de plongeon déséquilibré qui m'a néanmoins projetée sur la trajectoire de l'homme, de sorte que l'aiguillon cherchant sa cible m'a trouvée, moi.

Cette fois-ci, les guêpes n'ont pas été aussi nombreuses.

Mais une terrible sensation de brûlure m'a envahie à

l'endroit où les dents de métal s'enfonçaient dans mon épaule, et j'ai été horrifiée par le regard de Mr Graf. Il était clair qu'il savait ce qu'il faisait. Qu'il appuyait délibérément plus fort alors que j'étais clouée au sol par l'aiguillon.

Au moment où Nora, son père et Henry se jetaient sur lui, Andy m'a attrapée par le bras, et j'ai vu ses yeux s'écarquiller quand le choc électrique est passé de mon corps à sa main. J'ai senti sa prise se crisper et je me suis souvenue de mon père me disant de ne jamais faire ce qu'avait fait Andy.

Puis tout s'est arrêté.

Mr Graf était de nouveau au sol, allongé sur le dos, cerné par les autres, et c'était désormais Mr Edelman qui tenait l'aiguillon. J'ai senti que je me détendais un peu.

Une odeur de brûlé flottait dans l'air, mais je n'ai pas compris qu'elle émanait de moi jusqu'à ce que Nora se retourne et pousse un cri, les deux mains sur sa bouche.

– Tu es brûlée ! Annabelle, ton épaule !

Je ne le voyais pas bien, mais je le sentais. Quand j'ai prudemment effleuré mon épaule, le bout de mes doigts a été rougi par le sang qui suintait à travers le tissu de ma chemise.

Henry m'a aidée à me relever, le visage plein d'inquiétude, en disant : « Tu vas bien, Annabelle ? » comme il l'avait dit si souvent depuis l'orage qui avait fondu sur la combe aux Loups.

– Oui, ça va.

Ce qui était vrai, même si mon épaule me faisait très mal.

– Il faut que tu voies un médecin, a dit Andy en tirant sur ma manche.

Mr Graf s'est alors levé, manifestement prêt à réagir.

Je lui ai lancé :

– Avant d'aller chez le médecin pour qu'il s'occupe de cette brûlure, je vais aller parler au constable Oleska. Et je suis certaine qu'il passera vous voir directement après ça.

– Tu m'as volé mon chien, a-t-il dit d'une voix encore chargée de colère.

Mais j'y ai aussi entendu de l'inquiétude, voire un soupçon de pleurnicheries.

– C'est faux, ai-je répliqué. Personne n'a volé votre chien. Mr Edelman l'a trouvé sur le bord de la route. Ce n'est le chien de personne. Et vous ne pouvez pas prouver le contraire.

– Cette tache blanche sur son épaule prouve qu'il est à moi, a-t-il dit en pointant la main vers le chenil de Brownie.

– Et cette brûlure sur mon épaule prouve aussi quelque chose.

– Je ne voulais brûler personne ! J'essayais juste de te faire peur. C'est ta faute si tu t'es blessée.

J'ai haussé les épaules.

– Vous pouvez toujours essayer de le faire croire, mais nous savons tous ce qu'il en est.

Il m'a fixée, et j'ai vu dans son regard qu'il calculait froidement quelque chose. Après un long moment, il a lancé avec un signe de tête en direction de mon épaule :

– OK pour le chien, et on met un terme à toute cette affaire. Le chien reste ici, et toi, tu ne dis pas un mot.

– Non, ai-je déclaré.

Il ne s'y attendait pas.

– Quoi alors ?

– Rien. Le chien reste où il est. Vous partez. Je vais voir le constable.

Les autres observaient la scène en silence. Nora a paru vouloir dire quelque chose, mais elle s'est tue.

– Et qu'est-ce qui m'empêchera de revenir chercher ce qui m'appartient ? a demandé Mr Graf avec une curiosité qui n'était pas feinte.

– Vous ne me connaissez pas, ai-je répliqué. Vous ne connaissez pas ma famille. Vous ne connaissez pas les Edelman. Et vous ne connaissez pas Andy. (Ce dernier m'a alors lancé un regard perçant.)

Mr Graf avait l'air amusé.

– C'est censé être une sorte de menace ?

J'ai secoué la tête.

– Pas du tout. Juste une information. (Je me suis retournée pour soulever le loquet du chenil de Brownie.) Nous veillons les uns sur les autres.

Quand j'ai commencé à ouvrir le portillon, Mr Graf a reculé.

– Rendez-moi mon aiguillon, et je m'en vais.

– Ça, jamais, a dit Mr Edelman en le lançant au fond du chenil de Brownie.

Il y était toujours quand Mr Graf est sorti pour monter dans son camion et quitter les lieux.

43

Les Edelman n'ont absolument pas voulu que nous rentrions chez nous à pied. Henry a donc attendu dans leur camion pendant que je restais un moment devant la grange avec Andy, qui voulait me parler avant que je ne parte.

– Je suis plus grand que toi, a-t-il commencé lentement. Et beaucoup plus fort.

Je ne savais pas où il voulait en venir.

– Qu'est-ce que ça peut faire ? ai-je demandé.

J'ai grimacé en tirant sur ma chemise pour qu'elle ne frotte pas ma brûlure. J'avais hâte de me faire soigner, mais plus hâte encore d'entendre ce qu'Andy essayait de dire.

– Tu savais forcément que tu risquais d'être blessée en essayant de passer un collier à ce molosse. (Il avait l'air perplexe.) Et tu savais que tu recevrais un choc électrique quand tu as sauté pour te mettre en travers de l'aiguillon.

– Et toi, tu t'es précipité dans le chenil de Brownie pour sauver Patate, ai-je dit, tout aussi perplexe.

– Sauf que toi, tu n'as pas eu peur, a-t-il affirmé en secouant la tête avec impatience.

– Bien sûr que si, j'avais peur ! Bon sang, Andy, je ne suis pas une idiote.

– Je n'ai pas dit ça.

Et voilà, son regard furieux était de retour. Mais je commençais à m'y habituer. Et je savais qu'il ne signifiait pas grand-chose.

– Je suis courageuse seulement quand j'ai besoin de l'être, ai-je déclaré.

– Je ne me souviens pas de la dernière fois où j'ai été courageux, a-t-il soupiré.

Je suis restée bouche bée.

– Tu as sauvé une vieille vache et tu as reçu une raclée pour ça ! Tu es venu avec moi pour aider Nora, même si tu savais que tu aurais des ennuis. Et, toi aussi, tu as été électrocuté par cet aiguillon à bétail, il y a à peine dix minutes !

– Le choc que j'ai reçu n'était rien, comparé au tien. Et puis, ce que j'ai fait, c'est différent.

– Pourquoi ?

– C'est différent, c'est tout.

J'ai ressenti un vide dans la poitrine.

– Tu es aussi sorti en plein orage pour me sauver la vie, ai-je ajouté, songeuse.

Andy a détourné le regard.

– Ça non plus, ça ne compte pas.

– Ça compte pour moi !

– Annabelle, ce n'est pas comme si j'avais pris la décision de t'aider. Je n'y ai même pas réfléchi.

– Ce qui est la meilleure preuve qui soit. Tu n'as pas réfléchi à ce qui pourrait t'arriver.

Il s'est penché pour gratter Patate entre les oreilles.

– L'année dernière… c'était le revers de la médaille.

– Je ne vois pas ce que tu veux dire.

En vérité, je le savais. Mais je voulais que ce soit lui qui le dise. Pour que nous l'entendions tous les deux.

Il s'est redressé.

– Je n'ai pas pensé à ce qui pourrait m'arriver pendant cet orage. Mais l'année dernière – durant toute cette affaire avec Betty –, je n'ai pas pensé à ce qui pourrait t'arriver, à toi, aux autres. Y compris à Betty. Y compris à moi. Alors je ne suis pas sûr que ce soit une bonne idée de faire quelque chose sans y réfléchir.

J'ai acquiescé.

– Sauf que réfléchir n'est pas le seul moyen de savoir quoi faire. Et les choses ne se passent pas toujours comme on l'espère, même si on y réfléchit beaucoup.

– Oui, même si… a-t-il rétorqué en haussant les épaules.

Mr Edelman nous a appelés du camion, impatient d'y aller. J'ai fait un pas dans sa direction, en lui signalant de mon bras valide que j'arrivais.

– Tu vas vraiment rentrer chez toi ?

Cela me faisait horreur d'imaginer ce qui pourrait alors se passer.

– Je ne peux pas rester indéfiniment dans votre grange, a-t-il soupiré.

– Peut-être que tu pourrais vivre ici pendant un moment. Aider Nora.

J'ai pensé à Mr Edelman. Au travail qu'il avait abandonné en quittant la grande ville. J'ai imaginé une serre dans le champ derrière la maison. Une vache broutant au soleil.

– Tu pourrais aussi aider Mr Edelman à faire des plantations.

Andy a détourné le regard.

– Je suis un ballot de haillons bourré de vieux crin, Annabelle.

Je n'avais jamais entendu quelqu'un se décrire de cette façon.

– Alors reste ici avec Nora et deviens quelque chose d'autre.

Il n'a pas répondu à cela.

– Mon père avait-il raison ? lui ai-je demandé, tout en m'éloignant à reculons. Est-ce que je te rappelle des choses que tu préférerais oublier ? Ou que tu regrettes d'avoir faites ?

Il a fixé ses bottes un bon moment.

– Plus maintenant, a-t-il fini par articuler.

Puis il s'est retourné et a pris le chemin de sa maison sans rien ajouter.

J'ai gardé précieusement en moi sa courte réponse.

44

Mon père était au milieu des pêchers quand nous avons descendu l'allée dans le camion de Mr Edelman, Henry et moi assis à l'arrière sur le plateau, dos à la grande cage.

Lorsque nous nous sommes arrêtés au bout du verger, il est venu à notre rencontre, le visage sévère.

Je suis descendue en essayant de sourire, la main sur ma brûlure.

– Que se passe-t-il encore ? a-t-il demandé, les yeux fixés sur le camion.

– C'est une longue histoire, ai-je dit.

– C'est toujours une longue histoire avec vous, a-t-il soupiré.

– C'est donc vous, le père de ces remarquables enfants, a dit Mr Edelman en sortant du camion.

– John McBride.

Il lui a tendu la main.

– Gregor Edelman.

Les deux hommes se sont jaugés un moment.

– Gregor ? a repris mon père.

– Vous voulez dire « pourquoi pas Gregory » ? a répondu Mr Edelman, le sourcil levé.

Mon père a souri.

– Non, c'est juste que je n'ai jamais rencontré de Gregor.

– D'après Mendel. Le premier généticien. (Il a vu l'expression de mon père.) Mon père était fasciné par cette science, alors il m'a donné le prénom de son héros, et j'ai fini par devenir généticien moi aussi. Certaines graines, plantées tôt, tendent à porter du fruit.

– Vous parlez de vous, n'est-ce pas ? me suis-je interposée. Et de la façon dont votre père, qui aimait la science, vous a donné le prénom d'un savant – ça, c'est la graine –, ce qui vous a conduit à devenir un scientifique –, et ça, c'est le fruit.

Mr Edelman a poussé un petit rire.

– Des enfants remarquables, comme je le disais.

Mon père a hoché la tête.

– On m'a parlé de votre autre travail. Avec les chiens.

S'il avait voulu surprendre Mr Edelman, il avait réussi, et je m'attendais à me faire gronder pour avoir trahi un secret.

– Je n'avais pas l'intention de parler à qui que ce soit des chiens ou de Nora, ai-je dit à Mr Edelman d'une petite voix. Andy ne savait pas qu'elle faisait partie du secret, alors il a raconté quelque chose sur elle, et tout le reste est sorti.

Mr Edelman m'a jeté un regard contrit.

– Nous savions que nous ne pourrions pas garder ce secret très longtemps, et c'est Nora, plus que moi, qui veut mettre des barrières. (Il a regardé mon père.) L'histoire que vous allez entendre ne va pas vous plaire. Mais comme elle va nous mettre en pleine lumière, moi, Nora et ces chiens, il n'y a pas vraiment de secret à garder. Plus maintenant.

– Quelle histoire ?

Mon père nous a jeté un regard interrogateur, à Henry et à moi. Alors j'ai retiré ma main de ma brûlure et je lui ai raconté.

Je n'ai pas eu le temps d'aller bien loin. Il m'a fait grimper à toute allure dans notre camion pour filer chez le Dr Peck, laissant Henry expliquer à ma mère pourquoi elle devait appeler le constable et pourquoi ce dernier devait nous retrouver là-bas.

Les mains crispées sur le volant au point d'en avoir les jointures blanches, mon père a écouté la fin de l'histoire avant de s'écrier :

– Annabelle ! J'ai l'impression d'être pris dans une tornade, et tu sais ce que je pense des tornades.

– Je suis désolée. On était juste partis pour ramener Buster chez Nora et rentrer directement à la maison. On ne s'attendait absolument pas à ce qui allait se passer.

Il m'a lancé un regard sévère avant de pousser un profond soupir.

– Ce n'est pas ta faute si Mr Graf est arrivé, armé d'un

aiguillon à bétail. Et je suppose que j'aurais agi de la même façon en m'interposant devant Henry. (Il s'est à nouveau raidi.) Mais quand… bref, j'allais dire que tu aurais pu prendre les choses différemment avec Mr Graf quand il a proposé cet échange, mais j'aurais fait la même chose que toi. Ça ne sert à rien de passer un marché avec ce genre d'hommes. Et ç'aurait été une erreur de le laisser se tirer d'affaire après ce qu'il a fait.

Je l'ai vu se radoucir, puis il a repris :

– Donc, en fait… (Nouveau regard dans ma direction.) J'aurais préféré que ça n'arrive jamais, mais puisque c'est arrivé… (Sourire.) Bien joué !

Il ne souriait plus quand on s'est arrêtés devant le cabinet du Dr Peck et que je lui ai désigné le camion de M. Graf, déjà garé là.

– Il a dû venir faire soigner sa blessure.

J'ai vu mon père s'assombrir de nouveau, comme un ciel avant l'orage.

Mais, avant qu'il n'éclate, le constable est arrivé dans sa voiture de patrouille. Nous sommes restés avec lui sous le porche, le temps de lui raconter ce qu'il avait besoin de savoir, de lui montrer mon épaule, enflammée et rouge vif, et de le convaincre que personne n'avait volé le chien de Mr Graf.

J'ai essayé de ne pas trop m'inquiéter de ce qui pourrait arriver aux autres chiens de la grange des Edelman. Ou de ce qui pourrait arriver aux Edelman à cause d'eux.

Je connaissais assez bien le constable Oleska. Il aimait les animaux autant que d'autres et il fermerait les yeux sur cette histoire de chiens tant que personne ne viendrait se plaindre auprès de lui, ce qui semblait peu probable. Si les gens qui avaient cruellement battu leurs animaux se souciaient assez d'eux pour venir les récupérer, ils ne les auraient pas maltraités, pour commencer.

Dans le cas de Brownie, c'était différent. Mr Graf gagnait sa vie grâce à des chiens comme lui.

– Ça ne me paraît pas juste que des chiens se fassent tuer dans la fosse de Mr Graf pour que lui puisse gagner de l'argent, ai-je dit.

– Il en gagnait, a répondu le constable, l'air pensif. Mais le shérif d'Aliquippa cherche depuis longtemps un moyen de faire fermer cette fosse, et peut-être en as-tu trouvé un.

– Vous étiez au courant pour cette fosse ? ai-je demandé, déçue de l'apprendre.

Il a hoché la tête.

– On ne pouvait pas faire grand-chose contre. Aucune loi ne l'interdit, Annabelle. Mais il existe une loi qui interdit d'électrocuter une personne avec un aiguillon à bétail.

– Et est-ce qu'il y en a une qui interdit de frapper un enfant ?

– Évidemment. Pourquoi poses-tu cette question ? Quel enfant ?

J'ai jeté un coup d'œil à mon père, qui a hoché la tête.

– Andy Woodberry, ai-je dit.

Le constable a froncé les sourcils.

– Il l'a admis devant toi ?

– Oui, a confirmé mon père, ce qui nous a tous surpris.

– Quand ? ai-je demandé.

– Ce matin, après le petit-déjeuner, pendant qu'il m'aidait à atteler les chevaux. (Il a enlevé son chapeau et s'est passé la main dans les cheveux.) Je lui ai posé la question, et il m'a tout raconté. Et il a promis qu'il nous préviendrait si ça se reproduisait.

– Ça va forcément se reproduire, ai-je dit. Mr Graf est passé chez les Woodberry plus tôt dans la journée, à la recherche de Zeus. Que pensez-vous qu'ils feront quand ils découvriront qu'Andy aurait pu toucher une récompense de dix dollars ?

Mon père s'est rembruni. Il ressentait certainement de l'affection et le désir de protéger farouchement le garçon qui m'avait sauvé la vie.

Le bruit de la porte nous a fait nous retourner. Mr Graf est sorti du cabinet du médecin, le bras enveloppé d'un nouveau bandage.

J'ai serré la main de mon père fermement dans la mienne.

Il m'a regardée et a essayé de me sourire.

– Tout va bien. Je sais que je ne dois pas intervenir.

Mais je sentais sa colère, comme un courant sombre qui traversait ma main et remontait le long de mon bras. J'ai été contente que le constable prenne Mr Graf à part.

–Va faire soigner ton épaule, m'a lancé le constable, qui s'adressait autant à mon père qu'à moi. Je m'occupe de Mr Graf. Et je vais aussi aller dire un mot à Andy. Ce sera une bonne chose que de régler ces deux histoires.

45

En rentrant de chez le Dr Peck, je me suis inquiétée tout haut de ce qui pourrait se passer à la ferme des Woodberry, maintenant qu'Andy y était retourné.

– Tu veux t'y arrêter ? a demandé mon père.

– Non, mais tu devrais peut-être me déposer chez les Edelman. Si Andy a encore des ennuis, il ira probablement là-bas. Ou peut-être qu'il reviendra chez nous.

Mon père a continué à rouler et s'est rapidement arrêté à l'ombre des arbres au bout de l'allée des Edelman. Il s'est retourné sur son siège pour me regarder droit dans les yeux.

– Tu te souviens de ce que tu as ressenti quand tu as bondi pour t'interposer entre Henry et cet aiguillon à bétail ? m'a-t-il lentement demandé.

– Bien sûr que je m'en souviens. Je pense que je ne pourrai jamais l'oublier.

De la peur, mêlée de colère… et d'amour, certainement. Surtout de l'amour.

– Alors imagine ce que je ressens à l'idée que tu pourrais être en danger, Annabelle. Rappelle-toi toujours que tu as une responsabilité envers moi, envers ta mère, envers toute ta famille, de te protéger comme il le faut. De réfléchir à deux fois avant de prendre des risques. De penser à ce qui arrive au reste d'entre nous chaque fois que quelque chose t'arrive à toi.

J'ai regardé son visage, bon et buriné par le temps, et je n'ai pas pu parler. Je n'ai pas pu lui dire à quel point je l'aimais. Combien j'étais désolée de lui causer de l'inquiétude.

– Je ferai attention, ai-je dit en clignant des yeux, la gorge serrée. Je te promets que je ferai attention.

– Bien, alors. Assez parlé.

Il m'a lancé un regard difficile à interpréter. En partie, une acceptation paisible. En partie, une certaine réticence. Et teinté peut-être d'un peu de tristesse. Il s'est éclairci la voix et a remis son chapeau en place.

– Tu veux que j'attende ici ?

– Non, ça va aller, ai-je répondu en secouant la tête.

– Ne traîne pas trop. Je pense que ta mère doit être quelque peu contrariée au sujet de ce Mr Graf et qu'elle voudra constater par elle-même que tu vas bien.

– Dis-lui qu'un aiguillon à bétail est bien moins dangereux que la foudre, ai-je dit en descendant du camion.

– Je ne pense pas que je le ferai. J'ai plutôt l'intention de rester dans le verger aussi longtemps que possible.

Après son départ, j'ai traversé le fossé et je suis allée droit à la grange des Edelman, sans vraiment m'attendre à y trouver Andy.

Mais, en arrivant au seuil de l'aire de battage, je me suis arrêtée net, réduite au silence en le découvrant assis dans le chenil de Brownie, avec Nora à l'extérieur, qui leur parlait d'une voix calme.

Patate, qui d'habitude ne quittait pas Andy d'une semelle, se tenait près de Nora, les yeux fixés sur son maître et sur le gros bull-terrier de l'autre côté des barreaux.

J'ai avancé lentement, prudemment, en disant doucement « c'est moi » de loin, pour ne pas les surprendre. Je me suis immobilisée à côté de Nora et de Patate, les yeux rivés sur Andy et Brownie assis dans la paille – Andy courbé, le visage dans les mains, Brownie tout près, le regardant.

Nora ne cessait de répéter :

– Ça va aller, tout va bien maintenant.

Il était clair qu'elle s'adressait autant à Andy qu'à Brownie.

Je l'ai imaginée dans ce train, agenouillée aux côtés de sa mère mourante, murmurant ces mêmes mots au milieu du chaos qui faisait rage autour d'elles.

Mais ni Andy ni Brownie ne semblaient écouter.

Andy se balançait doucement d'avant en arrière, comme un fauteuil à bascule dont on vient de se lever.

Brownie m'a jeté un coup d'œil et s'est remis à fixer Andy.

Puis il a fait quelque chose de sidérant : il s'est rapproché et a posé une patte sur la jambe d'Andy. J'ai senti mon cœur s'emballer.

Andy a arrêté de se balancer. Au début, il est resté tête baissée, sans bouger d'un pouce. Puis il a lentement glissé sa main vers cette patte jusqu'à frôler Brownie, mais pas tout à fait.

C'est le chien qui a fait le reste, reniflant le dos de sa main, puis ses bottes, les revers de son pantalon, engrangeant ce qu'Andy avait apporté avec lui dans le chenil. L'odeur de Honk et de Patate. De la morve et du sel de ses larmes. Des élytres de scarabées et des viscères de vers de terre mêlés à la boue et au pollen qui s'étaient incrustés sous les semelles de ses bottes.

Ce que Brownie savait était différent de ce que je savais. Nous avions chacun notre propre vérité. Essayer de la traduire n'aurait jamais aucun sens.

– C'est bien, mon chien, ai-je dit quand il s'est éloigné pour se recoucher dans la paille, le regard paisible.

J'ai lentement déverrouillé le portillon.

– Sors de là, Andy.

Comme il ne réagissait pas, j'ai un peu haussé le ton.

– Patate s'inquiète pour toi. Viens, maintenant.

Cela lui a finalement fait relever le visage et il m'a regardée. J'ai alors su ce qui s'était passé quand il était rentré chez lui.

Il avait été puni une fois de plus : sa lèvre était fendue,

ses narines cernées d'auréoles de sang séché. Il était venu retrouver quelqu'un qui pourrait comprendre ce qu'il ressentait.

– Tu peux rester chez nous, a dit Nora d'une voix prudente. Aussi longtemps que tu le voudras.

Le regard d'Andy est passé de Patate à Nora avant de s'arrêter sur moi.

– Je suis désolé, a-t-il lâché, des larmes coulant sur son visage meurtri.

– Je sais, ai-je répondu. Mais maintenant il est temps de passer à autre chose.

46

En définitive, Andy a décidé de se réinstaller dans la remise à pommes de terre pour un moment.

– Si j'ai encore besoin d'un endroit où vivre quand la récolte sera rentrée, a-t-il demandé à Nora, je vous serais reconnaissant de pouvoir dormir ici, dans la grange, avec les chiens, jusqu'à ce qu'il fasse trop froid. Si vous me le permettez. Et je travaillerai ici tout l'été. Défricher, ça me connaît, a-t-il dit à Mr Edelman. Au cas où vous voudriez faire des plantations.

– D'accord, a déclaré Nora. Tu viens ici pour aider avec les chiens, et on te paiera en nourriture et en argent de poche.

– D'ailleurs, je pensais créer une serre, a ajouté Mr Edelman. Juste une petite serre, mais j'aurais bien besoin d'aide.

– Je travaillerai aussi un peu chez Annabelle, a dit Andy. Pour m'occuper de Honk.

– Ta fameuse vache ? Elle peut venir ici si tu veux, a proposé Mr Edelman après quelques instants de réflexion.

Andy a hésité.

– Je ne voudrais pas que mon père la voie. Il essaierait de la reprendre.

– Et de la faire abattre pour sa viande ? a demandé Nora.

Andy a confirmé d'un geste de la tête.

– De loin, toutes les vaches se ressemblent, a déclaré Mr Edelman. Je pense que, dans le pâturage derrière la maison, elle sera tranquille.

Andy a esquissé un sourire rapide, la coupure de sa lèvre ayant recommencé à saigner.

– Je vous en suis reconnaissant, a-t-il dit en se touchant la lèvre du doigt.

– Le vrai risque, a demandé Mr Edelman, n'est-ce pas plutôt que ton père veuille te reprendre, toi ?

Andy a secoué la tête avec détermination.

– Je l'ai prévenu que j'appellerais le constable. Et je le ferai. Je ne retournerai jamais là-bas.

Mr Edelman a soupiré.

– Très bien. Nous franchirons ce gué-là quand nous y serons.

Et il est parti s'occuper des chiens.

– Viens, ai-je dit à Andy. Allons chercher Honk. Et tu vas m'aider à expliquer à ma mère comment j'ai été brûlée par un aiguillon à bétail.

Ce qui allait nous demander un autre genre de courage.

Une fois de plus, Andy et moi avons traversé le fond

de la vallée, Patate trottinant silencieusement entre nous. Nous marchions entre les rangs de maïs, et la boue collait tant à nos bottes que nous devions souvent nous arrêter pour la décoller en frappant du pied. Après avoir traversé la rivière, nous avons tranquillement remonté le sentier qui gravissait la colline, marchant en bonne entente jusqu'à la maison. J'ai failli dire à Andy que j'étais désolée pour son visage meurtri.

Mais il penserait que j'avais pitié de lui et il faisait déjà beaucoup d'efforts pour étouffer sa colère, alors je me suis tue.

Ma mère n'a rien dit non plus lorsque, après avoir laissé nos bottes dans le débarras, nous sommes entrés dans la cuisine. Mais elle s'est figée en voyant Andy.

– Toi d'abord, a-t-elle dit en m'emmenant dans la salle d'eau pour examiner mon épaule. (Il n'y avait rien d'autre à voir qu'un carré de gaze blanche fixé par du sparadrap sur ma brûlure.) Quand Henry m'a raconté ce qui s'est passé, a-t-elle repris d'une voix aussi crispée que son visage, je n'y ai pas cru. Un aiguillon à bétail ?

– Tu es en colère contre moi ?

J'étais déconcertée, presque blessée, mais elle m'a prise doucement dans ses bras.

– Bien sûr que non. Henry m'a raconté que tu avais fait cela pour le protéger, même s'il va falloir que tu lui dises toi-même qu'il n'a rien à se reprocher. Je ne suis pas certaine qu'il m'ait crue. Et je te dis la même chose qu'à lui :

c'est Mr Graf qui est coupable. C'est sa faute, pas la tienne. Mais j'espère que, si tu le revois un jour, tu fileras à toutes jambes.

– Sauf si c'est au tribunal.

Ce qui l'a fait trembler une fois de plus.

Elle m'a raccompagnée à la cuisine.

– À toi, maintenant, a-t-elle dit à Andy en le prenant fermement par la main pour le conduire dans la salle d'eau.

Assise à la table, ma grand-mère regardait nos allées et venues.

– Ce garçon a besoin qu'on s'occupe de lui.

– C'est ce qui va se passer, ai-je confirmé doucement. Je te raconterai plus tard.

Et je suis allée me changer et mettre un chemisier propre.

Quand je suis redescendue, ma mère faisait sortir Andy de la salle d'eau. Son visage était propre et rose, mais ses bleus devenaient de plus en plus visibles, et il avait un œil presque fermé par ses paupières enflées.

Ma mère l'a fait asseoir et lui a servi un verre de limonade avant de se retourner vers moi.

– Et toi, occupe-toi de ces pommes de terre.

Cuites à point, fumantes, elles refroidissaient paisiblement dans un plat posé au fond de l'évier en attendant qu'on les épluche. C'est ce que j'ai fait, puis je les ai coupées en les mettant dans un saladier. J'ai ajouté un oignon haché, du céleri que j'avais taillé en petits morceaux, des œufs durs coupés en dés dans la paume de ma main, de la mayonnaise montée avec de la crème, du sel, du poivre, le tout mélangé avec précaution pour ne pas écraser les pommes de terre, et saupoudré d'une pincée de paprika hongrois.

J'ai posé le saladier sur la table, apporté un plat de poulet frit froid, un grand bol de haricots verts que nous avions mis en conserve l'année précédente et un panier de petits pains encore tièdes.

– Qu'est-ce qu'il y a ? ai-je demandé quand j'ai surpris Andy en train de me regarder.

– Rien du tout.

Il avait l'air endolori et solennel, mais plus tout à fait aussi triste.

– Alors pourquoi tu ne vas pas sonner la cloche ?

Personne, pas même James, n'a fait de commentaires sur l'état du visage d'Andy lorsque nous nous sommes tous réunis à table pour le déjeuner... bien que j'aie surpris mon grand-père, le regard pensif. Mon père a pris Andy à part un moment pour lui dire quelque chose que je n'ai pas pu entendre. Sans doute à propos du constable.

Ma mère a servi du café aux adultes et à Andy quand il lui en a demandé. Mais quand j'ai dit : « Je peux en avoir, moi aussi ? », elle a fait celle qui n'avait pas entendu.

– Les Edelman ont offert à Honk un endroit où vivre, a dit Andy à mon père pendant que nous faisions passer les plats. Je vais donc l'emmener chez eux cet après-midi. En tout cas, merci de l'avoir hébergée dans votre grange cette nuit.

– De rien, a répondu mon père. J'aime bien rendre ce genre de services quand je le peux.

Andy a hoché la tête.

– Et si vous êtes d'accord, je vais dormir dans la remise à pommes de terre pendant un moment encore. Jusqu'à ce que vous en ayez besoin pour rentrer la récolte.

– Tu es le bienvenu, a répondu mon grand-père en posant sa fourchette.

Il était clair qu'il n'accordait pas autant d'importance à ce qu'Andy « devait », ou « ne devait pas » être.

Ma grand-mère a souri, le nez baissé vers sa tasse de café. Et je me suis réjouie, une fois de plus, que tante Lily soit restée déjeuner au bureau de poste.

– Est-ce que je peux venir avec toi ramener Honk ? ai-je demandé à Andy.

Il m'a regardée, surpris.

– Depuis quand tu as besoin de ma permission pour faire quoi que ce soit ?

– Tu as raison. Je n'en ai pas besoin. (Je me suis tournée vers ma mère.) Je peux retourner chez les Edelman un tout petit moment ? Je m'occuperai de mes tâches dès que je rentrerai.

Ma mère a bu son café en nous regardant, Andy et moi, par-dessus le rebord de sa tasse.

– J'imagine que oui, a-t-elle répondu lentement.

J'ai alors fait passer les fraises avec des sablés et de la crème fouettée pendant que ma mère resservait le café et qu'Andy nous regardait faire, comme s'il avait beaucoup à apprendre.

47

Aller chercher Honk au pâturage, lui faire remonter l'allée, longer à pas lents le sommet de la colline et redescendre de l'autre côté dans la combe aux Loups par un sentier très étroit pour une vache : tout cela nous a pris du temps. Nous avons ensuite traversé la rivière à l'endroit du gué, Honk avançant avec prudence, un peu effrayée par les éclats de soleil qui chatoyaient comme une dentelle d'or à la surface de l'eau.

De l'autre côté, c'est elle qui nous a menés à la file indienne entre deux longs rangs de maïs avant d'émerger sur la route qui parcourait tout le fond de la vallée.

– Ce serait facile d'arranger la remise à pommes de terre, ai-je dit tandis que nous nous dirigions vers la maison des Edelman.

Honk faisait claquer ses sabots sur la route empierrée et balançait sa longue queue terminée par un plumet pour chasser les mouches. Tentée par l'herbe des bas-côtés, elle se laissait cependant volontiers guider par le garçon qu'elle avait connu toute sa vie.

– L'arranger comment? (Andy a froncé les sourcils.) Elle est bien comme elle est.

– Oh, bien sûr. Si tu es un rat.

Il m'a fusillée du regard, sa colère montant.

– Tu me traites de rat?

– J'ai dit «si», Andy. Si tu étais un rat, la remise serait très bien comme elle est. Ou pour une souris. Ou une araignée. Mais ce n'est pas le cas. (Une pause.) Le foin, ça fait un lit confortable si on le bourre dans quelque chose.

Andy a arraché une feuille de saule au passage avant de rétorquer:

– Et si je m'occupais de mes affaires, et toi des tiennes?

J'ai eu la même impression que si l'on m'avait pincée sous le bras, là où cela fait mal.

Je me suis arrêtée.

Andy a mis un moment avant de le remarquer et de se retourner pour me lancer:

– Quoi?

– Rien, ai-je réussi à dire d'une voix suffisamment forte. Mais je crois que je vais rentrer tout de suite chez moi.

Nous n'étions qu'à quelques mètres du bosquet d'arbres qui marquait la limite de la ferme des Edelman, mais j'ai brusquement eu envie de retrouver le monde que je connaissais comme ma poche.

Les poulets et leurs sempiternelles querelles. Les cailloux

entrechoqués lorsque je binais un carré de haricots assoiffés. L'odeur de la cave, savon chaud et pierre humide, quand j'aidais ma mère à faire la lessive.

Ma grand-mère me manquait, qui me faisait asseoir devant elle, genoux contre genoux, et tendre les mains pour qu'elle y enroule de la laine en un écheveau, tout en me racontant des épisodes de sa vie. James me manquait, qui adorait son Annabelle, même s'il ne l'avait jamais dit. Et mon grand-père, qui m'avait raconté tant d'histoires que je le considérais comme un grand livre ancien, aux pages usées et douces, plus proche désormais de sa fin que de son début.

Ils m'avaient tous manqué, même tante Lily, pendant ces nombreux jours où j'avais pourchassé des choses qui virevoltaient, m'échappaient et me laissaient à bout de souffle. Sans certitude. Au bord des larmes.

– Qu'est-ce qui ne va pas? m'a demandé Andy d'un ton moins bourru.

J'ai décidé de dire la vérité.

– C'est douloureux d'être près de toi. C'est douloureux d'être près de toi et de vouloir t'aider, puis de se sentir stupide, petite et inutile quand on essaie de le faire. Alors je pense que je vais rentrer.

– Annabelle…

– Non, c'est bon. Tu n'as pas demandé d'aide. C'est bon. (J'ai reculé de quelques pas.) Je ne veux pas avoir l'air de me vanter, Andy, mais j'ai plus de chance que toi.

M'occuper de mes affaires n'est pas très difficile. Mais si tu ne veux pas que je m'occupe des tiennes, je ne le ferai pas.

J'ignore comment Andy a réussi à paraître à la fois énervé et consterné.

– Très bien, a-t-il dit.

– Et je suis désolée.

– De quoi ?

Il avait l'air perdu.

– Tu as été vraiment horrible l'année dernière…

– Si c'est une excuse, j'ai entendu mieux, m'a-t-il coupée en se redressant.

– Je n'avais pas fini !

– Alors vas-y !

J'ai baissé la tête.

– J'ai toujours pensé que ce que les gens font, cela disait tout, ou presque, de ce qu'ils sont.

Andy a attendu avant de dire :

– Et maintenant ?

J'ai chassé une mouche qui avait visé Honk et m'avait choisie à la place.

– C'est facile de voir ce que fait quelqu'un. Mais il y a bien plus que cela, et c'est plus difficile à voir. Et je pense que je ne regardais pas assez bien.

Il me dévisageait, l'air sérieux.

– Et maintenant ? a-t-il répété.

– Maintenant, je regarde plus attentivement. Je pensais que la foudre m'avait rendue plus intelligente, et je suppose que, d'une certaine manière, c'est le cas, comme le font les livres ou les professeurs. Quels que soient les professeurs. Et ils sont tous importants. Mais il faut que je sois moi-même l'éclair, le livre, le professeur. J'aurais dû tout mieux observer depuis le début. Et je suis désolée de ne pas avoir su ce que je ne savais pas.

– À propos de quoi ? a-t-il demandé après un long moment de réflexion, où il n'avait cessé de me fixer.

Je l'avais moi aussi regardé pendant tout ce temps, même si les meurtrissures de son visage me donnaient envie de détourner les yeux.

– De tout.

Nous avons parcouru ensemble la fin du chemin.

48

Nora et son père étaient dans la grange et nettoyaient les dernières traces de sang laissées par Mr Graf.

– On vous a amené Honk. (J'ai regardé la tache sur le sol.) Elle est dans le pré.

– Bien, a répondu Mr Edelman. On la rentrera ici la nuit, et elle pourra tenir compagnie aux chiens.

Ils avaient tous deux une bonne raison d'avoir l'air un peu sombre, étant donné ce qu'ils étaient en train de faire, mais il n'y avait pas que cela.

– Qu'est-ce qui se passe ?

– Nora pense que nous devrions le faire piquer, a dit Mr Edelman d'une voix posée, en regardant Brownie. Et je crains qu'elle n'ait pas tort.

Nous nous sommes tous retournés : dans son chenil, le molosse s'est assis bien droit, la gueule fermée, sans ciller.

– La façon dont il a attaqué cet homme ? (Nora a secoué la tête.) Nous ne pourrons plus jamais lui faire confiance après ça. Et nous ne pourrions pas, en conscience, le donner à quelqu'un d'autre.

– Après vous être tellement battus pour le garder ? ai-je dit, déconcertée.

Nora a soupiré.

– Mieux vaut le faire piquer que le renvoyer dans cette fosse. (Elle m'a dévisagée.) Est-ce que tu aurais, par hasard, une idée de ce que, lui, il ressent face à tout ça ? Quelque chose qui pourrait nous aider à décider de son sort ?

Andy observait la scène avec curiosité et attendait ce que j'allais dire.

Il aurait été facile d'inventer quelque chose. D'indiquer que je pouvais sentir combien Brownie se repentait d'avoir attaqué Mr Graf. Qu'il ne recommencerait jamais. Que tout ce qu'il voulait, c'était un bon foyer avec de bonnes personnes et la chance d'être un bon chien.

Mais je ne voulais pas faire passer Brownie pour ce qu'il n'était pas.

Et je ne voulais pas non plus faire semblant d'être ce que je n'étais pas. C'était déjà assez difficile de connaître une personne. Je ne voulais pas qu'il soit difficile de me connaître moi, par-dessus le marché.

– J'ai perdu cette capacité, ai-je dit. Ç'a disparu.

– Oh, ma pauvre, je suis désolée ! s'est exclamée Nora, avec sincérité.

– Je ne suis pas sûr d'y avoir jamais cru, a dit Mr Edelman en bon scientifique. Mais je suis désolé, moi aussi.

– Ce n'est pas grave. J'ai déjà eu de la chance de l'avoir un moment. Et ça n'aurait pas servi à grand-chose avec Brownie de toute façon. Il a toujours été difficile à déchiffrer. Renfermé. Secret.

– C'était mon dernier espoir, a dit Nora. Que tu nous trouves une raison de lui donner une deuxième chance.

– Mais il y en a une, de raison, a protesté Andy. Vous ne pouvez pas l'abattre. Il n'est absolument pour rien dans tout ça.

– Non, en effet, a soupiré Mr Edelman. Mais quelle est l'alternative ? Le laisser enfermé dans un chenil pour le reste de sa vie ? Quand on traite un animal comme ça, nous le sauvons.

– Je vais le prendre, a dit Andy, sans avoir l'air très sûr de lui.

Mr Edelman s'est passé la main sur le visage.

– Patate non plus n'y est pour rien. Tu es prêt à le mettre en danger ?

J'ai regardé Andy réfléchir. Je l'ai vu peser les choses, ajoutant un poids d'un côté de la balance, un poids de l'autre pour tenter d'équilibrer le pour et le contre.

– Quand on lui disait de se battre, il se battait, a-t-il fini par dire. Mais ensuite, il s'est jeté sur l'homme qui l'avait entraîné à se battre. Ce qui me fait penser qu'il comprend plus de choses que ce qu'on lui a appris.

Nous avons tous réfléchi à cela. Au bout d'un moment Nora lui a demandé :

– Tu t'occuperas de lui comme il faut ? Tu ne le laisseras pas courir en liberté ?

– Si je peux le laisser dans ce chenil quand cela sera nécessaire, oui, je m'en occuperai comme il faut.

Mr Edelman a hoché la tête.

– Très bien. Nous allons faire un essai. Mais sois prudent. Tu ne sauras pas ce qu'il a l'intention de faire tant qu'il ne l'aura pas fait.

J'ai laissé Andy chez les Edelman et je suis rentrée à la maison.

En passant le long du verger, j'ai salué de la main mon père, mon grand-père et mes frères. J'ai dû faire un effort pour ne pas me soucier de voir Trappeur avec eux, et ne pas me soucier aussi de ce qu'il me manquait sûrement plus que je ne lui manquais.

J'ai trouvé ma mère dans le potager en train de désherber une rangée d'aubergines.

– Je ne peux plus comprendre les animaux, lui ai-je dit.

Elle s'est arrêtée et s'est tournée vers moi.

– Tu ne peux plus quoi ?

– Je ne peux plus comprendre les animaux. Plus depuis hier.

– Oh, Annabelle ! (Elle a laissé tomber sa houe et m'a serrée sur son cœur.) Je suis désolée. (Puis elle m'a tenue à bout de bras pour examiner mon visage.) Pas étonnant que tu aies l'air si triste et pas tout à fait toi-même.

– Sauf que je suis moi-même. Je suis redevenue ce que j'étais avant. Et c'est très bien comme ça.

Elle m'a adressé un sourire perplexe.

– Annabelle, la fille que tu étais avant l'orage n'est plus celle que tu es devenue. Maintenant et pour toujours, tu seras différente à cause de ce qui t'est arrivé. Que tu puisses comprendre les animaux ou pas. Que ces « fleurs de foudre » te laissent des cicatrices ou pas. Mais c'est vrai pour tout ce qui t'arrive… et de tout ce qui arrive à cause de toi. Pas seulement les grandes choses, comme être fulgurée. Tout, Annabelle. (Elle m'a serrée dans ses bras encore une fois, puis m'a relâchée.) Prépare-toi quand même à ce que James ait un point de vue différent. (Elle a ramassé sa houe.) Il va être triste que tes superpouvoirs aient disparu.

Tout comme je l'étais, malgré la vérité de ce qu'elle avait dit. Malgré ce que j'avais appris : que je possédais plein de choses, même sans superpouvoir.

Et qu'ainsi j'avais de la chance.

49

Buster a remarché avant même que mes brûlures ne soient guéries.

Le jour où il s'est levé pour faire quelques pas mal assurés jusqu'au portillon du chenil où se tenait Henry, mon frère a émis un son que je n'avais jamais entendu, comme s'il s'étranglait de joie.

– C'est la chose la plus belle que j'aie vue depuis longtemps, a déclaré Nora en regardant la scène.

Buster marchait comme un petit vieux, mais ses yeux brillaient tels ceux d'un chiot.

– Je parie que votre père est content, lui aussi, ai-je dit.

Elle a hoché la tête.

– Ça, on peut le dire. Il a pleuré comme un bébé la nuit de la tempête et de nouveau hier soir, quand Buster s'est levé et qu'il s'est remis à marcher.

J'ai été un peu surprise : je savais que Mr Edelman n'était pas aussi bourru qu'il en avait l'air, mais j'avais encore du mal à l'imaginer en larmes.

– Ma mère aimerait passer vous voir, ai-je dit en prenant soin de ne pas la regarder.

– Pour quoi faire ? a-t-elle répliqué.

Des images de chats sauvages, de Brownie et d'Andy me sont venues à l'esprit.

– C'est grâce à elle que j'ai appris à connaître Toby. Elle m'a laissée passer du temps avec lui. Sinon, je ne l'aurais jamais connu du tout.

Nora est restée sans rien dire un moment. Puis elle s'est raclé la gorge et a croisé les bras.

– En quoi cela me concerne ?

– C'est l'une des meilleures personnes que je connaisse. Et je pense qu'elle pourrait vous plaire. C'est tout.

– On verra, a-t-elle lâché après un moment.

Une réponse qui valait mieux qu'un « non ».

Je me suis souvenue de la sensation du museau blessé de Brownie contre mes cheveux. De la façon dont il m'avait flairée. Du choix qu'il avait fait.

– Tu as l'air d'aller mieux, a dit Nora.

– Mieux par rapport à quoi ? Vous voulez dire, mieux qu'après avoir été frappée par la foudre ?

Elle a secoué la tête.

– Mieux par rapport à ce qui est arrivé à ton ami. À Toby. Tu avais l'air de croire que c'était de ton fait.

Ce qui était en partie vrai.

En partie faux.

– Pas de mon fait, exactement. Mais si j'avais agi différemment, peut-être qu'il serait au sommet d'une colline en ce moment même.

Elle a émis un petit son.

– Donc tu ressens toujours la même chose ?

J'ai haussé les épaules.

– Oui. La moindre action fait une différence, d'une manière ou d'une autre. Mais, à l'époque, j'ai agi de mon mieux. Ça ne sert pas à grand-chose d'avoir des regrets. Surtout quand je ne peux pas revenir en arrière et tout refaire. Ou tout défaire. De plus, il y a tant de choses ici à faire.

– Comme quoi ? (Elle gardait les yeux fixés sur Buster.)

– Ces chiens. La ferme. (J'ai pensé à tout ce qui s'était passé depuis l'orage.) Les gens. C'est aussi beaucoup de travail. Tout comme être soi-même.

Bras croisé, Nora s'est appuyée sur le haut du chenil de Buster. Au bout d'un moment, elle a dit :

– Ma mère était une cuisinière catastrophique, même pas capable de faire bouillir de l'eau. (Une pause.) J'aimerais assez apprendre à faire une tarte.

Je l'ai regardée, songeuse.

– Ma mère pourrait faire une tarte les yeux fermés.

– C'est ce que je pensais.

J'ai décidé d'en rester là et j'ai reporté mon attention sur Buster et Henry, qui jouaient à se disputer un bout de corde.

– Où est Brownie ?

– Avec Andy. Et Patate, a-t-elle répondu, l'esprit ailleurs. Comme d'habitude.

Je suis partie à leur recherche.

Les premiers jours, Andy avait gardé Brownie en laisse tandis que Patate, prudent, veillait à rester hors de portée du gros bull-terrier.

De temps en temps, il laissait les deux chiens se rapprocher. Brownie solidement attaché à un arbre, il s'asseyait à côté de lui et amadouait Patate jusqu'à ce que tous trois soient assis ensemble, Andy au milieu, un chien de chaque côté.

Jusqu'à présent, les chiens ne s'étaient touché le museau que deux fois, Patate tremblant de nervosité, Brownie détendu. Le molosse savait clairement que Patate ne représentait pas une menace, même si je m'inquiétais un peu d'une éventuelle jalousie. À mesure que Brownie commençait à faire confiance à Andy, je me demandais s'il n'allait pas le réclamer pour lui tout seul.

Mais, d'après ce que je voyais, Andy avait assez d'affection pour deux chiens.

Donc je me suis dit que tout irait bien, à condition que Brownie lui aussi en soit convaincu. Et qu'il parvienne à ne jamais confondre Andy avec les gens qui l'avaient précédé.

Tout cela a été mis à l'épreuve le sixième jour après qu'Andy avait récupéré Brownie.

Andy dormait dans la remise à pommes de terre,

comme prévu, alors j'y suis allée et je l'ai trouvé en train de nettoyer les fenêtres à l'intérieur et à l'extérieur. La poussière et les débris avaient disparu, deux sacs de jute étaient bourrés de foin propre et odorant, Patate faisait la sieste dans un coin, Brownie était attaché dehors à l'ombre.

– Je t'ai apporté une tarte aux fraises.

Je lui ai tendu le plat, qui était recouvert d'un torchon pour le protéger des mouches.

Je me suis imaginée lui apportant d'autres tartes au fil des semaines à venir : framboises en juillet, pêches en août, pommes en septembre, citrouille en octobre, noix de pécan en novembre.

Comme un calendrier.

Mais la récolte de pommes de terre arriverait avant l'automne.

– Merci, a-t-il dit.

Voilà. Enfin. Le « merci » qui m'avait manqué et dont je n'avais plus besoin.

Il a regardé autour de lui pour trouver un endroit où poser la tarte.

Je n'ai pas parlé de lui apporter une table. Ni une chaise. Ni un lit.

Il m'a souri, et je me suis rendu compte que c'était le premier vrai sourire qu'il m'adressait.

– Pourquoi on ne la mange pas ?

Nous sommes donc allés nous asseoir côte à côte sur le bloc de granit qui servait de seuil et, faute de fourchettes, nous avons mangé avec nos doigts, jusqu'à ce que nous soyons tout décorés du jus des fraises.

Puis nous avons emmené les chiens à la rivière et nous nous sommes lavés dans l'eau fraîche. Patate barbotait joyeusement dans l'eau peu profonde et Brownie nous regardait avec envie depuis l'endroit où nous l'avions attaché. Ses plaies étaient presque entièrement guéries, mais son visage restait marqué par tous les combats qu'il avait gagnés.

Lorsque Patate a grimpé sur la rive opposée et s'est ébroué, j'ai suggéré à Andy :

– Pourquoi ne traverserais-tu pas avec lui ? Je vais rester ici avec Brownie et lui enlever sa laisse pour voir ce qu'ils vont faire.

Andy a réfléchi à cette idée.

– Tu ne crains pas qu'il se jette sur Patate maintenant ?

J'ai regardé Andy, l'ombre des bleus qui persistaient sur son visage et, surtout, le doute qui emplissait son regard.

– Tu vas devoir lui faire confiance un jour ou l'autre.

Il a hoché la tête.

– Mais il s'appelle Zeus. Pas Brownie.

– Pourquoi pas Brownie ? C'est Mr Graf qui l'a nommé Zeus, une excellente raison de l'appeler autrement. Et si tu veux qu'il soit plus gentil, un nom doux comme Brownie marchera beaucoup mieux qu'un nom comme Zeus.

– Sauf qu'il n'est pas gentil, s'est-il impatienté. Il est complètement de traviole, Annabelle. Et tu ne changeras pas ça en changeant son nom. Tu ne peux pas effacer ce qu'il a été. Tu vas juste le perturber davantage. Il est Zeus. (Il s'est arrêté et a pris une longue inspiration.) Mais tu es la première personne à lui avoir fait confiance. Si tu penses qu'il va se tenir tranquille avec Patate, j'imagine que tu as raison.

Je n'avais pas quitté des yeux le visage d'Andy.

– Patate le saura bien mieux que nous deux.

Alors Andy a franchi le gué en sautant de pierre en pierre et s'est assis dans l'herbe à côté de Patate, comme deux frères, pendant que je passais un moment avec Zeus pour lui dire ce qu'il avait besoin de savoir.

Et ce que j'avais besoin de savoir, moi aussi. Ce que j'aurais dû savoir depuis le début. Ce qu'enfin je savais.

– Quand tu regarderas Andy, ne vois personne d'autre que lui. (Je me suis penchée pour détacher la laisse). Et quand tu regarderas Patate, contente-toi de voir Patate.

J'ai fait un pas en arrière.

Au début, le gros molosse m'a regardée avec perplexité, la tête inclinée, attendant la suite.

Puis il a pris sa décision. Il a bondi dans la rivière en faisant jaillir des éclaboussures de soleil et s'est roulé dans l'eau fraîche jusqu'à ce que je le rejoigne. Andy et Patate, debout, nous observaient.

Et puis, s'étant à leur tour décidés, ils sont venus à notre rencontre.

Lorsque je suis remontée de la combe aux Loups ce soir-là, je me suis arrêtée au sommet de la colline où la foudre m'avait trouvée, près de la tombe de Toby, le bleu du ciel rosissant lentement au-dessus de moi tandis que quelqu'un lançait une poignée d'hirondelles dans les airs.

Je les ai regardées graver le crépuscule de zébrures violettes en s'élançant et en planant comme si elles écrivaient un poème dans le ciel, alors même que je les savais en chasse pour survivre.

Deux vérités, dont l'une faisait mentir l'autre.

À moins que je ne les croie toutes les deux.

Ce que j'ai décidé de faire. Ainsi que de garder les yeux ouverts sur d'autres vérités.

Remerciements

L'écriture, un travail difficile, exige tout ce dont elle a besoin pour être digne d'intérêt et captivante. Et j'ai toujours savouré le défi qui consiste à donner à un roman ce dont il a besoin. Mais la pandémie l'a rendu plus ardu encore.

C'est pourquoi je suis plus reconnaissante que jamais du soutien patient et attentionné que m'ont apporté ma famille, mes amis et mes collègues pendant que j'écrivais et que je corrigeais *En un éclair*.

Ma gratitude va à ceux qui ont affronté la pandémie à mes côtés : mon mari, Richard ; nos fils, Cameron et Ryland ; et Athena Gwendolyn Baptiste.

Je remercie mes premiers lecteurs, en particulier Suzanne Wolk, mais aussi Mimi McConnell ; Deirdre Callanan et Julie Lariviere, membres de mon groupe d'écrivains (Les Bass River Revisionists) ; Robert Nash ; Patty Creighton ; ainsi que Beatrice, Frieda et Nancy Bilezikian.

Pour les expériences infiniment fécondes que j'ai vécues dans leur ferme, je remercie mes grands-parents, Ann et Fred

McConnell. De même, je suis reconnaissante à ma mère, Mimi, et à mon oncle Calvin McConnell de m'avoir raconté leur enfance dans ces collines.

Bien que je ne connaisse pas suffisamment la façon dont les chiens voient le monde, j'ai appris un certain nombre de choses auprès de ceux que j'ai le mieux connus : Suzie, Snoopy, Lila, Tanner, Rascal, Dickens et Spike.

Je suis également redevable à Virginia Ryan Hoeck, qui m'a offert de passer une semaine dans un cadre merveilleux sur le lac Moosehead à Greenville, dans le Maine, afin que je puisse travailler paisiblement sur les épreuves.

Un grand merci, comme toujours, à mon éditrice, Julie Strauss-Gabel, qui m'a aidée, avec compréhension, à maintenir ma concentration pendant que j'écrivais ce livre. Sa perspicacité et son instinct ne manquent jamais de faire la lumière là où elle est le plus nécessaire.

J'ai aussi une grande affection pour les autres membres de ma famille chez Penguin Young Readers, en particulier Jen Loja ; Melissa Faulner, Rob Farren et Natalie Vielkind chez Dutton ; Venessa Carson, Christina Colangelo, Andrea Cruise, Judith Huerta, Carmela Iaria, Trevor Ingerson, Bri Lockhart, Summer Ogata, Danielle Presley et Rachel Wease, véritables gourous du marketing ; Kaitlin Kneafsey, mon attachée de presse ; la graphiste Anna Booth ; la créatrice de la couverture Dawn Cooper ; Matie Argiropoulos de PRH Audio ; et une foule d'extraordinaires représentants.

Je ne sais comment remercier Jodi Reamer, mon agent à Writers House, pour son énergie, son intelligence et son cœur.